D1145353

Mes amours au paradis

ÉDITION DU CLUB QUÉBEC LOISIRS INC.
© Avec l'autorisation de Éditions J.C.L.
© 1998, Éditions J.C.L.
Dépôt légal — Bibliothèque nationale du Québec, 1999
ISBN 2-89430-368-8
(publié précédemment sous ISBN 2-89431-177-X)

Imprimé au Canada

MARIE-CHRISTINE VINCENT

Mes amours au paradis

À Denise,
ma mère et ma meilleure amie,
pour ses précieux conseils, sa patience
et pour m'avoir transmis l'amour des livres.

— Tu vas tout échapper, Jonathan! Notre surprise va être gâchée!

— Non, je les échapperai pas! rétorqua Jonathan, tout aussi heureux que sa sœur de faire une surprise à ses parents. J'échapperai rien, Marie-Ève!

Marie-Ève consentit à ce qu'il apporte les jus d'orange, alors qu'elle s'occupait des deux bols de céréales.

— Coucou! Papa! Maman!

Jonathan sautillait de joie, debout à côté de sa mère. Marie-Ève tenait toujours son plateau, qu'elle trouvait très lourd. Myriam ouvrit les yeux, sourit à la vue de ses petits, si beaux et si fiers. Elle jeta un coup d'œil au réveil: dix heures trente! Les enfants avaient décidé de laisser dormir leurs parents. Ça n'arrivait pas souvent.

— Oh! Le petit-déjeuner pour papa et moi! s'exclama-t-elle. Quelle belle surprise!

Myriam sentit Philippe, son mari, remuer derrière elle.

— Wow! C'est vous qui avez préparé les céréales pour maman et moi? fit-il en les regardant tendrement. Vous êtes gentils!

— J'ai apporté le jus d'orange! s'exclama Jonathan, les yeux brillants de bonheur. Sans l'échapper!

Il prit un verre, qu'il avait posé sur la table de nuit de sa mère, fit le tour du lit. Il grimpa sur son père, se fit enlacer. Myriam tendit un bol de céréales à son mari.

— Est-ce que vous êtes contents? demanda Marie-Ève. J'ai fait à manger à Jonathan et nous avons regardé une cassette vidéo!

— Vous êtes merveilleux, mes amours, merveilleux! Merci!

Le bol de céréales avait bien meilleur goût qu'à l'habitude: il était rempli d'amour.

Philippe se leva au bout de quinze minutes, ses deux enfants de trois et cinq ans dans les bras. Myriam eut du mal à sortir du lit.

— Ça va, ma chérie? Besoin d'aide?

Il approcha, ses enfants trottinant à ses côtés, et l'aida à se redresser.

— Ça va, dit-elle. Ce n'est pas facile pour un éléphant de se lever.

Les enfants trouvèrent la blague bien drôle, mais pas Philippe. Pour lui, sa femme était superbe avec ses six mois de grossesse et il détestait qu'elle se compare à un éléphant. Il l'embrassa doucement, mais elle grimaça en le repoussant.

— Ce ne sera pas une très bonne journée, aujourd'hui, dit-elle en s'efforçant de sourire malgré tout. Je me sens lourde et il fait chaud.

— Je vais ouvrir les fenêtres de la maison. Fais ta toilette et va t'installer confortablement au salon, je vais m'occuper des enfants.

L'évocation des enfants fit sourire Myriam.

— Ils sont tellement gentils!

Au début de l'après-midi, Philippe prépara le repas à l'extérieur. Fatiguée et alourdie, Myriam était étendue à l'ombre et semblait trouver un certain confort.

— C'est agréable de passer une journée en famille, comme ça, à l'extérieur... murmura-t-elle avant de s'assoupir.

Le téléphone la réveilla quelques minutes plus tard. Philippe avait déjà répondu avec l'appareil sans fil et Myriam comprit rapidement qu'il s'agissait de Nicolas, le meilleur ami de son mari. Elle poussa haut et fort un «ah! non!» quand elle réalisa le but de l'appel.

— Philippe, ne me fais pas ça! Tu avais promis que nous passerions toute la journée ensemble! Tu ne vas pas jouer au golf avec Nicolas?

Philippe avait couvert le combiné avec sa main et lançait un regard suppliant à sa femme:

— Juste neuf trous, Myriam, s'il te plaît! C'est ma dernière chance de jouer avant l'an prochain! Je ne serai même pas parti deux heures. Je vais te laisser la voiture, Nicolas va venir me chercher. Allez, je t'en prie, accepte pour me faire plaisir!
— Non!

Cinq minutes plus tard, Philippe raccrochait en souriant. Myriam était très fâchée.

— Je pars deux heures, pas une minute de plus, promit-il. Est-ce que tu pourras venir me chercher? Nicolas veut jouer encore quelques trous après mon départ.

Elle le fusilla du regard et répondit un non catégorique.

— Tu ne m'en veux jamais longtemps, Myriam, je te connais trop bien. Et puis, c'est ton anniversaire, demain. Tu dois être gentille pour recevoir tes cadeaux! ajouta-t-il avec un sourire espiègle.

— Je me fiche de tes cadeaux, Philippe, c'est de ta présence dont j'ai envie. Ce sacré Nicolas, il gâche toujours toutes mes joies. Quand je pense que tu veux qu'il soit le parrain d'Élodie, ça me fâche tellement. Un irresponsable qui ne sait même pas respecter une vie familiale ne peut pas être un bon parrain pour une enfant!

Il l'embrassa, la serra contre lui et sentit que sa tristesse était réelle. Il en fut peiné, mais refusa de changer d'idée: il avait peu joué au golf pendant l'été puisqu'elle ne pouvait pas l'accompagner. Nous étions en septembre, la journée était superbe, il avait trop envie de jouer une dernière fois.

— Tu viendras me chercher?

Sans répondre, elle prit son livre sur la table basse. Philippe se coucha dans le hamac avec les enfants, leurs petites têtes posées sur sa poitrine. Il écouta leur babillage avec attention et tendresse.

Nicolas arriva bientôt. Marie-Ève et Jonathan vinrent l'embrasser et repartirent rapidement, pressés de poursuivre leurs jeux. Myriam ne leva pas un œil vers le copain de son mari et ne répondit pas à ses salutations.

— Est-ce que je dois contacter un avocat? demanda Nicolas. La police viendra sûrement me cueillir avant la fin de notre ronde et je devrai répondre à des accusations d'enlèvement et de séquestration!

Philippe rit, déposa son sac dans la valise et claqua la portière.

— Elle se défâche rapidement, assura-t-il. Tu la connais.

— N'empêche, si Myriam pouvait cesser de vouloir m'arracher les yeux chaque fois qu'elle me voit... Elle me déteste pour des raisons inexplicables, à mon avis. Je ne peux pas t'envier de vivre avec elle.

— Je ne sais pas ce qu'elle a contre toi, mais ça me dérange beaucoup, moi aussi, tu peux me croire. Heureusement que nous nous connaissons depuis longtemps, parce que ses sentiments auraient peut-être pu influencer les miens à la longue. Je ne l'aurais pas souhaité, mais à se faire casser les oreilles avec les mêmes refrains dix fois par jour...

— C'est heureux que tu ne te sois pas laissé influencer! dit Nicolas avec un petit ricanement. J'accepte beaucoup de choses depuis que tu es marié. Ne pas voir tes enfants à mon goût, par exemple, mais je n'accepterai jamais qu'elle brise notre amitié! Une amitié comme la nôtre, c'est trop précieux, Philippe.

— Je sais bien.

Ils se sourirent. Ils n'étaient pas habitués de se parler de la sorte. Nicolas prit une grande respiration.

— Je sais que tu as du mal à me croire, Nicolas, mais je suis pourtant exceptionnellement bien marié! J'ai des enfants superbes, intelligents et équilibrés. Quand j'étais étendu dans mon hamac, tout à l'heure, je les écoutais parler et je me disais que je ne pouvais rêver d'une vie meilleure. Jonathan m'expliquait comment il avait réussi à construire son château de sable et Marie-Ève, elle, me racontait comment elle voyait son mariage, plus tard, avec son prince charmant. Tout était blanc, il avait de beaux chevaux blancs... C'était touchant.

Nicolas trouvait que son ami avait de la chance. Il aurait aimé, lui aussi, avoir une famille, des enfants, une petite vie heureuse. Il ne jalousait pas Philippe; c'était son meilleur ami, son ami de toujours. Nicolas aurait tout simplement aimé avoir le choix, comme Philippe, de laisser tomber le golf pour rester auprès de sa petite famille à lui.

— Alors, tu es certain que Myriam viendra te chercher malgré tout? demanda-t-il.
— Bien sûr que oui. Elle se fâche souvent contre moi, mais ça dure une demi-heure. Ou moins si je trouve les bons mots. Mais ça n'a pas été le cas aujourd'hui. Je crois qu'elle n'a qu'un problème: elle est tannée d'être enceinte.
— Elle le voulait pourtant, ce troisième enfant!

— Oui, mais cette grossesse a été la plus dure, surtout avec les grandes chaleurs.

— Je sais. Philippe, tu ne m'as jamais révélé avec quelles menaces tu l'as convaincue d'accepter que je sois le parrain d'Élodie? C'était sûrement des menaces terrifiantes...

— Très simple! dit Philippe en rigolant. C'était ça ou le divorce. Comme elle ne voulait pas divorcer, le problème a été réglé!

Les deux amis riaient aux éclats en arrivant au club de golf du mont Saint-Sauveur.

— Je ne comprends pas pourquoi elle ne vient pas, mais elle va me le payer très cher! fulmina Philippe. Franchement! Pourquoi a-t-elle cette attitude aujourd'hui, alors qu'il y a deux semaines, elle me disait d'en profiter si j'avais des occasions pour jouer au golf avant que la saison se termine? Je suis fâché et elle va le savoir! Elle veut me bouder, très bien! Nous serons deux à bouder dans la maison!

— Tu ne devrais pas t'excuser de l'avoir laissée tomber plutôt que de chercher une manière de faire la guerre?

— J'ai le droit de me fâcher. Il n'y a pas qu'elle dans notre couple!

Nicolas renonça à poursuivre sa ronde vers dix-sept heures. Son ami était plus important que quel-

ques bâtons et quelques balles. Étant seul et célibataire, il pouvait de toute façon jouer autant qu'il le
voulait.

— Ça me choque tellement! dit encore Philippe
en s'assoyant dans la Celica. Mais elle a peut-être
une raison valable, je m'énerve peut-être trop vite...

Ils roulèrent quelques minutes et, au croisement
de la route 17, ils aperçurent plusieurs voitures de
police qui en barraient l'accès. Un agent les fit
arrêter pour céder le passage à une ambulance.

— Un accident, dit Nicolas. Un touriste qui roulait sans doute trop vite.
— Je déteste les ambulances, entendre leurs si-
rènes, voir leurs gyrophares. Ça m'a toujours donné
des frissons dans le dos. Ça, les autos de police, les
camions de pompier...
— Je rêvais d'être pompier quand j'étais plus
jeune, t'en souviens-tu?

Philippe ne répondit rien, son esprit était
ailleurs.

Une auto-patrouille était garée devant la maison. Le regard de Philippe, entre l'inquiétude et
l'affolement, croisa celui de Nicolas.

— Qu'est-ce que ça veut dire? demanda Philippe en descendant de la Toyota.

Deux policiers sortirent de leur véhicule en même temps. Philippe reconnut immédiatement Michel Durocher, un vieil ami de son père.

— Bonjour, Philippe. Est-ce qu'il serait possible de te parler à l'intérieur?

Philippe se contenta de hocher la tête, ouvrant la marche, les deux policiers et Nicolas derrière lui. Il déverrouilla, cria: «Myriam! Les enfants!» Nicolas remarqua le regard que les deux policiers s'échangeaient et il frissonna. Dans la cuisine, Philippe s'assit. Michel Durocher l'imita alors que son collègue restait debout près d'eux avec Nicolas.

— Qu'est-ce qu'il y a? demanda Philippe. C'est ma femme, c'est ça? Qu'est-ce qui s'est passé?
— Ta femme a eu un accident. Un grave accident d'automobile et le bilan est assez lourd...

Philippe eut besoin de plusieurs secondes pour accuser le coup. Il regarda Nicolas, incrédule, puis il sourit au policier.

— Vous devez faire erreur, elle est sans doute allée faire une course et...

Michel Durocher consulta des notes:

— Ton épouse conduisait une Toyota Corolla bleu pâle, et deux enfants de trois et cinq ans se trouvaient avec elle? Ton épouse est également enceinte de plusieurs mois?

Philippe était transparent. Son cœur battait si fort qu'il en avait la respiration coupée. Le steak qu'il avait fait cuire au dîner et la bière avalée en vitesse au club de golf remontèrent dans son estomac.

— Un accident? marmonna-t-il.

Le vieux policier connaissait Philippe et Nicolas depuis toujours. Ses enfants avaient leur âge et ils s'étaient fréquentés pendant leurs années d'école. Nicolas, qui restait en retrait, savait que jamais monsieur Durocher ne les aurait tant fait languir si le bilan n'avait pas été justement «assez lourd». L'agent recommença à parler rapidement, d'une voix grave, empathique:

— Reste calme, Philippe...

Nicolas posa sa main sur l'épaule de son meilleur ami, prêt à le soutenir si les mots qui allaient suivre étaient trop durs.

— Ta petite fille de cinq ans a été transportée en ambulance à l'hôpital Sainte-Justine de Montréal. Son état est grave.

Le policier reprit son souffle alors que Philippe, abasourdi, murmurait:

— Ma femme? Mon fils?
— Ta femme a été transportée aussi à Montréal. Elle est dans un état critique. Ton petit garçon de trois ans est...

Michel Durocher jeta un bref coup d'œil à son collègue, puis à Nicolas.

— Ton petit garçon de trois ans est mort sur le coup.

Un long silence. Des sanglots de désespoir.

— Désires-tu aller voir ta femme à l'hôpital de Montréal? demanda l'agent Durocher. Vous pouvez monter dans notre voiture, si vous voulez, ça ira beaucoup plus vite. Vous pouvez aussi nous suivre si tu te sens le courage de conduire, Nicolas.
— Oui, je suis capable. Viens, Philippe, nous allons voir Myriam à Montréal. Viens avec moi.

Philippe se leva, hébété, continuant de secouer la tête.

— Nicolas... gémissait-il. Dis-moi que... dis-moi que... Nicolas, s'il te plaît...

Même si sa voiture était dotée d'une transmission manuelle, Nicolas trouva une façon de serrer la main de Philippe.

Ils roulèrent à vive allure derrière la voiture de police. Puis, aux urgences, on les fit attendre une éternité. Philippe resta debout à faire les cent pas, les bras croisés sur la poitrine. Il avait si froid...

Nicolas téléphona aux parents de Philippe. «Ces pauvres...» pensa-t-il en entendant la première sonnerie. Les parents de Philippe étaient des gens très bien, Nicolas avait beaucoup de considération pour eux. Il versa quelques larmes en leur racontant les événements. Quand il revint vers son ami, les larmes étaient séchées sur ses joues.

— Ils viennent tout de suite. Ils vont appeler les parents de Myriam.

Le médecin apparut au même moment. Philippe se tendit. Toute sa vie semblait entre les mains de cet homme, dans les mots qu'il allait prononcer.

— Ça ne va pas bien du tout, monsieur. Votre épouse est polytraumatisée et elle a eu une hémorragie lors de l'accident, provoquée par sa fausse-couche.
— Vous ne pouvez pas sauver le bébé? murmura Philippe.
— Non. Quant à votre femme, elle est maintenue en vie artificiellement et ses chances de survivre sont pratiquement nulles.

Le médecin et Nicolas obligèrent Philippe à s'asseoir pour éviter qu'il ne s'écroule.

— Penchez-vous, monsieur, penchez-vous beaucoup vers l'avant.

Philippe refusa. Il se releva dès qu'il sentit son étourdissement se dissiper.

— Je veux la voir, docteur. C'est ma femme, j'ai le droit de la voir!

— Suivez-moi, répondit le médecin avec douceur. Je vous mets en garde: ses blessures sont sérieuses, vous serez surpris.

Myriam était horrible à voir. Du côté gauche, il n'y avait plus grand-chose de son visage. Son corps était recouvert d'un drap. Philippe en remercia le ciel: il se serait évanoui sur le coup si tout le reste avait ressemblé à son visage.

Seule sa main gauche sortait du drap. Elle était intacte, outre quelques petites traces de sang. Philippe la prit, la serra délicatement, se pencha pour embrasser sa femme sur la joue qui n'était pas blessée.

— Ne m'abandonne pas, Myriam, ne me fais pas ça! Je t'aime, Myriam, ne me fais pas ça, je t'en supplie!

Nicolas regarda le médecin qui secouait la tête. Ses lèvres bougèrent à peine. «Fini», comprit Nicolas. Une machine faisait du bruit et Philippe pleurait, pleurait de plus en plus fort.

— Nous conduisons votre épouse aux soins intensifs, monsieur Lambert. Le médecin qui sera responsable d'elle pourra répondre à toutes vos questions.
— Elle va survivre, non?

Le médecin resta muet.

— Dites-moi que c'est faux, dites-moi qu'elle va survivre!

Il se tourna vers Myriam, caressa sa joue, ses cheveux.

— Myriam! Reste, j'ai besoin de toi! J'ai besoin de toi, Myriam, m'entends-tu? Reste avec moi et avec les enfants!
— Viens, Philippe, dit Nicolas en lui prenant le bras. Nous allons attendre aux soins intensifs pour parler au médecin... Viens avec moi.

Philippe le suivit docilement. À l'étage des soins intensifs, il s'assit sur une chaise, la bouche ouverte, les yeux fixes.

— Jonathan... Il n'est pas mort, n'est-ce pas?

Nicolas murmura, très bas mais en fixant bien son ami:

— Le policier a dit que si, Philippe...
— Non! Non! Non! Ce n'est pas vrai, non! Non!

Philippe devint subitement fou furieux. Il était prêt à tout démolir. Il s'approcha de la fenêtre; le vide était là. Le vide l'attendait, était prêt à l'accueillir dans ses bras. Puis il se mit à déambuler de long en large pour se débarrasser de sa rage, pour éviter de tuer les porteurs de mauvaises nouvelles qui ne tarderaient sans doute pas.

Au grand soulagement de Nicolas, les parents de Philippe arrivèrent. Philippe se jeta dans les bras de sa mère qui le serra très fort contre elle.

— J'ai tellement mal, maman! Je vais mourir, moi aussi, je ne peux pas supporter ça!
— Ça va aller, mon grand, ça va aller... dit-elle en le berçant doucement. Chut... Calme-toi, ça va aller, je vais prendre soin de toi...

Mila observa Nicolas, impuissant et découragé. Jean-Pierre, son mari, qui n'avait pas cessé de pester contre le monde entier depuis qu'ils avaient quitté la maison, passait doucement sa main sur le dos de son fils unique.

— Comment va Myriam? demanda Mila.

Nicolas fit un signe révélateur. Philippe ne balbutia que quelques mots. Puis vint la question inévitable:

Myriam détestait conduire l'automobile: le couple n'en possédait qu'une pour cette raison, même si Philippe travaillait loin du village où ils élevaient tranquillement leurs enfants. Myriam devait parfois se priver de sortir, faute de moyen pour se déplacer. Où avait-elle bien pu aller en ce dimanche après-midi, alors qu'elle était fatiguée? Chez ses parents? C'était possible mais peu plausible, car Myriam n'était pas en bons termes avec eux. Et surtout, Myriam n'aurait jamais voulu conduire jusque dans le cœur de Montréal un dimanche après-midi. Elle n'allait pas non plus le chercher au club de golf puisqu'il n'y avait qu'une seule route pour s'y rendre.

Philippe préféra sortir de la triste pièce à l'arrivée de ses beaux-parents. Il savait qu'ils ne seraient pas tendres envers lui, même s'il n'était coupable de rien. À leurs yeux, leur gendre avait tous les défauts de la terre. D'ailleurs, ils l'ignorèrent complètement lorsqu'ils pénétrèrent dans la chambre de Myriam.

— S'ils restent ici, je pourrai peut-être aller voir ma petite fille? Je voudrais tellement être aux deux endroits en même temps. Qui a le plus besoin de moi? Myriam ou Marie-Ève? demanda-t-il sans désirer recevoir de réponse.
— Marie-Ève, répondit Nicolas. Marie-Ève a besoin de toi pour survivre alors que le médecin a dit que personne ne pouvait plus rien pour Myriam.
— Et Jonathan?

Mila serra de nouveau Philippe dans ses bras. Elle n'avait pas de mots pour consoler son fils.

Les parents de Myriam sortirent de la chambre.

— Qu'est-ce qui s'est passé? demanda Georges Gagnon. Où sont Marie-Ève et Jonathan?

Seul Nicolas était en mesure de leur répondre.

— C'est terrible! s'écria monsieur Gagnon. Avec Josée à l'autre bout du monde, qu'est-ce qu'il nous reste, à nous?

La sœur de Myriam vivait en Europe. Philippe ne l'avait vue que deux fois: lors de son voyage de noces et lors d'une de ses visites à elle, qui avait coïncidé avec le baptême de Jonathan.

— Et à moi? Qu'est-ce qui me reste, à moi? rétorqua sèchement Philippe.

Le médecin eut la bonne idée de venir chercher les parents de Myriam pour leur parler dans son bureau. Clémence Gagnon en ressortit en larmes et elle se dirigea droit vers son gendre.

— Pourquoi la faire souffrir inutilement? Il faut arrêter les machines!
— Non! Elle peut survivre, il faut garder espoir!

Les Gagnon regardèrent les parents de Philippe. Mila fut soulagée de sentir qu'ils avaient compris et qu'ils ne précipiteraient pas les choses.

— Crois-tu vraiment qu'elle peut survivre, Philippe?
— Oui! s'exclama-t-il sur le ton têtu d'un enfant.

Le cœur de Mila se serra quand elle songea au petit Jonathan, qui ressemblait tant à son père.

— Oui, elle va renaître, elle ne voudra jamais nous abandonner, les enfants et moi! Il faut aller voir Marie-Ève; elle va penser qu'elle a été oubliée, pauvre petit ange!
— Je veux rester près de Myriam, déclara madame Gagnon. Va voir Marie-Ève si tu veux, Philippe.
— J'ai du mal à laisser Myriam...

Il frappa son poing dans sa main, maudissant le ciel de ne pas lui permettre de pouvoir se séparer en deux parties égales.

— Jean-Pierre et moi irons voir Marie-Ève, d'accord, Philippe? Toi, reste avec ta femme, occupe-toi d'elle et ne t'inquiète pas de la petite. Ton père et moi allons veiller sur elle.
— Oui, d'accord, ça va me soulager.

Mila entraîna Nicolas un peu à l'écart.

— À quelle heure dois-tu partir, Nico?

29

— Je vais rester aussi longtemps que ce sera nécessaire, madame Lambert, vous le savez bien. Je ne laisserai certainement pas Philippe seul avec ses beaux-parents. Partez en paix, je vais m'occuper de lui. Il compte beaucoup pour moi, vous le savez. Je vais dormir ici et je n'irai pas au travail demain.

— Merci, Nicolas.

Philippe et ses beaux-parents ne s'adressèrent presque pas la parole pendant les heures qui suivirent. Philippe se posait des questions à voix haute sur les circonstances de l'accident, sur l'endroit où allait Myriam, d'où elle revenait (il ne sentait pas le regard meurtrier de sa belle-mère sur lui...), sur l'état de Marie-Ève et sur ce qu'il devait faire pour Jonathan... Et le seul fait de prononcer ce prénom le faisait éclater en sanglots. Nicolas le réconfortait alors de son mieux.

— Si Myriam meurt, Jonathan pourra être enterré avec elle? demanda Clémence. Il serait moins seul dans ce monde-là, aussi beau soit-il. Pauvre petit garçon...

— Myriam ne mourra pas! Je vous dis qu'elle va revenir! Peu importe ce qu'en pensent les médecins!

— Il ne faut pas que tu te bouches les yeux, Philippe. Je suis désolée, mais Myriam ne vivra pas! L'as-tu regardée de près?

— Laissez-moi tranquille, cessez de me parler si vous ne pouvez être que pessimistes!

Les parents de Philippe revinrent une heure plus tard. Les nouvelles n'étaient pas excellentes, mais elles étaient moins décourageantes que celles concernant Myriam.

— On parle toujours de quarante-huit heures. Si elle les traverse, le médecin affirme qu'elle survivra. Dans quelles conditions? Pour le moment, personne ne veut se prononcer.

— Tu l'as vue? demanda Philippe. Est-ce qu'elle ressemble à Myriam?

— Non, pas du tout, dit Mila en prenant sa main. Elle n'a que quelques coupures et ecchymoses sur le côté droit, presque rien sur le visage. Je l'ai embrassée très fort et je lui ai parlé longtemps. Je suis sûre qu'elle survivra. Elle est davantage blessée à l'intérieur de son corps qu'à l'extérieur, mais j'ai eu l'intuition qu'elle survivrait, qu'elle irait bien! Le médecin téléphonera ici s'il se produit des changements. C'est une femme très bien, très humaine, j'ai beaucoup aimé ce docteur.

Philippe se moquait que sa mère ait aimé ou non le médecin. La seule chose qui comptait était que Marie-Ève pût survivre. Il eut un léger sourire, son premier depuis des heures.

— Il faut qu'elle vive, dit-il. Sinon, Myriam sera trop malheureuse.

Il s'assit, prit une longue respiration. Enfin une nouvelle encourageante.

— Lui as-tu dit que je l'aime, maman? Et que je vais aller la voir dès que je saurai que sa maman va mieux?

Clémence Gagnon observa longuement son gendre. Sa fille s'était toujours dit amoureuse de lui et heureuse avec lui. Clémence avait souvent refusé de la croire, car elle avait espéré autre chose pour Myriam. À ses yeux, en plus, son gendre était trop porté sur le golf et sur ses copains – comme ce Nicolas.

Philippe fit quelques pas, colla son nez à la fenêtre: le soleil était couché et les étoiles brillaient.

— Quelle heure est-il?

Nicolas lui répondit en réprimant un bâillement: Deux heures.

— C'est l'anniversaire de Myriam, aujourd'hui. Ce sera son plus beau cadeau de survivre, non?

Il appuya sa tête contre la vitre, ne sachant plus s'il devait se croire lui-même.

Il dormit brièvement à quelques reprises, assis sur une chaise et appuyé contre un mur. Le médecin lui avait proposé en vain un calmant et un lit. Philippe avait refusé, voulant rester alerte pour s'occuper de sa femme si elle se réveillait. Sans trop protester, le médecin lui rappela qu'il devait se reposer.

Nicolas revint vers huit heures, après quatre petites heures de sommeil chez les parents de Philippe, qui n'habitaient pas très loin. Il était prêt à prendre la relève.

— Non, pas tout de suite, répondit tout bas Mila. Jean-Pierre a téléphoné cette nuit au poste de police pour connaître les circonstances de l'accident et on lui a dit qu'un enquêteur viendrait nous rencontrer ici, ce matin, vers neuf heures trente. Je veux savoir ce qui s'est passé exactement.

Nicolas avança vers Philippe, qui regardait fixement le panorama de la ville par la fenêtre, et posa sa main sur son épaule.

— Salut, Nicolas. Sais-tu où j'ai caché le cadeau de Myriam? Dans une couche qu'elle avait achetée pour le bébé! Je l'avais mis dans la sixième sous la pile et j'avais sursauté, il y a quelques jours, en découvrant que Marie-Ève allait parfois en chercher pour jouer avec ses poupées! Heureusement, mon cadeau était toujours là, mais dans la troisième couche du dessous!

Nicolas eut un sourire amusé.

— Que lui avais-tu acheté?
— Un bon d'achat pour un nouvel équipement de golf... Elle aime ce sport autant que moi, mais ses bâtons la rendaient malade. J'ai pensé qu'elle

serait contente d'en avoir des tout neufs pour le début de la saison prochaine. Nous nous sommes juré de jouer au moins un samedi ou un dimanche après-midi par deux semaines, seuls ensemble.

— Elle aurait été contente... dit Nicolas en appuyant sur le verbe conjugué au passé.

Philippe tourna vers son meilleur ami un regard mouillé, désespéré.

— Toi aussi, tu penses, comme mes beaux-parents, que Myriam va mourir? Pourquoi, Nicolas, hein? Elle respire encore!

— Philippe, Myriam est morte. Si la technologie n'était pas aussi avancée, elle aurait déjà cessé de respirer et de vivre. Elle respirera tant et aussi longtemps que tu n'accepteras pas de faire débrancher les machines...

— Pourquoi êtes-vous tous aussi pessimistes?

Il s'éloigna de Nicolas.

Le policier se présenta avec quelques minutes de retard. Il proposa de prendre une table à la cafétéria afin d'être plus à l'aise pour discuter. Philippe refusa tout d'abord, puis décida d'y aller lorsque Georges et Clémence Gagnon annoncèrent qu'ils resteraient avec Myriam. Ils préféraient ne pas trop savoir comment leur fille avait trouvé la mort.

L'enquêteur avait beaucoup de choses à dire et à demander.

— Monsieur Lambert, savez-vous où allait votre femme sur la route 17, ce dimanche vers seize heures quinze?

Philippe regarda Nicolas, qui avait pensé la même chose en même temps que lui.

— La route 17? Non, ma femme n'avait aucune raison de se rendre sur la route 17 à cette heure-là. Elle aurait dû être sur la route 14 pour venir me chercher au club de golf du mont Saint-Sauveur!

À quelques centaines de mètres du club, la route formait un Y, la route 14 se poursuivant sur la gauche, la 17 sur la droite.

— Notre hypothèse est que votre épouse se serait trompée de route et aurait voulu faire demi-tour en constatant son erreur. Selon un résidant de l'endroit, elle a tourné dans l'allée de sa maison sur la route 17 et a fait marche arrière pour aller reprendre la 14. La maison se trouve dans une courbe prononcée et il est difficile d'apercevoir les voitures qui descendent vers le village de Saint-Sauveur. Votre femme n'aurait donc pas vu le véhicule qui roulait à vive allure. Le conducteur a tout fait pour essayer de les éviter. Il a enfoncé le côté gauche de la voiture, qui n'était pas encore redressée, ce qui explique que les deux occupants de ce côté aient subi de telles blessures.

Philippe était blême et l'enquêteur marqua une brève pause.

35

— La voiture de votre épouse a basculé dans le fossé, sur le côté droit. Les pompiers ont eu du mal à dégager le corps de votre fillette qui se trouvait assise de ce côté.

Philippe secouait la tête, trouvant ces explications illogiques. Myriam n'était pas idiote et elle conduisait bien, même si elle détestait cela. L'enquêteur avait d'autres détails à ajouter:

— Un seul fait demeure intrigant. La musique ne jouait pas à tue-tête dans votre voiture. Pourtant, votre femme ne semble pas avoir entendu l'autre auto dont le silencieux était percé et, par conséquent, très bruyant... Et nous avons trouvé des traces de larmes sur le visage de votre femme lors de notre arrivée sur les lieux de l'accident...

— Elle a dû beaucoup souffrir... souffla péniblement Philippe.

— Non. Le médecin qui s'est occupé de votre épouse a pu nous confirmer qu'elle a perdu conscience sur le coup. Ce ne sont pas des larmes de douleur. Donc, son moment d'inattention est peut-être dû à cette peine? Pour nous, de toute façon, ce n'est pas important. L'affaire est classée. L'autre conducteur n'a pas été blessé et n'est coupable de rien.

— Et mon petit garçon? demanda Philippe en essuyant ses larmes.

— J'allais y venir. Il se trouvait dans un siège d'auto tout à fait réglementaire, mais il est mort sur le coup. D'ailleurs, le concernant, je dois vous demander de venir identifier son corps à la morgue.

Tout le monde resta bouche bée et le policier, mal à l'aise, se dépêcha d'expliquer:

— Vous ne serez pas obligé de voir son corps. Une nouvelle méthode d'identification permet aux proches de regarder une photo du corps. C'est moins pénible...

Paralysé, Philippe s'imagina devant le corps sans vie de son bébé et il eut un haut-le-cœur.

— Est-ce que c'est obligatoirement moi qui dois le faire?

— Non, mais ce doit être un membre de la famille, un grand-parent ou un oncle, par exemple, dit-il en regardant Nicolas.

— Nous irons, répondit Philippe. Combien de temps avons-nous pour y aller?

— Il faudrait venir aujourd'hui ou au plus tard demain.

— D'accord... Je ne comprends pas les raisons de l'accident. C'est illogique. Ma femme ne s'est jamais trompée de chemin, elle vit à Saint-Sauveur depuis presque dix ans.

— Pour la police, les raisons expliquant la présence de votre épouse à cet endroit ne sont pas importantes. C'est à vous d'essayer de comprendre pourquoi elle se trouvait là. Je suis désolé, monsieur Lambert, mais ce sont les seuls éléments que je possède.

— Qui a téléphoné à la police? demanda Nicolas.

— Le propriétaire de la maison où madame Gagnon a fait demi-tour. Le conducteur de l'autre automobile et cet homme ont immédiatement porté secours à votre famille, mais ils ne pouvaient pas faire grand-chose dans la position où se trouvait l'automobile.

— Vous pouvez me jurer que mes enfants et ma femme n'ont pas souffert?

Le policier consulta ses feuilles puis regarda Jean-Pierre Lambert. Nicolas, comme les parents de Philippe, espérait que l'enquêteur ne dirait pas la vérité. Ils avaient lu les journaux, qui parlaient tous en première page de l'accident. Le texte avait achevé de les écraser.

— Votre fils est décédé sur le coup, c'est écrit sur le rapport du médecin. Pour votre femme et votre fille, il vaudrait mieux que vous vous informiez à leurs médecins respectifs, je pourrais mal vous informer, monsieur Lambert.

Philippe hocha douloureusement la tête.

— C'est tout?
— Si vous n'avez pas d'autres questions, oui. Quant à moi, je vous tiendrai au courant s'il y a des changements. Je peux compter sur vous pour aller identifier votre garçon à l'Hôpital général de Montréal?

Philippe fit signe que oui, serra la main de

l'enquêteur et le regarda partir avant de se tourner vers Nicolas.

— C'est atroce! Qui se trouvait dans l'ambulance que nous avons croisée à l'intersection des routes 14 et 17? Myriam, Marie-Ève ou Jonathan?

Il plongea sa figure dans ses mains, au bout de ses forces physiques et mentales.

— Je ne sais pas, Philippe... C'était sans doute Jonathan puisqu'il est mort sur le coup. Son cas était le moins urgent des trois... C'est drôle, tu m'avais justement dit que tu détestais les ambulances...
— Tu trouves ça drôle, toi?
— Non, répondit aussitôt Nicolas. Non, pas du tout...

Devant le corps inerte de sa femme, Philippe réfléchissait à leur vie commune, à leurs huit années ensemble. Il avait toujours été convaincu qu'il passerait le reste de sa vie avec elle. L'idée de la perdre ne l'avait jamais effleuré.

Il touchait sa main, caressait son visage, du côté droit, essayait d'oublier sa conversation avec le policier. Il le fallait, sinon, il savait qu'il finirait par aller sur un des balcons de l'hôpital et qu'il se jetterait dans le vide.

Il préférait se souvenir des bons moments. Myriam à l'accouchement de Marie-Ève, à celui de Jonathan. Myriam, lors de sa dernière échographie, qui avait révélé qu'elle portait une petite fille se développant parfaitement... Marie-Ève avait accompagné sa mère et sa grand-mère paternelle lors de cet examen de routine et en était sortie émerveillée et fascinée. «J'ai vu le bébé, papa, j'ai vu Élodie!» s'était-elle exclamée dès que son père était rentré du bureau. Et elle s'était jetée dans ses bras pour un baiser et un gros câlin.

Deux semaines plus tôt... Maintenant, c'était fini: Marie-Ève ne connaîtrait jamais le bébé. Elle ne reverrait plus son petit frère qu'elle aimait tant. Elle ne reverrait peut-être plus sa mère...

Philippe se mit à pleurer.

Pourquoi avait-il accepté la partie de golf? Cette agressivité inhabituelle de la part de Myriam... Avait-elle eu un pressentiment? Il ne le saurait jamais...

Nicolas entra dans la chambre sans faire de bruit, posa une main sur l'épaule de son ami.

— Tout est de ma faute, murmura Philippe. J'aurais dû rester avec elle hier après-midi, Nicolas. Je n'aurais jamais dû l'obliger à apprendre à conduire! Tout est de ma faute.
— Non, c'est de la mienne. Je n'aurais pas dû t'inviter au golf.

— Mais tu ne pouvais pas savoir!

— Toi non plus, tu ne pouvais pas savoir ce qui se passerait, Philippe!

— J'ai fait de la peine à ma femme la veille de son anniversaire, un jour où elle se sentait mal, en plus! C'est ça que j'aurais dû savoir, c'est ça dont j'aurais dû tenir compte! Si j'avais eu plus de jugement, jamais tout ça ne serait arrivé.

S'il n'avait pas été dans la chambre de sa femme, Philippe aurait frappé et démoli tous les murs qui l'entouraient.

— Ne parle pas comme ça, Philippe. C'est ridicule et tu te fais du mal inutilement, crois-moi. Quand un événement doit se produire, il se produit, peu importe ce qu'on fait et ce qu'on ne fait pas. Viens avec moi, il vaut mieux que tu sortes d'ici.

— Non, pas tout de suite. J'ai besoin de lui parler, Nicolas. Si elle part, j'aurai au moins profité de mes derniers moments avec elle...

— Veux-tu venir à la morgue ou non? demanda Nicolas sans le quitter des yeux une seconde.

— Oui. Il faut que je voie Jonathan, sinon, je n'arriverai jamais à croire qu'il est mort. Je n'arrive déjà pas à l'imaginer, je pense toujours qu'il est à l'hôpital, comme Marie-Ève.

— Quand et avec qui veux-tu y aller?

— Je veux y aller demain avant-midi avec papa ou toi. Ou les deux. Je ne veux pas que maman le voie. Après, elle ne pourra pas me consoler. C'est égoïste, mais j'ai besoin qu'elle me console.

— Ce n'est pas égoïste, c'est normal. Je vais te dire quelque chose, Philippe, il faut que tu mettes ce conseil en pratique, d'accord? C'est vital. Il ne faut pas que tu te refermes sur toi-même malgré tous les moments durs que tu vivras ces prochains temps. Tu sais que tu peux compter jour et nuit sur tes parents et moi.

— Je sais, répondit Philippe, les yeux pleins de larmes. Merci.

— Ne fais pas l'erreur de te refermer sur toi. Ça empirerait ta situation.

Philippe déposa sa tête sur l'épaule de Nicolas. Il savait que c'était vrai qu'il pourrait compter sur son ami. Nicolas avait toujours été là pour lui quand le besoin s'en était fait sentir. Et vice versa. Nicolas s'occuperait des tâches ingrates si on le lui demandait. Philippe le savait aussi et avait de la chance de l'avoir. En regardant Myriam, il lui demanda, intérieurement, pourquoi elle n'avait jamais aimé cet homme si bon, si sincère et si généreux. Une antipathie naturelle? Sans doute. C'était malheureux, car Nicolas n'avait pas mérité les sentiments de Myriam.

— Tes beaux-parents sont étranges, non? Ils ont de la peine, ils voudraient pleurer toutes les larmes de leurs corps, mais ils ne savent pas comment le faire. Ce sont des gens snobs.

— Et injustes. Ils l'ont toujours été de façon démesurée. Ils préféraient ne pas voir leur fille plutôt que de la voir heureuse avec un comptable, même si j'ai un bon poste. Illogiques, injustes et snobs, ça les décrit à la perfection!

Nicolas regarda Myriam. La vision de cette femme, autrefois très forte et rarement vulnérable en sa présence, lui était insupportable.

— Je sors un peu, laissa-t-il tomber.

Philippe s'assit tout près de sa femme, garda sa main entre les siennes.

Il se rappelait le sourire de Myriam, la première fois que Jonathan avait fait quelques pas entre les bras de son père et ceux de sa mère. Un sourire émerveillé, radieux. Elle en avait eu les larmes aux yeux, alors qu'elle félicitait son bébé en le couvrant de baisers et de bravos.

Elle avait tant regretté d'avoir manqué les premiers pas de Marie-Ève, qui les avait faits à la garderie, qu'elle avait décidé d'abandonner son emploi à sa deuxième grossesse. Pourtant elle adorait son métier de coiffeuse. La nouvelle vie qu'ils avaient entreprise leur avait parfaitement convenu. Ils étaient heureux.

Chaque soir, Philippe retrouvait sa famille, soupait, s'occupait des enfants, les couchait, puis profitait d'un répit avec sa femme. Comme ils n'avaient pas besoin de beaucoup de sommeil, ils pouvaient passer plusieurs heures à échanger.

Ils se disputaient rarement, sauf à propos de Nicolas, bien entendu. Myriam était presque toujours de bonne humeur, Philippe et les enfants aussi. Certes Myriam avait ses mauvais jours lors de ses grossesses, qui comportaient leurs lots de difficultés pour son corps et pour elle, mais ce n'était rien d'insupportable pour ses proches.

Ce funeste 6 septembre 1992 était-il un jour pire que les autres? Non. Myriam était simplement fatiguée. Comme ses enfants étaient sages, ils lui avaient laissé la chance de se reposer même si son mari était parti deux heures. Pourquoi alors avait-elle pleuré?

Restait Marie-Ève... Pour l'instant, moins de vingt-quatre heures après l'accident, elle était pour ainsi dire le loquet qui gardait fermées les fenêtres devant lesquelles s'arrêtait Philippe.

Il monta tous les étages de l'hôpital pour enfants avec une lenteur qu'il s'expliquait facilement: il avait peur.

Accompagné de Nicolas, tandis que ses parents restaient au chevet de Myriam, Philippe se présenta à une infirmière, qui alla chercher le médecin. Une belle femme, assez jeune, l'air sympathique (ses parents avaient raison) serra la main de Philippe, puis celle de Nicolas, avec un beau sourire.

— Voulez-vous la voir quelques minutes? Vous pourriez venir ensuite dans mon bureau.

— Docteur, dites-moi si ce sont les machines qui maintiennent Marie-Ève en vie.

— Les machines l'aident un peu, mais son cœur bat, son cerveau est toujours vivant et elle peut respirer par elle-même, ne soyez pas inquiet. Venez.

Philippe poussa la porte, suivi par Nicolas et le médecin. Il la regarda attentivement, des pieds à la tête, dix fois de suite: elle n'était pas trop abîmée, sinon cette jambe droite qui était dans le plâtre et qui devait être cassée. C'était triste de voir un corps aussi petit, aussi menu, couché dans un lit droit, des tubes dans le nez, dans les bras. Le visage de Marie-Ève exprimait par contre une certaine sérénité, contrairement à celui de Myriam, défiguré et comme tordu par la souffrance.

Philippe se pencha, embrassa le front de sa fille. Il avait tant de choses à lui dire. Mais pas devant ce médecin. Il voulait être seul avec elle.

Les cheveux assez longs de sa petite fille étaient emmêlés, et ce détail insignifiant brisa le cœur de Philippe. Sa femme était si fière; elle n'aurait pas aimé voir sa fille dans un état pareil. Surtout les cheveux. Sacrilège pour une coiffeuse.

— Je peux revenir tout à l'heure, seul? demanda Philippe.

— Oui. Venez avec moi.

Philippe eut du mal à quitter sa fille des yeux et à laisser sa main. Il suivit le médecin dans son bureau.

— Je crois que vos parents vous ont dit que le stade critique pour assurer la survie de Marie-Ève était de quarante-huit heures, n'est-ce pas?

— Oui.

— Eh bien! je peux vous dire qu'elle est sauvée, en ce moment.

Philippe échappa un profond soupir de soulagement.

— Si son état se stabilise comme je le pense, il y a quatre choses dont je dois vous parler: son coma, ses reins, son cerveau et sa jambe.

— Puis-je vous dire que les trois premiers mots sont effrayants?

— Je vous comprends, monsieur Lambert. Votre fille est dans un coma profond et ce peut être long avant qu'elle ne se réveille. J'ai bien peur qu'elle ait des problèmes aux reins qui nécessiteront de la dialyse ou même une transplantation. Vous connaissez un peu ces techniques?

— J'en ai entendu parler, oui. Quinze heures de dialyse par semaine, c'est l'enfer, non? Bof, l'important, c'est qu'elle ne meure pas et que je puisse la garder près de moi. Pour la dialyse, elle ne devrait pas rester hospitalisée, hein?

— Non, attendez. Je vais continuer et je répondrai à vos questions au fur et à mesure, d'accord?

Philippe acquiesça.

— Elle a un hématome au cerveau. Rien de très grave; son intelligence et son sens moteur ne seront pas affectés. L'hématome se situe au niveau de la mémoire, c'est ça qui m'inquiète beaucoup. Je ne peux pas vous dire si sa mémoire aura été affectée ou non avant qu'elle se réveille. C'est possible que non, mais je préfère vous en avertir, au cas où. Disons que les chances sont de cinquante-cinquante. Au pire, si l'hématome a laissé des séquelles, je peux au moins vous rassurer en vous disant qu'à cet âge, la récupération se fait très vite.

— Ça veut dire qu'à son réveil, elle peut ne pas reconnaître son propre père?

— C'est ça, entre autres, monsieur Lambert. Essayez de ne pas vous casser la tête avec ça, en ce moment. Son amnésie peut être complète ou partielle. Dans le meilleur des cas, elle peut ne pas être amnésique du tout. Malheureusement, la technologie ne nous permet pas de le détecter avant son réveil complet.

— Et sa jambe?

— Elle souffre d'une double fracture au tibia, ce qui guérira vite. Par contre, Marie-Ève aura besoin de physiothérapie. Ce ne sera pas très compliqué, vous verrez ça en temps et lieu. Je vous ai rassuré ou inquiété, monsieur Lambert?

— Comparées aux nouvelles que m'ont données les médecins de ma femme et de mon fils, celles-là sont bonnes. Elles auraient pu être meilleures, c'est sûr. J'aimerais pouvoir la prendre dans

47

mes bras, lui parler, la rassurer, lui dire que je l'aime...

Le soupir de Philippe émut profondément le docteur Turcotte.

— Vous comprenez que je ne sois pas beaucoup ici, en ce moment? J'ai peur d'avoir l'air d'un père indigne, mais je ne peux pas me couper en deux et je pense que ma femme a vraiment besoin de moi en ce moment...

— Je comprends très bien. Ne vous inquiétez pas, dit-elle avec un sourire très doux. Nous avons le numéro de téléphone de l'étage de l'hôpital où se trouve votre femme. S'il y avait une évolution ou une dégradation de l'état de votre petite fille, je vous contacterais aussitôt. Nous prenons bien soin d'elle, soyez rassuré. Avez-vous d'autres questions?

— Oui, j'en ai une autre, docteur. Pouvez-vous me dire si ma fille a perdu conscience au moment de l'impact, si elle a souffert?

Les ambulanciers avaient tout raconté lors de l'arrivée de Marie-Ève à l'urgence. Et l'histoire avait été reprise en long et en large dans tous les journaux du matin. Le père de Philippe avait téléphoné au docteur Turcotte une heure plus tôt pour lui demander de ménager son fils. Alexandra avait promis.

— Je ne peux rien vous jurer, dit-elle, mais je suis d'avis qu'elle n'a eu connaissance de rien. Vous pourriez peut-être demander aux policiers... Ils sont arrivés les premiers sur les lieux de l'accident.

Philippe comprit qu'ils se relançaient tous la balle. D'une certaine façon, ça ne le dérangeait pas: son cerveau enregistrait trop de choses depuis la veille; il désirait se reposer un peu.

Philippe regagna la chambre de Marie-Ève. Alexandra resta à l'extérieur avec Nicolas.

— Comment va son épouse? chuchota-t-elle. J'ai cru comprendre que ça ne va pas... J'ai parlé à son père, tout à l'heure, mais il semblait si bouleversé que je n'ai pas osé lui poser trop de questions.

— Myriam est cliniquement morte, ce que Philippe refuse d'admettre pour le moment... Mais une certaine partie de lui le sait, inconsciemment, je crois. Il lui tient la main, passe le plus de temps possible avec elle, pour reprendre ses propres mots, mais lorsque nous lui parlons de la mort, il affirme qu'elle va revenir, qu'elle ne les abandonnera pas, lui et les enfants.

— Est-ce que c'est vrai que son petit garçon est mort, comme on le dit dans le journal?

— Oui et le bébé que sa femme portait aussi... Il n'a plus rien.

Alexandra Turcotte baissa les yeux.

— Normal qu'il refuse d'accepter la mort de son épouse. Il ne peut pas imaginer sa vie sans elle en ce moment, mais il va lentement se faire à l'idée. Le médecin de sa femme ne lui a pas proposé de rencontrer un thérapeute?

— Il n'en a pas parlé, mais nous y avons pensé. Je ne suis pas sûr que l'idée plaise à Philippe.

— Il y a d'excellents psychiatres pour les parents éprouvés, ici. S'il passe beaucoup de temps auprès de Marie-Ève après le décès... officiel de son épouse, je pourrai tenter de le convaincre.

— Merci beaucoup, docteur. C'est bien de savoir que nous pouvons compter sur vous.

— Je suis presque toujours ici. Mon soutien sera inconditionnel, c'est promis.

Elle s'éloigna et Nicolas se promena un peu sur l'étage. Il n'y vit que des enfants en piteux état et des parents éplorés, certains autant que Philippe. Au bout d'une demi-heure, enfoncé dans son désespoir, il décida de rejoindre son ami.

Philippe, tout près de sa petite, réfléchissait. Est-ce que cette femme médecin pouvait bien prendre soin de sa fille? Elle était toute petite, ses cheveux noirs étaient sévèrement tirés en queue de cheval et elle ne paraissait pas avoir encore trente ans. Il l'aurait prise pour une infirmière si elle n'avait pas porté le classique sarrau blanc par-dessus ses vêtements. Il était un peu inquiet, bien qu'elle lui eût paru tout à fait professionnelle quand ils avaient discuté dans son bureau.

— Est-ce que tu veux retourner voir Myriam

tout de suite? Le médecin a été très encourageant, non? Elle va s'en sortir, ta petite puce!

— J'ai de la difficulté à y croire, Nicolas. Tout va tellement mal.

— Ça va aller, Philippe, elle l'a dit... Si tu veux rester encore un peu avec ta petite, je vais prendre une bouchée à la cafétéria. Mais c'est à la condition que tu manges aussi, même si c'est dans ma voiture.

— Je n'ai pas faim, mais j'essaierai. Merci, Nicolas.

Plus tard, dans la voiture, Philippe s'efforça d'avaler quelques bouchées de sandwich. Mais il fut pris d'une si puissante nausée qu'il y renonça.

— Comment je vais faire pour survivre, Nicolas? J'ai une petite fille qui restera inconsciente pendant longtemps, qui risque de ne même pas me reconnaître à son réveil, une femme dans un état critique et un garçon de trois ans qui est mort. Mort à trois ans, Nicolas! 1989-1992. Ce sera beau sur la pierre tombale! J'essaie de ne pas devenir fou, mais je suis si révolté que c'est plus fort que moi. Je ne sais même pas comment je vais faire pour assister aux funérailles de Jonathan. Ni même les organiser...

— Tu n'auras pas à t'occuper de les organiser. Tes parents et moi allons nous en charger. Tu ne seras pas obligé d'être longtemps présent. L'enterrement sera privé.

— Je ne peux pas assister à ça. Je n'arriverai jamais à supporter qu'on descende mon fils dans

51

un trou sans craquer! Si c'est à moi de mettre la première pelletée de terre, je m'effondre, c'est garanti.

— Ton père ou ton beau-père pourra le faire à ta place. Après tout, ce n'est qu'un geste symbolique.

— Symbolique, Nicolas! Un petit tas de terre signifiera que je n'aurai plus jamais mon fils dans mes bras, avec moi, que j'autorise son corps à se décomposer dans la terre comme un vulgaire fruit pourri et...

— Philippe, cesse de dire des bêtises. Ces comparaisons ne peuvent pas te faire du bien.

— Rien ne peut me faire du bien de toute façon.

— Je sais ce que tu vis, mais je ne veux pas que tu lâches!

— J'ai Marie-Ève. Heureusement qu'il y a Marie-Ève...

— Je ne sais pas comment je vais faire, papa... Mais je dois le faire, c'est nécessaire pour que je comprenne et réalise que c'est fini, complètement fini.

— Je suis là, mon grand, je serai là, avec toi.

— Je sais. Merci. Si j'étais seul, en ce moment, je...

— Tu n'es pas seul, Philippe, nous sommes tous avec toi.

L'étage de l'hôpital sentait le désinfectant, odeur mêlée à celles d'autres produits qui dégoûtaient Philippe. Il n'avait rien avalé depuis longtemps, sauf les quelques bouchées du sandwich qu'il avait vomies aussitôt arrivé à l'hôpital. Cette odeur lui redonna la nausée.

Un médecin les installa dans son bureau.

— Jonathan n'a pas eu le temps de souffrir lors de l'accident. Son cœur a explosé sous la pression des fractures. Il n'a eu aucune chance de s'en tirer. Il est mort paisiblement.

— Paisiblement! répliqua Philippe sur un ton hargneux. À trois ans, avec un cœur éclaté!

— Je voulais dire qu'il n'a pas souffert, monsieur Lambert. Habituellement, les parents sont soulagés quand ils savent que leurs enfants n'ont pas souffert avant de mourir.

— Je ne suis pas différent des autres.

Philippe dut réprimer des larmes.

— Est-ce que son corps est en bon état?

— Son corps a été plutôt abîmé. Mais sa figure n'a été touchée que par quelques éclats de verre. Si vous le voulez, son cercueil pourra être ouvert.

— Est-ce que je pourrai rester avec lui quelques minutes? Je veux le regarder comme il faut, percevoir cette sérénité dont vous parliez. Une fois que les corps sont passés par le salon funéraire, ils ne se ressemblent plus du tout.

— Vous pouvez rester à côté de lui si vous le voulez, le temps que vous le souhaiterez. Mais ce n'est pas conseillé de prolonger indéfiniment. Vous ne vous feriez que du mal.

— Je sais ce qui est le mieux pour moi! Mon père peut m'accompagner? J'en ai besoin.

— Bien sûr. Venez avec moi, je vais vous présenter au technicien qui s'est occupé de votre fils. Il va vous conduire à lui.

Philippe, suivi de Jean-Pierre, sourit à cet homme, jeune et expressif. Le médecin se retira.

— Dans le cas d'une mort comme celle de Jonathan, je laisse habituellement le parent le prendre dans ses bras quelques instants, très délicatement. Il reste quand même enveloppé dans un drap, mais ce dernier contact avec l'enfant aide souvent le parent à faire son deuil... Si ça ne vous intéresse pas, ce n'est pas grave du tout, ce n'est qu'une proposition. Si c'est trop dur, rien, je dis bien rien, ne vous y oblige, monsieur Lambert.

Philippe regarda son père puis le technicien, les larmes aux yeux.

— Oui, il faut que je le fasse.

L'homme les conduisit vers le corps de Jonathan, étendu sur une table. Seul son visage dépassait du drap dans lequel il était enveloppé. Philippe éclata en sanglots quand l'homme prit son fils dans ses bras.

— Tenez, monsieur Lambert. Tout doucement. Redonnez-le-moi quand vous le voudrez. Prenez tout votre temps.

Philippe enlaça le petit corps tout froid, tout raide de son bébé sans pouvoir cesser de pleurer. Le médecin avait eu raison: Jonathan souriait presque, un sourire plein de sa joie de vivre, que même la mort n'arrivait pas à lui arracher.

Vivre. Philippe pleura de plus belle. Il entendait son père faire de même derrière lui.

— Myriam est morte aussi, hein, papa?

Le silence de Jean-Pierre était lourd de signification.

— Papa, j'ai tout perdu. Marie-Ève ne survivra peut-être pas. Ou dans quel état? Myriam est morte... Mon Dieu, qu'est-ce que je vais faire, maintenant?

Philippe appuya sa tête sur le petit front froid de Jonathan, tenant son corps comme s'il avait eu un trésor entre ses mains. Ses membres commencèrent à trembler, mais il ne pouvait cesser de fixer le beau visage de son bébé. La main de son père était posée sur son dos.

— Qu'est-ce que je vais faire? répéta Philippe, au bord de l'évanouissement.

Il embrassa le front de Jonathan. Il aurait voulu l'emporter avec lui, lui redonner la vie, se sentir moins impuissant. Philippe aurait volontiers donné sa vie pour celle de Jonathan. Ses enfants auraient été orphelins, mais Philippe savait qu'ils auraient été heureux avec leurs grands-parents et avec Nicolas près d'eux.

— Il faut que tu sois fort, Philippe.

Comme si c'était possible! Philippe aurait voulu hurler à son père de dire autre chose que des stupidités.

— Mon petit Jonathan, bredouilla-t-il plutôt. Je t'aime tant...

Ses épaules tressautaient.

— Je ne pourrai jamais survivre, dit-il pour lui-même. Je n'ai plus rien.
— Tu as Marie-Ève, Philippe. Elle aura besoin de toi quand elle sera guérie.

Son front contre celui de Jonathan, Philippe pleura, pleura, pleura un long moment. Puis, épuisé, à bout de souffle, nauséeux, il releva la tête, regarda son fils plusieurs secondes.

— Tenez, dit-il très faiblement à l'employé de la morgue. Prenez soin de lui, je vous en conjure.

Le regard de l'employé accrocha celui de Philippe: lui aussi était très ému et avait les yeux mouillés.

— Soyez-en certain, monsieur. Gardez un beau souvenir de votre fils, pas celui de ce moment-ci...

Philippe promit en s'épongeant les yeux, mais il savait qu'il n'oublierait jamais l'image de ce petit corps sans vie.

— C'est un enfant adorable et je suis sûr qu'il est très bien là où il est maintenant. Ne vous inquiétez pas pour lui.
— Oui...

En se dirigeant vers la porte, Philippe se retourna pour un dernier adieu, puis, dans une salle en retrait, sans doute là pour les gens éprouvés, il se laissa choir sur une chaise. Jean-Pierre ne cachait pas ses larmes, mais refoulait ses sanglots. Il tenait la main de son fils.

— Il n'a pas souffert, Philippe, ça me console.

Philippe avait renversé sa tête vers l'arrière, cherchait désespérément de l'oxygène.

— Qu'est-ce que j'ai bien pu faire au bon Dieu pour être puni comme ça? murmurait-il.

Il se pencha, serra ses poings de toutes ses forces pour évacuer sa détresse. Le réconfort de son père ne l'atteignait plus. Une bulle de désespoir absolu s'était formée autour de lui.

— Myriam va aller le rejoindre et prendre soin de lui.

Son père murmura quelque chose d'incompréhensible.

— Il faut que j'arrête de penser, reprit Philippe. Je sens que je vais mourir.

— Il faut surtout que tu dormes, maintenant. Allez, viens. Quelques bonnes heures chez toi, dans ton lit, O.K.? Ça va te soulager un peu.

— Non, dit Philippe en secouant vigoureusement la tête, pas à la maison! Ça va me faire trop mal, je le sais, je ne veux plus jamais remettre les pieds dans ma maison! Je ne serai pas capable!

— Viens chez nous, dans ce cas-là. Tu ne seras pas tellement loin de l'hôpital et tu te reposeras un peu, c'est vital pour toi.

— D'accord, mais pas longtemps. Je veux profiter de Myriam, c'est normal, non?

— Bien sûr que c'est normal. Allez, viens.

Philippe dormit trente minutes et se réveilla en sueur: il venait de rêver que Jonathan et Marie-Ève se trouvaient avec lui et Myriam dans le grand lit conjugal.

Mais non. Jonathan, son petit garçon, qui lui avait apporté avec une grande fierté un jus d'orange, était maintenant enveloppé dans un sac de plastique et couché dans un réfrigérateur.

Philippe se leva en courant et vomit. Dépité, Jean-Pierre garnissait des gaufres chaudes avec la confiture de sa femme – un plat dont Philippe, Myriam et les enfants raffolaient.

— Je n'ai pas faim, papa, excuse-moi. Je veux retourner à l'hôpital.

Jean-Pierre insista à peine avant de tout jeter à la poubelle.

— Je suis prêt, Philippe, partons quand tu veux.

Philippe était de nouveau auprès de Myriam.

Pourquoi pleurait-elle lors de l'accident? ne cessait-il de se demander.

Pourtant, il était certain qu'elle était heureuse de la vie qu'elle menait. Même si elle avouait parfois se sentir prisonnière de sa maison.

Philippe était comptable en chef au siège social de la firme Toyota, à Montréal. Un travail exigeant mais bien rémunéré, ce qui avait permis à sa femme de quitter son emploi. Ils vivaient confortablement dans une maison à leur goût, agréable, songeaient même à un quatrième enfant après l'arrivée du troisième...

L'hypothèse d'un suicide traversa l'esprit de Philippe. Mais il se trouva ridicule. Myriam était en bonne santé physique et mentale, elle adorait ses enfants et n'aurait jamais pu, même dans un moment de désespoir aigu, penser à les jeter avec elle dans la mort.

Jamais.

Pour se faire pardonner d'avoir eu une pensée aussi grotesque, Philippe déposa un baiser sur le front de Myriam.

— Pardonne-moi, ma chérie, je suis si fatigué que je divague.

Le médecin de Myriam, le docteur Roy, avait demandé à parler à Philippe. «Votre femme est morte, il faudrait débrancher les machines qui la maintiennent en vie ar-ti-fi-ci-el-le-ment!» C'est ce que Philippe s'attendait à se faire dire. Georges et Clémence Gagnon étaient du même avis que le médecin. D'autant plus qu'ils craignaient que leur fille souffre inutilement. Philippe, lui, avait espéré jusqu'au moment où il avait pris Jonathan dans ses bras. Là, il avait été frappé par une évidence: outre les machines et les tubes, rien ne différenciait vraiment son fils de sa femme. Leur front était aussi froid, il n'y avait aucune vie en eux.

Même s'il n'avait plus l'espoir que Myriam survive, Philippe ne parvenait pas à donner l'autorisation finale, ne savait même pas quand il le pourrait. Il était incapable d'imaginer qu'il risquait de ne plus jamais la revoir, l'embrasser et la toucher.

Le médecin revenait sans cesse sur cette question.

— Autrement dit, docteur, votre message est: «Acceptez de la débrancher au plus vite, j'ai besoin du lit et des machines pour une autre personne.» C'est ça?
— Pas du tout, monsieur Lambert! Vos proches se font du souci, ils pensent que vous entretenez beaucoup d'illusions. Mais je vois que vous êtes réaliste; c'est bien. Laissez-moi vous dire une chose: s'il y avait un espoir que votre femme survive, même le plus minime, je ne vous parlerais pas ainsi, soyez-en certain. Mais elle est cliniquement morte, les chances sont nulles.
— J'ai besoin de temps, répondit Philippe en fondant en larmes.

Il claqua la porte et retourna s'asseoir auprès de sa femme. Le bébé n'était plus en elle, lui avait dit le médecin la veille, mais il était gardé «au frais» (quelle horrible expression!) pour être enterré avec sa mère ou son frère. La belle-mère de Philippe lui avait expliqué qu'il existait deux possibilités: celle de mettre l'enfant dans un cercueil à part et de le placer en terre sur celui de sa mère, ou d'utiliser un seul cercueil pour les deux. Philippe tenait mordicus à la seconde éventualité. Jonathan serait enterré dans le même lot que sa mère, si possible par-dessus elle. Ainsi, dans une quinzaine d'années, lorsque les cercueils se seraient désagrégés, Myriam, Jonathan et Élodie seraient ensemble pour toujours.

Philippe savait qu'il y avait quelque chose de morbide à tenir la main de sa femme, mais peu lui importait. Sans doute Myriam n'avait-elle conscience de rien de ce qui se passait autour d'elle, mais lui, au moins, pouvait profiter de sa présence physique. Un étau se formait dans sa poitrine et dans sa gorge quand il songeait à l'avenir.

La mère de Myriam s'approcha, déposa sa main sur son épaule. Un geste qui étonna Philippe.

— Le médecin affirme qu'elle ne souffre pas, dit-elle. C'est rassurant. Mais toi, tu souffres, Philippe. Ce serait préférable que tu restes près de Marie-Ève. Avec elle, au moins, il y a de l'espoir.

— Je sais ce que vous voulez, madame Gagnon. Je ne suis pas prêt. Pas tout de suite.

— Tu te fais du mal pour rien, Philippe. Je sais que nous n'avons pas toujours entretenu de bonnes relations, mais je suis sincère. La Myriam que tu as devant toi n'est pas ta femme, ce n'est pas la Myriam que tu aimes. Notre vraie Myriam est morte, rien ne peut nous la ramener, même pas ce corps tout brisé qui ne lui appartient plus.

Philippe la regarda à travers son désespoir, lui sourit vaguement puis se tourna de nouveau vers Myriam.

— Quand j'aurai vraiment l'impression d'avoir profité de mes derniers moments avec elle, j'accepterai. Pas avant.

La main continuait de caresser son épaule.

— C'est la solution la plus sage pour tout le monde, Philippe, surtout pour toi. Tu es si pâle...
— Je me sens terriblement coupable... J'ai l'impression que tout est de ma faute.

La main se retira de l'épaule.

— De toute façon, c'est impossible de revenir en arrière. Au moins, Myriam a eu une vie paisible et heureuse. Je sais qu'elle était bien avec toi.

Philippe la regarda, stupéfait et touché.

— Vous l'a-t-elle dit? demanda-t-il d'une voix nerveuse.
— Elle me le disait chaque fois que je lui parlais, ou presque. Les enfants étaient adorables, elle ne pouvait pas les regretter.

— Et moi? Qu'est-ce qu'elle vous disait à propos de moi? Est-ce qu'elle m'en voulait?

— Elle disait qu'elle t'aimait, Philippe. Qu'elle était bien avec toi.

Philippe versa de nouvelles larmes, contemplant sa femme à travers un épais brouillard.

— J'ai l'impression d'être un monstre, d'avoir assassiné ma famille.

— Mais non. Tu es un humain, comme tout le monde, voilà tout...

Elle lui sourit, lui tapota l'épaule et sortit. Philippe pleura, appuyé sur le mur, se demanda comment il trouverait le courage de donner son consentement.

Jean-Pierre était heureux d'être de retour chez lui. Il était parvenu à ne pas craquer devant sa femme et son fils, mais il savait que c'était à la limite.

Il n'avait jamais pensé qu'il pourrait souffrir autant et aussi intensément un jour. Quel supplice de voir sa famille dans un état pareil!

Comme Philippe, il avait eu du mal à s'imaginer qu'il pourrait voir le petit Jonathan à la morgue, mais la réalité avait été pire que toutes ses craintes. Voir ce si beau petit garçon enveloppé dans un drap de plastique... Pendant que Philippe pleurait, le front appuyé sur celui de son fils, Jean-Pierre aurait voulu mourir pour transmettre sa vie à ce petit enfant qui n'avait pas mérité son sort. En plus de la mort tragique de Jonathan, son petit-fils chéri, Jean-Pierre avait dû composer avec toute la peine, toute la détresse de son fils unique. En quelque sorte, c'est cela qui avait été le plus dur.

Croyant en Dieu, le jeune grand-papa était convaincu que son petit-fils était bien et heureux, dans le monde éternel. Il savait que Philippe souffrirait plus que tous, que sa douleur mettrait des mois, des années avant de s'atténuer. Pour un homme comme lui, c'était terrible à accepter. Il avait élevé son fils unique pour qu'il soit heureux. Philippe l'avait été très vite. Il n'avait jamais eu de peine d'amour, comme Nicolas, n'avait jamais connu de deuils. Il avait fondé sa famille, travaillait honnêtement, aimait les siens, les protégeait comme tout bon père de famille doit le faire et puis bang! L'accident avait ravi tout ça d'un coup. Plus rien ne serait plus jamais pareil.

Jean-Pierre se doutait que quelque chose en Philippe serait enterré en même temps que Myriam et Jonathan. Quelque chose d'important. Un jour, la vie reprendrait sûrement le dessus sur le reste, mais Philippe ne serait plus l'homme d'avant. Jamais tout à fait. Sa femme et lui non plus ne retrouveraient pas leur bonheur d'antan, mais ils seraient d'accord tous les deux: ils étaient plus âgés et c'était beaucoup moins grave.

Si une chose pouvait rassurer Jean-Pierre, c'était qu'il ne pourrait jamais, de sa vie, souffrir davantage que lors de cette visite à la morgue. Il avait eu tellement mal dans son cœur de père en voyant son garçon souffrir!

Le sentiment d'impuissance était un poison. Jean-Pierre était en train de s'empoisonner à force de se sentir impuissant à soulager le mal de son fils.

Il eut besoin d'une heure pour lui dire adieu. Une heure qu'il n'oublierait jamais. Lorsqu'il sortit de la chambre, armé de tout son courage, il fonça, aveuglé par ses larmes, vers la salle d'attente. Il s'assit, indifférent à la présence de sa mère et de Nicolas.

— Monsieur et madame Gagnon sont avec elle, Philippe. Ils viendront quand ce sera terminé.

Philippe les pria de s'éloigner. Il avait besoin d'air, il avait besoin d'espace pour pleurer librement.

Quelques minutes plus tard, Georges et Clémence Gagnon sortirent de la chambre. En voyant leurs traits ravagés, Philippe se remit à sangloter de plus belle.

— C'est mieux pour elle, Philippe... dit doucement la mère de Myriam.

— Je veux aller voir Marie-Ève. Je ne veux pas être ici quand ils sortiront le corps de Myriam.

Dans le stationnement, ils se séparèrent en trois groupes: les parents de Myriam allaient se reposer, ceux de Philippe regagnaient leur domicile afin de préparer les funérailles, alors que Philippe et Nicolas se dirigèrent très vite vers l'hôpital pour enfants de Montréal.

Alexandra Turcotte les reconnut tout de suite et vint vers eux, souriante. Mais son expression se transforma quand elle vit Philippe.

— Vous avez eu de mauvaises nouvelles d'un autre hôpital? demanda-t-elle poliment.

— Ma femme vient de mourir... officiellement...

— Je suis désolée, monsieur Lambert, vraiment désolée... Au moins, de mon côté, j'ai de bonnes nouvelles. L'état de Marie-Ève s'est stabilisé et nous ne craignons plus du tout pour sa vie.

— C'est bien. Et les reins, la mémoire, rien de nouveau?

— Non, malheureusement, et il n'y aura rien de nouveau avant son réveil. Vous avez besoin de repos, monsieur Lambert, ça se voit d'emblée. Voulez-vous rentrer chez vous pour dormir quelques bonnes heures? Rien ne changera pour Marie-Ève avant plusieurs jours. Rien ne vous empêche d'aller vous reposer. N'oubliez pas que si vous tombez malade, vous ne pourrez aider personne.

— Je veux voir ma fille, c'est la seule chose qui compte pour moi. Est-ce que je peux?

Le médecin haussa les épaules.

— Je ne peux pas vous obliger à vous reposer! Allez-y, monsieur Lambert, mais soyez raisonnable, d'accord?

Philippe promit.

— Tu viens avec moi, Nicolas?

Nicolas, qui semblait plus intéressé par les beaux yeux du médecin, le suivit en silence.

Dans la chambre, Philippe se pencha au-dessus de Marie-Ève.

— Bonjour, ma petite chérie. Papa est là, maintenant, il ne partira plus souvent. Je t'aime, mon petit amour.

Philippe embrassa son enfant sur le front.

— Peut-être que je pourrais avoir un lit ici, dit-il. Je crois que les parents ont le droit de dormir avec leur enfant, non?
— Je pense que oui. De toute façon, je sais que tu nous tiendras tête jusqu'au moment où tu t'écrouleras de fatigue et je n'ai pas envie que tu en arrives là.

— Moi non plus. Je veux veiller sur ma fille et avoir toute ma raison. Tant que Marie-Ève sera là, je ne craquerai pas, Nicolas. Elle a perdu sa mère, son frère et le bébé que portait Myriam, qu'elle attendait avec tellement d'impatience. Il faut que je sois là pour elle.

Nicolas passa doucement sa main dans le dos de Philippe.

— C'est vrai que Marie-Ève a besoin de toi et de tout l'amour que tu pourras lui donner.
— Elle n'en manquera pas. Je n'ai plus qu'elle...
— As-tu des idées et des suggestions pour les funérailles? Ta mère m'a demandé de t'en parler.
— Je ne veux pas qu'il y ait trop de monde et, par pitié, il ne faut pas que ce soit trop triste. Myriam n'aimait pas les événements tristes et Jonathan était tout sauf un petit bonhomme malheureux.

Philippe détourna son regard, préférant contempler les machines plutôt que sa fille et son ami.

— Philippe, console-toi sur la vie de Marie-Ève, dis-toi que ce n'est pas pour rien qu'elle a survécu. Elle savait que tu avais besoin d'elle.
— J'ai besoin de toute ma famille et je sais que je ne pourrai jamais les revoir; imagine tout ce que ça signifie.
— Je sais, mais tu ne dois pas te laisser dépérir non plus.

— Il faut me laisser du temps. Pour le moment, je ne suis même pas capable de m'imaginer en train de sourire. Nicolas, est-ce que j'aurais l'air fou en n'allant pas au service funèbre de mon propre fils et de ma femme? Tous ces gens qui vous veulent du bien, mais qui vous enfoncent encore plus...

— Je ne sais pas. Il faudrait en parler à tes parents et à tes beaux-parents. Ils seront peut-être d'accord tous les quatre. Il faut aussi que tu y réfléchisses comme il faut. Peut-être que tu regretteras toi-même de ne pas y être allé, dans quelques mois. Après tout, c'est un événement qui ne se reproduira jamais. Si tu le manques, c'est pour toujours.

— Une chance que ça ne se reproduira jamais! Imagine si je devais vivre une telle épreuve à tous les quatre ou cinq ans! Je serais déjà mort, juste en pensant à la prochaine fois!

Nicolas sourit et posa son regard sur Marie-Ève. Il voyait sa poitrine se soulever, s'abaisser, se soulever et s'abaisser encore. C'était rassurant de la voir faire un geste si naturel.

Philippe s'était habillé dans la salle de bains de l'hôpital. Son père, ou Nicolas, il ne se souvenait plus, était allé chez lui et, sans lui demander son avis, avait rapporté ce complet noir pour l'enterrement. Philippe s'était changé souvent au cours des derniers jours. Quelqu'un s'était rendu à sa maison chercher une tonne de vêtements et s'était occupé aussi de les laver. Mais Philippe ne se rappelait plus qui: il était trop fatigué, trop aveuglé par la peine, trop confus pour enregistrer les détails. Ce qu'il avait remarqué cependant, c'est qu'il n'avait jamais sous la main les vêtements dans lesquels il se serait senti à l'aise. Myriam, elle, connaissait tout de lui et aurait su. Nicolas et ses parents, malgré leur amour et leur bonne volonté, n'y parvenaient pas. Par ces détails, il voyait bien à quel point sa femme lui avait été précieuse.

— Bonne chance, monsieur Lambert, dit le docteur Turcotte. Ce sera un moment pénible, mais peut-être devriez-vous tenter, durant la cérémonie, de vous rappeler vos bons moments auprès de votre épouse et de votre fils.

Philippe approuva. Elle était vraiment très gentille et très attentive aux besoins des parents et même à ceux des proches des parents.

— Je vais essayer, vous avez raison. Je n'oublierai jamais l'image de mon petit garçon à la morgue, mais ce n'est pas ce dont je vais essayer de me souvenir aujourd'hui. Ce sera déjà assez pénible comme ça d'entendre le prêtre raconter toutes sortes de choses agréables sur les miens. S'il faut en plus que je me mette à penser à ce petit corps gelé que j'ai tenu dans mes bras et qui sera là, devant moi, dans une boîte en bois...

Alexandra posa sa main sur son avant-bras.

— Rien ne pourra jamais le remplacer dans votre cœur, mais l'apaisement viendra quand même un jour, soyez sans crainte.

— Trouvez-vous que c'est encourageant de savoir que je ne serai qu'apaisé? Je voudrais oublier et cesser d'avoir mal.

— Ce n'est pas possible pour l'instant, mais ça viendra aussi, monsieur Lambert. À plus long terme.

— Merci de m'encourager. J'apprécie beaucoup et je suis certain, au moins, que ma fille est bien soignée. Ça m'enlève un grand poids.

— Marie-Ève est une priorité pour moi, ne pensez même pas à elle pendant les obsèques! Ou bien, pensez-y si ça peut vous consoler et vous rassurer.

Philippe la remercia et rejoignit son père qui se trouvait un peu plus loin et conversait avec une infirmière qu'il connaissait.

— Tu es prêt, mon grand? Nicolas nous attend à la voiture. Je lui ai demandé de conduire. Il était moins nerveux que moi.

— Vous allez... comment dire... me protéger, papa? Je ne veux pas parler à un millier de personnes. Je veux partir vite et que personne ne nous suive au cimetière. Mes beaux-parents, maman, Nicolas, toi et moi, c'est tout.

— Tout a été entendu comme ça, Philippe. Nous ferons ce qui est possible.

On avait demandé aux invités d'être discrets et ils avaient tous promis. Quant aux autres, ceux qui n'avaient pas été invités mais qui seraient là quand même, les proches de Philippe s'assureraient de dresser une barrière.

Ils partirent du salon funéraire où Myriam et Jonathan n'avaient été exposés qu'un seul soir, cercueils fermés. Philippe ne s'était pas présenté, laissant ses parents recevoir les condoléances à sa place.

— Il fait beau, dit Philippe. Une belle journée ensoleillée pour compenser l'orage qu'il y a dans mon corps. Ainsi que pour accueillir mes deux amours au paradis. S'il existe...

Personne ne fit écho à cette réflexion.

— Il y avait beaucoup de fleurs, hier, c'était très beau, dit Mila en espérant faire diversion.
— Si tu savais comme je me moque des fleurs, maman. Pourquoi mettre de belles choses à côté de la mort, qui est si laide?

Mila, assise près de son fils dans l'auto qui suivait le corbillard, lui caressa la nuque.

— J'espère que le prêtre ne fera pas une homélie trop triste, dit-il. Il m'a baptisé, a célébré notre mariage et a baptisé les deux petits. Je sais par expérience qu'il est très émotif. Moi aussi! J'ai honte de pleurer devant tant de gens.

— Tout le monde comprendra, Philippe. Pleurer, dans ta situation, c'est plus que normal, c'est humain, c'est libérateur. Il faut que tu pleures. J'irais jusqu'à dire que c'est vital.

Pourquoi suivre les cercueils? songeait Philippe. C'était sinistre. La femme avec qui il faisait l'amour, encore, deux semaines plus tôt, se trouvait devant lui, couchée entre six planches, son bébé dans les bras plutôt que dans le ventre. Et son petit bonhomme tout joyeux de trois ans était lui aussi inaccessible pour l'éternité...

Philippe regarda furtivement derrière lui en gravissant les marches de l'église. Ses yeux vides et cernés étaient cachés par des verres fumés. Il aperçut, pêle-mêle, des ex-collègues de sa femme, ses compagnons de travail à lui, son patron, des habitants du village et le policier qui était venu lui annoncer la nouvelle. Il dut prendre une grande bouffée d'air pour contenir ses larmes.

Le prêtre palabra sans retenir un instant l'attention de Philippe qui se contentait d'admirer les deux photos posées devant les cercueils. Jonathan avait un sourire éclatant. Philippe se rappelait que ce cliché avait été pris dans la piscine. Myriam souriait aussi. Ses cheveux longs flottaient sur ses épaules. C'était Philippe qui l'avait photographiée le jour de l'anniversaire de Marie-Ève, au mois de mai.

Toujours distrait, Philippe fut soudain secoué malgré lui au plus profond de son âme:

— La petite Élodie est morte dans le ventre de sa mère, entendit-il de la bouche du prêtre. Personne n'aura l'occasion de voir ce bébé que j'aurais dû baptiser dans quelques mois...

Philippe se leva après avoir regardé sa mère une petite seconde.

— Ça va aller, maman, ne t'inquiète pas, lui dit-il.

Il traversa l'allée centrale à grandes enjambées et finit par s'asseoir sur le perron de l'église. Un furieux mal de tête et une sensation d'étouffement semblaient empêcher les larmes de monter et se déchaîner.

Une présence auprès de lui. Philippe tourna la tête: Nicolas, toujours là lorsqu'il avait besoin de lui. Comment avait-il pu deviner que c'était lui seul qu'il désirait en ce moment à ses côtés? Philippe laissa naturellement sa tête tomber sur l'épaule de son ami.

— Je ne pouvais plus rester... J'ai dû avoir l'air d'un vrai fou.
— Tu te préoccuperas des apparences une autre fois. Aujourd'hui, c'est le dernier de nos soucis. Qu'est-ce que tu veux faire, maintenant? Attendre la fin de la cérémonie ici ou retourner dans l'église?

— Je ne veux pas voir la mise en terre, comprends-tu? Je ne peux pas. J'irai sur leur tombe quand... quand la fosse sera remplie.

— D'accord. Tu vas venir chez moi. Tu vas te reposer et te calmer. Je vais avertir tes parents que je m'occupe de toi. Si tu veux aller chez eux, j'irai te conduire plus tard, d'accord?

— Oui.

Les larmes si apaisantes vinrent enfin, silencieuses mais abondantes. Nicolas resta sagement à ses côtés, discret, puis se leva quand Philippe fut calmé.

— Je reviens tout de suite.

Mila Lambert tourna vers Nicolas des yeux embués. Un chœur d'enfants chantait et Nicolas préféra ne pas y porter attention. Il expliqua la situation, regagna la sortie aussi vite qu'il le put et rejoignit Philippe, toujours assis dans l'escalier.

— Merci d'être là, soupira Philippe une fois dans la voiture. Je ne remercie pas assez les gens autour de moi, qui m'aident et qui m'encouragent. Je m'en veux. J'ai l'impression que ma tête et mon corps ne m'appartiennent plus.

— Si nous ne comprenions pas, Philippe, nous serions de parfaits idiots.

Malchanceux en amour, Nicolas avait parfois été très déprimé. Une relation en particulier l'avait beaucoup marqué. Il était tombé amoureux d'une collègue de Myriam. Après quelques mois de fréquentations, il l'avait surprise dans son lit avec un autre. Il l'avait très mal pris et avait crié au secours à Philippe. Myriam, malgré ses réserves sévères à l'égard de Nicolas, n'avait cette fois jamais rechigné sur le temps que son mari avait dû rogner au détriment de sa famille. Nicolas ne l'avait pas oublié, et en ce triste jour, sa reconnaissance pour la femme de son ami se traduisait par une fidélité à toute épreuve.

Chez Nicolas, Philippe se dirigea aussitôt vers le balcon. Les deux amis s'assirent côte à côte, une bière à la main. En silence, ils contemplèrent le mont Saint-Sauveur et respirèrent l'air pur. Après presque trente années d'amitié, Nicolas connaissait assez bien Philippe pour savoir respecter autant ses silences que ses moments d'ivresse.

— J'essaie de ne pas trop pleurer devant maman et papa, avoua Philippe. Je sais qu'ils ont de la peine aussi et je trouve que c'est injuste de ne penser qu'à moi. Eux aussi seraient peut-être partis, mais ils sont restés afin que moi, je puisse me libérer.

— Ils sont restés parce qu'ils en étaient capables. Quand une telle tragédie survient, tout le monde a de la peine et des regrets, Philippe, tout le monde. À différents niveaux et pour différentes raisons, mais personne ne s'en sort indemne.

— Tu as de la peine aussi... C'est normal, tu aimais les enfants.

— J'adorais tes enfants et j'aimais bien Myriam, malgré tout. J'ai aussi des regrets: ne pas avoir fait assez d'efforts pour améliorer ma relation avec elle.

— Tu ne pouvais pas en faire plus. C'est elle qui te repoussait. Ce serait venu un jour.

Il s'interrompit un instant, puis:

— Je me sens près d'un énorme précipice. Un tout petit coup du destin et je me retrouverais dans le vide, mort, près de ma famille. C'est ce que j'aimerais le plus. Mais il y a Marie-Ève... S'il n'y avait pas Marie-Ève, je serais déjà mort, c'est sûr. J'ai l'impression d'avoir mille ans.

— Philippe, il y a Marie-Ève, mais il n'y a pas qu'elle: il y a tes parents, il y a moi. Tes parents ont perdu leur belle-fille, leur petit-fils, tu es tout ce qui leur reste à part Marie-Ève. Et moi? Qu'est-ce que je ferais sans toi? Tu es mon seul ami, mon seul confident, la seule personne sur qui j'ai toujours pu compter. Si tu n'étais plus là, il ne me resterait que mes parents et je n'ai pas avec eux la relation que tu as avec les tiens. Que me resterait-il de vrai, de solide, Philippe? J'ai besoin de toi. Comprends-tu ça?

Les deux amis se regardèrent à travers le voile de leurs larmes, muets d'émotion.

Pendant l'heure suivante, ils ne dirent plus rien, se contentant, l'esprit vide, de regarder au loin.

Philippe aurait aimé se jeter en bas du balcon. Mais il avait peur de sa rencontre avec la mort, cette mort que venait pourtant de rencontrer sa femme et son fils. Son fils de trois ans était-il moins peureux que lui?

— Penses-tu qu'ils ont terminé de remplir le trou? demanda enfin Philippe en regardant sa montre. Ça fait bien deux heures que la messe est terminée...

— Je ne peux pas te répondre. Probablement.

Philippe déglutit péniblement, prit une grande respiration, décidé à ne pas verser de larmes.

— N'y va que demain, Philippe. Ça ne changera rien. En ce moment, c'est de repos dont tu as besoin.

— Respecter la mémoire de ma femme aussi. Ma belle-mère est sans doute scandalisée que je ne sois pas resté jusqu'à la fin.

— Ta belle-mère est très humaine depuis l'accident, non? Elle comprendra, j'en suis sûr. Quand je suis revenu pour parler à ta mère, dans l'église, elle s'essuyait les yeux avec un mouchoir. Elle m'a pris pour toi une fraction de seconde, j'en suis sûr. Tu aurais dû voir avec quelle compassion elle me regardait.

— Il faut que j'aille au cimetière. Pour moi-même avant tout. Ça va me faire du bien de marcher jusque-là, d'oxygéner mes poumons. As-tu des vêtements à moi, ici?

— Non, ta mère a préféré tous les emporter chez elle puisqu'elle va à l'hôpital plus souvent que moi et qu'elle habite plus près. Veux-tu que j'aille en chercher chez toi? Ça prendrait quelques minutes. Aimes-tu mieux porter les miens? Nous avons une taille semblable.

— Ce serait bien d'être dans mes affaires. Ma plus vieille paire de jeans et mon tee-shirt noir... C'est ce que je portais avant notre partie de golf. Je sais que Myriam a lavé pendant mon absence. Quand le policier est entré dans la maison, je...

Philippe dut prendre une grande respiration, encore une fois, pour garder le contrôle de ses émotions.

— J'étais un peu gêné parce qu'il y avait un panier de lessive entre la cuisine et le salon. C'est ridicule. Je me cassais la tête pour une futilité, alors que lui m'apportait les pires nouvelles qu'on puisse imaginer. Enfin... Mon tee-shirt était sur le dessus de la pile. Mes jeans doivent être étendus sur la corde à linge de la salle de lavage.

— Je vais les trouver. Ta mère a fait le ménage chez toi. Elle n'a sûrement rien laissé dans la salle de lavage.

— Le ménage? Qu'a-t-elle fait?

— Le plus gros. Ramasser les jouets qui traînaient, les vêtements. Elle a trié ce dont tu as souvent besoin chez elle, chez moi ou à l'hôpital: mousse à raser, brosse à dents, sous-vêtements, ainsi de suite...

— Pauvre maman. Et moi qui ne pense qu'à ma petite personne.

— Philippe, voyons donc!

Philippe fit un signe de la main. Il n'avait pas envie d'argumenter.

— Je suis de retour dans une dizaine de minutes, dit Nicolas. Veux-tu autre chose?

— Oui. Dans une table de nuit, celle de Myriam, il y a un gros album de photos, sans doute pas rempli au complet. Peux-tu me l'apporter, s'il te plaît?

— Bien sûr, mais penses-tu que c'est une bonne idée?

— Ce sont ma femme et mes enfants. Ils feront toujours partie de moi et je ne pourrai jamais les oublier. Cet album contient les plus belles photos de nous quatre. J'ai besoin de revoir ma famille, belle et heureuse. Ça va m'aider, pas me nuire.

Ils habitaient à trois coins de rue l'un de l'autre. En voiture, il fallait une minute pour se rendre de l'appartement de Nicolas à la maison de Philippe.

— Voilà les vêtements et l'album, dit Nicolas en rentrant. Est-ce que je peux regarder les photos? Je n'ai pas osé le faire sans ta permission.

— Tu les as sans doute déjà vues.

Nicolas feuilleta l'album avec attendrissement pendant que Philippe se changeait à la salle de

81

bains. Les enfants étaient si beaux. Myriam était une femme ravissante, avec un de ces sourires...

Philippe reparut en jeans.

— J'ai besoin d'être seul pour me recueillir sur la tombe de Myriam et de Jonathan, dit-il. Je ne sais même pas de quoi a l'air la dalle, mais je n'aurai sans doute pas de mal à la trouver. Un trou fraîchement creusé avec plein de fleurs, dans un petit cimetière comme celui de l'église, c'est sans doute difficile à manquer. Ne sois pas inquiet pour moi, je vais revenir en un seul morceau. Je ne me jetterai pas en bas du pont ni sous une voiture! Si je me sens trop faible, je te téléphonerai du presbytère.

— À une condition, Philippe: je te prépare un repas et tu manges un peu au retour. Sans te trouver d'excuses pour t'esquiver.

Un regard échangé les fit sourire.

— Tu sais bien que je n'ai pas faim, rétorqua Philippe sans conviction. Ne te donne pas de mal pour rien.

— Je vais préparer un repas et ce ne sera pas pour rien puisque tu vas manger! Qu'est-ce qui te plairait?

Philippe répondit sans vraiment s'entendre.

— C'est bien! Sois prudent et n'hésite pas à m'appeler si tu as besoin de compagnie ou de quelqu'un pour te ramener en voiture. Tiens, prends ma veste, au cas où tu aurais froid. Le soleil se couche.

Philippe la prit pour faire plaisir à son ami.

Il marcha lentement dans les rues de son village. Un vent frais balayait les trottoirs et dépouillait les arbres de leurs feuilles. Il frissonna et mit la veste de Nicolas. Alors qu'une feuille lui frôlait le visage, il songea au vent qui avait arraché les vies de Jonathan et de Myriam. Aucune veste ne pouvait protéger contre ce type de bourrasque.

Ses pas se firent encore plus hésitants à l'entrée du cimetière. Pourquoi tant craindre ce moment alors qu'il avait tenu le petit corps sans vie de Jonathan dans ses bras et qu'il avait touché, caressé et embrassé celui de Myriam, qui était pratiquement morte?

Il trouva aisément l'endroit où les corps de ses amours venaient d'être enterrés. Il y avait des tonnes de fleurs, et plusieurs personnes avaient eu l'idée d'offrir de petits oursons blancs à la mémoire de Jonathan. De loin, c'était resplendissant. De près, surtout en sachant ce qui se trouvait sous ces fleurs, c'était affligeant.

Philippe se mit à genoux, pleurant déjà à chaudes larmes. Comment, se demandait-il, concilier l'idée qu'il avait besoin d'eux pour vivre, à celle de l'irréparable, qu'il ne pourrait plus jamais les revoir?

Il regarda le monument funéraire, à propos duquel il n'avait rien eu à dire, laissant le champ libre à ses beaux-parents.

«Gagnon-Lambert», était-il inscrit en caractères énormes. Dessous, il y avait «Myriam Gagnon, 1965-1992» et un tellement triste «Jonathan Lambert, 1989-1992». Puis, une phrase qui tordit le cœur de Philippe: «À Élodie Lambert, petit ange qui n'a pas eu le temps de naître.»

Il y avait deux autres places pour des corps dans le lot. Philippe avait cru comprendre que ses beaux-parents espéraient y reposer un jour. Lui, il avait d'autres plans.

— Myriam, mon amour, ma chérie. Si tu décides de venir chercher Marie-Ève, je partirai avec vous, moi aussi. Je la tiendrai dans mes bras pour l'éternité, comme toi, tu tiens Jonathan et Élodie. Si Marie-Ève meurt, pour moi, ce sera une question d'heures. Je vais écrire un testament, je vais en parler à Nicolas et le faire signer comme témoin, afin que toutes nos dernières volontés soient respectées. Je vais être mieux avec vous que tout seul ici. Tu sais combien je vous aime, ma chérie, tu sais que je ne peux pas vivre sans toi et sans les enfants. Si ton accident est de ma faute, j'espère que tu me laisseras quand même vous rejoindre au paradis.

Philippe pleurait et parlait à voix basse, le front appuyé sur la pierre tiède. Les épaules secouées de sanglots, il prit un ourson dans ses bras, le serra fort contre lui, se plia en deux pour atténuer la douleur. Il resta ainsi plusieurs minutes avant de reprendre le contrôle de ses sens et de pouvoir parler à son fils.

— J'espère que tu n'as pas souffert, mon pauvre petit. J'espère tellement que tu es bien, dans les bras de maman. Elle va s'occuper de toi pour l'éternité, et moi, peut-être que j'irai bientôt te rejoindre avec ta grande sœur. Ce serait bien, hein, mon bébé? Toute notre famille serait réunie. Tu as été si gentil de me servir un verre de jus d'orange et des céréales, le dernier matin de ta petite vie. Là où tu es, continue à faire de pareilles gentillesses à maman. Elle t'aime si fort. Et moi aussi. Mon Dieu. Qu'est-ce que je peux dire de plus?

Philippe pleura longtemps en silence, puis entendit des pas près de lui. Il leva la tête doucement, les joues mouillées et les yeux gonflés.

— Nous t'avons vu arriver et nous avons attendu dans la voiture, dit sa belle-mère. Nous avons pensé qu'il vaudrait peut-être mieux qu'il y ait quelqu'un pour te raccompagner.

Philippe essaya de sourire, puis baissa de nouveau la tête sur la tombe fleurie.

— Rentrez-vous chez vous? demanda-t-il.
— Oui, dit Clémence. Voudrais-tu dormir chez tes parents? J'ai cru comprendre qu'ils retournaient à la maison tout de suite après la mise en terre.
— Je ne veux pas aller chez eux mais à l'hôpital, près de Marie-Ève. Myriam s'occupe de Jonathan, c'est mon rôle de m'occuper de la petite.
— De t'occuper de toi-même, aussi. Dors cette nuit. Va à l'hôpital demain. Où veux-tu aller? Chez tes parents, chez nous ou chez ton ami Nicolas?
— Je ne suis pas fatigué, madame Gagnon. C'est gentil à vous mais...
— Tu n'es pas fatigué, Philippe! Tu tombes d'épuisement. Sois raisonnable, tu ne peux rien faire ici, pas plus qu'à l'hôpital. Ce soir, tu seras plus utile dans ton lit que n'importe où ailleurs.

Philippe se leva.

— Je vais aller chez Nicolas. Je ne veux pas devenir un fardeau pour mes parents.
— Penses-tu en être un? Notre enfant n'est jamais un fardeau. S'il arrivait quelque chose comme ça à Marie-Ève, un jour, t'occuper d'elle serait-il un fardeau?
— Non. Mais j'espère que ça ne lui arrivera jamais. C'est invivable.
— Tu as beaucoup perdu dans l'accident, je te comprends d'avoir mal. Mais as-tu pensé aussi à

notre douleur? Nous avons deux filles, dont une que nous voyons une fois tous les quatre ans. Notre autre fille vient de mourir. Et notre petit-fils. Il ne nous reste plus que Marie-Ève et toi. Même si nos rapports avec toi n'ont pas toujours été aussi harmonieux qu'on l'aurait souhaité.

— J'ai tout essayé pour vous plaire. Je n'étais pas le genre d'homme que vous souhaitiez pour votre fille. Je n'y pouvais rien. N'empêche que vous n'avez pas eu tort: si elle avait épousé un autre, tout ça aurait été évité.

— Ne sois pas ridicule. C'était son destin. Autant de te marier que de mourir à cet endroit, à cette heure, de cette façon. Ça n'apportera rien à personne que tu te mettes ces deux morts sur le dos.

Philippe, reconnaissant, monta dans la voiture.

Les macaronis de Nicolas étaient succulents, mais Philippe n'arrivait pas à manger. La moindre bouchée lui donnait la nausée, au grand désespoir de son meilleur ami.

— Veux-tu prendre un verre? lui proposa Nicolas. Peut-être que ça facilitera ta digestion?

Il se dirigea vers son petit bar où il conservait toujours une bonne trentaine de bouteilles.

— Scotch? Vin blanc? Vin rouge? Vodka? Ou bien une bière ordinaire?

— Je vais prendre un verre de vodka. C'est fort et ça va me faire plus d'effet que la bière.

Au troisième verre consécutif, Nicolas remarqua que son ami était en train de se détendre, qu'il se calmait et devenait même gai. Et s'il se saoulait? À la limite, Nicolas le souhaitait. Ça lui ferait du bien d'oublier pendant quelques heures et de dormir une bonne nuit. Nicolas finit même par l'encourager à boire et il téléphona discrètement aux Lambert.

— Il ne faudrait pas que ça devienne une habitude, Nico. Tu sais bien tous les dommages que l'alcool peut causer en très peu de temps.

— Je ne veux pas qu'il devienne alcoolique, madame Lambert! Je pense simplement que la journée a été horrible pour lui et qu'oublier toutes ses souffrances pendant quelques heures, en plus de bien dormir, ne peut que lui faire du bien. Pour une fois.

— Dans ce sens, tu as tout à fait raison. Es-tu sûr que tu ne veux pas que nous allions le chercher? Je serais plus tranquille. J'ai peur que l'effet de l'alcool lui fasse oublier Marie-Ève et le pousse à faire des gestes irréparables.

— Il n'y a pas de danger. Je vais le surveiller étroitement. Dormez sur vos deux oreilles et prenez le temps de soigner vos propres blessures. Je vous téléphonerai demain.

À partir de vingt heures, les yeux rouges de Philippe, son teint blême et sa voix inégale semblaient plus un effet de l'alcool que celui d'une immense peine. Très vite, il s'endormit lourdement et se mit à ronfler.

Il se réveilla avec un bon mal de tête le lendemain midi. Quinze heures de sommeil! Nicolas était content.

— Que s'est-il passé? demanda Philippe. Je ne me souviens plus de rien après ma visite au cimetière.

Philippe fronça les sourcils après le récit de Nicolas.

— Je ne pourrai pas boire une bouteille de vodka chaque fois que j'aurai trop mal.
— C'est quand même bien que tu aies pu dormir. Même madame Gagnon commençait à désespérer.
— Elle semblait croire, avant l'accident, que je n'étais pas humain. Là, elle a pitié et doit croire que je suis devenu fou et suicidaire.

Il avala une bouchée. Enfin, il pouvait se mettre quelque chose dans le ventre sans avoir la nausée.

— Je suis parti de chez mes parents à dix-neuf ans, j'ai vécu un an seul, puis j'ai emménagé avec Myriam. Il y a presque toujours eu quelqu'un pour prendre soin de moi. En ce moment, je suis pris en charge par toi et par mes parents. Dans quelques semaines, la vie va reprendre son cours normal pour toi, pour mes parents, mais pas pour moi. Je suis nul pour la cuisine, nul pour le ménage, le lavage. Je suis malheureux quand je suis seul et qu'il n'y a pas de bruit autour de moi. La radio et la télévision à plein volume ne remplaceront pas la présence de Jonathan et de Marie-Ève.

— Si tu veux, on pourrait mettre ta maison en vente. Tu louerais un appartement pour Marie-Ève et toi. Ce serait plus facile de ne pas te laisser envahir ainsi par les souvenirs.

— C'est vrai, mais je ne veux pas la vendre tant que je n'y serai pas retourné moi-même. Il y a peut-être des choses que je veux récupérer avant que le ménage entier soit fait.

— Quand veux-tu y aller? Tu n'auras qu'à me faire signe. Il me reste une semaine de vacances.

— Et ton voyage, Nicolas? Tu voulais aller au soleil, cet hiver, te reposer et te faire bronzer! Pourquoi as-tu sacrifié tes vacances pour moi?

— Je n'ai rien sacrifié, Philippe! Ça me fait plaisir de prendre mes vacances pour être près de toi.

Nicolas s'empressa de changer de sujet:

— Et pour la maison?

— Pas aujourd'hui, je n'ai pas la force et j'ai trop mal à la tête. Dès que tu seras prêt, je serais content que tu me déposes à l'hôpital. Ils vont me mettre un lit dans la chambre de Marie-Ève et j'aurai une chambre au manoir réservé aux parents, juste en face. Je serai très confortable et j'arriverai peut-être à dormir quelques heures, chaque nuit, tout en étant près s'il arrive quelque chose. Je ne pourrai plus supporter d'être plus loin que ça.

Nicolas, ne sachant pas quels arguments employer pour convaincre son ami de dormir, de se reposer, de s'éloigner de l'hôpital, préféra ne rien dire.

— Bonjour, monsieur Lambert! s'exclama Alexandra Turcotte avec un beau sourire.

Philippe fit un signe de tête en se demandant de quoi cette tête pouvait bien avoir l'air pour les étrangers.

— Comment va ma fille?
— Comme hier. Son état est stable. Vous avez l'air fatigué. Quand Marie-Ève sera réveillée, elle réclamera beaucoup d'attention. Encore faudra-t-il que vous en soyez capable, monsieur Lambert. Vous devrez être en forme, pas à bout de forces. Prenez soin de vous. Pour Marie-Ève. Elle appréciera que vous lui consacriez votre temps en qualité et pas seulement en quantité.

Nicolas approuva avec un large sourire et un clin d'œil.

— Ma fille a perdu sa mère et son frère, docteur. Il ne lui reste plus que son père au monde et vous voudriez que je l'abandonne, que je la laisse entre des mains étrangères, sans penser à elle? Je suis sûr qu'elle ressent ma présence près d'elle, tout comme ma femme a dû la sentir quand j'étais à ses côtés. Je ne me résoudrai jamais à penser à moi quand mon enfant est dans un état qui, à mon sens, exige ma présence. Vous ne vous préoccupez que du physique. Quand Marie-Ève s'éveillera, elle souffrira sûrement d'abord et avant tout d'avoir perdu sa mère et son frère. Pas de ses reins abîmés. Pourtant vous vous dites que si ses reins redeviennent intacts, Marie-Ève sera guérie, rétablie. Mais détrompez-vous. Elle ne sera jamais complètement rétablie. Mais ça, vous vous en moquez.

Bouche bée, Alexandra Turcotte et Nicolas considérèrent Philippe.

— Ne me parlez pas non plus de psychologie et de pédopsychologie, poursuivit-il. C'est tellement ridicule! Qu'est-ce qu'un adulte peut bien comprendre à ce qui se passe dans la tête d'une fillette traumatisée? Rien! J'espère que vous vous mêlerez de vos affaires, à l'avenir, et que vous me laisserez prendre soin de ma fille comme bon me semble! Je sais ce que j'ai à faire et je sais comment gérer ma vie! Vous, soignez les reins, le cerveau et la jambe de ma fille, c'est votre rôle.

Philippe fit demi-tour et entra dans la chambre de sa fille. Nicolas et le docteur Turcotte se regardèrent, cherchant à s'expliquer sa conduite.

— Excusez-le, docteur. Je le connais depuis notre plus tendre enfance et c'est la première fois que je le vois dans un état pareil.

— Je ne lui en veux pas du tout, monsieur Loyer. Il fait un début de dépression et, dans les circonstances, cela n'a rien d'étonnant. J'ai pris un café avec ses parents, ce matin. Ils sont venus ici et m'ont demandé de ne pas lui en parler. Ils m'ont raconté pourquoi il se sent coupable de l'accident. Il a perdu ses points de référence et le sens des mesures. Peut-on lui en tenir rigueur? Mais je pense que, s'il ne reçoit pas d'aide, la situation peut se détériorer rapidement et sérieusement.

— Il faut d'abord le convaincre de dormir et de se reposer, docteur. Sinon, il ne va pas si mal. En ce moment, il ne peut quand même pas sauter de joie et se porter comme un charme!

— Dans un sens, ça peut être vrai. Comment pouvons-nous le convaincre de se reposer? À ce que j'ai pu voir, il est têtu.

— Je ne sais pas trop. À force de lui parler doucement, tout en laissant passer du temps, j'ai l'impression qu'il finira par comprendre.

— J'espère vraiment. Il pourrait aussi rencontrer un psychiatre qui l'aiderait à se débarrasser de toute cette culpabilité, mais il ne semble pas prêt à faire ça non plus...

Ils discutèrent encore un moment sans trouver de solution idéale.

— Merci de votre implication, docteur. Philippe l'apprécierait aussi s'il allait bien.

— C'est vous qui méritez des félicitations et j'espère que vous continuerez à supporter votre ami. S'il ne vous avait pas, ses parents et vous, son état serait bien pire.

— Peut-être, répondit Nicolas avec un mince sourire.

Il alla rejoindre son ami. Assis tout près de sa fille, Philippe semblait s'être apaisé. Ses traits étaient moins durs.

— Nous ne voulons que t'aider, dit Nicolas. Rien de plus.

— Regarde comme elle est belle. Une ravissante petite fille. Ne me demandez pas de me séparer d'elle.

— Nous ne voulons pas que tu l'abandonnes. Simplement que tu prennes soin de toi. Personne n'a jamais osé te demander de l'abandonner!

— Pas tout de suite, Nic. Je ne suis pas prêt à la quitter.

— Alors quand? Ce soir, demain ou dans deux mois?

— Je ne peux pas te répondre. Marie-Ève est tout ce qui me reste. Je choisirais la mort plutôt que de partir d'ici.

Ces mots scièrent les jambes de Nicolas.

— Je suis bien, ici. Je me sens tranquille. En paix. C'est comme une accalmie après une grosse tempête.

— Est-ce que tu veux que je t'apporte quelque chose à manger, au moins? Si nous te laissons faire, il faut aussi que tu y mettes du tien.

— Je ne veux pas manger ici, mais je te promets que j'irai à la cafétéria tout à l'heure.

Nicolas se pencha pour regarder l'enfant de près. Une expression étrange marquait ses traits. C'était peut-être de la douleur, ou de la peur, et Nicolas espéra que Philippe, lui, n'eût rien remarqué.

— J'ai une gueule de bois terrible, souffla Philippe. Pourquoi m'as-tu laissé boire autant, hier?

— Tu avais besoin d'oublier. Et puis, ça t'a permis de bien dormir.

— Si je me mets à boire une pleine bouteille de vodka chaque fois que j'ai envie d'oublier, aussi bien m'installer un lit à la Société des alcools!

Philippe resta deux jours et deux nuits dans la chambre de sa fille, ne sortant que pour aller boire un café ou pour manger une bouchée.

Le troisième jour, au milieu de l'après-midi,

Jean-Pierre Lambert trouva son fils endormi dans sa chaise, la tête appuyée sur le lit de Marie-Ève.

— Philippe? Tu ronfles, mon grand. Viens à la maison.

Le visage épuisé de son fils fit signe que oui. Jean-Pierre n'en croyait pas ses yeux.

— Je suis tellement fatigué, papa, tellement fatigué!
— Embrasse Marie-Ève et viens tout de suite. Ta mère va passer faire son petit tour dans quelques heures. Viens, tu seras bien à la maison.

Philippe se leva péniblement et cajola sa fillette. Des larmes de fatigue et d'épuisement coulaient sur ses joues. Il lui jura de revenir très vite.

— Incapable de m'occuper de ma petite fille malade, bredouilla-t-il.

Alexandra Turcotte les croisa.

— Soyez tranquille, nous vous contacterons s'il y a du nouveau, dit-elle. Bonne nuit.
— Docteur, croyez-vous que Marie-Ève sent ma présence?
— Pour ma part, je crois que les gens dans le coma ne ressentent pas ce qui se passe autour d'eux. Scientifiquement, rien ne prouve que j'ai raison ou que j'ai tort. Si Marie-Ève devait se ré-

veiller pendant votre absence, elle ne sera pas maltraitée, vous savez. Elle sera cajolée par une bonne infirmière en attendant votre arrivée.

Alexandra lui fit un beau sourire.

— Vous savez que nous sommes un hôpital spécialisé pour les enfants et que nous sommes drôlement bien organisés pour les entourer, les protéger et les consoler. Certains enfants combattent des maladies terribles, sans famille, sans aucune présence autour d'eux. Nous sommes capables de rassurer votre fille si elle se réveille. Entre vous et moi, je peux vous dire une chose: nous sommes les meilleurs!

Le docteur Turcotte les laissa partir en leur répétant de ne pas s'en faire.

Dans le stationnement, Philippe réfléchissait tout haut:

— Pauvre Marie-Ève, fit-il en montant dans la voiture de son père. Elle sera tellement vulnérable quand elle s'éveillera. Vulnérable aux bactéries, aux souvenirs... À moins que l'hématome au cerveau n'ait laissé des séquelles, il faudra la préparer mentalement à la mort de Myriam et à celle de Jonathan. Seigneur... Je ne serai pas d'une grande utilité. Je n'ai moi-même encore rien accepté.

— Nous n'en sommes pas là. La meilleure façon d'apprendre comment annoncer tout ça à Marie-Ève, ce sera de consulter un pédopsychiatre.

Philippe hocha la tête.

— Tu as raison. C'est une idée sage.

Il dormit vingt heures de suite d'un sommeil naturel que sa mère osa regarder longtemps. Son fils lui paraissait tranquille et serein pour la première fois depuis l'accident. Ça la calmait, la rassurait beaucoup. Comment accepter que son enfant se laisse mourir de chagrin et de désespoir? Mila adorait ses petits-enfants et sa bru mais, fataliste, elle pensait que sa mission était dorénavant d'aider et d'appuyer son fils unique. Et sa petite-fille, sans doute la seule qu'elle n'aurait plus jamais. Mila pouvait se vanter d'assez bien connaître son fils pour supposer qu'il n'aimerait jamais assez une autre femme pour rebâtir une seconde famille.

— Il est fragile, en ce moment, plus fragile qu'il ne l'a jamais été... murmura Jean-Pierre assis près de sa femme, observant leur fils endormi.

— Tellement fragile... J'ai peur qu'il flanche. S'il arrive quelque chose à Marie-Ève, je sais que nous le perdrons. Nous le surveillerons constamment, mais il suffit d'une demi-minute, d'une si brève demi-minute pour commettre un geste fatal. J'ai si peur de le perdre, lui aussi!

— Marie-Ève va s'en sortir! rétorqua Jean-Pierre à voix basse, mais sur un ton qu'il espérait convaincant. Philippe aussi...

— Dur, dur de travailler! s'exclama Nicolas en s'assoyant près de Philippe et de Marie-Ève. Comment se passent les jours de notre petite malade et ceux de son papa?

— Honnêtement? Les jours du papa sont assez difficiles. Je tourne en rond. J'ai pensé devenir fou, ce matin. Au début, lorsque j'étais près de Myriam, j'en profitais en me disant que c'étaient mes derniers moments avec elle. Ensuite, je me suis mis à penser aux funérailles et ici, je me sentais tranquille. Maintenant, j'étouffe, pris entre les quatre murs de cette petite chambre, sans savoir ce qui m'attend. Si je connaissais le jour où Marie-Ève va se réveiller, même si ce n'était que dans un an, j'aurais un but, je pourrais mettre une croix sur mon calendrier. Chaque matin, ce serait plus facile. J'étouffe et je me sens coupable d'étouffer et de penser à sortir un peu de l'hôpital.

— Pourquoi ne recommencerais-tu pas à travailler? Ton patron serait sûrement d'accord de te revoir à temps partiel. Tu ferais ce que tu peux et ça te changerait les idées, ça te permettrait peut-être d'oublier tous ces événements...

— J'y ai pensé, mais je ne ferai jamais ça. Je n'aurais même pas dû m'échapper. Je sais que tu vas revenir là-dessus souvent et longtemps.

— Mais pourquoi pas, Philippe? Trouve-moi des raisons logiques de refuser ce retour au travail à mi-temps et je ne t'en reparlerai plus.

— S'il arrive quelque chose à Marie-Ève? Il suffit

que je sois en voiture ou sorti manger pour que l'hôpital appelle et ne puisse me rejoindre. Ce serait catastrophique et très stressant pour moi. En plus, je n'ai nulle part où vivre. Je ne veux pas déranger mes parents et je ne retournerai pas à Saint-Sauveur, c'est trop loin. D'ailleurs, il faudra bien que je m'occupe de la maison bientôt. Maman m'a demandé je ne sais plus combien de fois si elle pouvait faire le ménage, mais je veux vraiment y aller avant.

— Prenons les choses une par une, Philippe. Si tu veux aller chez toi, allons-y aujourd'hui ou demain. Ou vas-y avec tes parents. J'irai à Saint-Sauveur et je viendrai te déposer ici avec plaisir, dans la même soirée, pas de problème.

— Tu es gentil. Peut-être demain. Ou peut-être que j'irai avec mes parents pour qu'ils choisissent les souvenirs qu'ils veulent garder de Myriam et de Jonathan. Je veux me défaire de tout ce qui ne représente pas quelque chose de spécial pour moi. Je vais tout remettre à des œuvres de charité.

— Tu choisiras ce que tu préfères.

La porte de la chambre s'ouvrit doucement. Mila Lambert entra, souriante. Nicolas l'embrassa sur les joues.

— J'essaie de remonter le moral de votre fils, dit-il. J'avoue que c'est une tâche ardue. Vous prévoyez rester ici encore une heure?

— Bien sûr. Tu veux me fuir?

— J'ai une course à faire, fit Nicolas avec un petit ricanement. J'en ai pour une heure, maximum.

— Je ne suis pas malade ni suicidaire! s'indigna Philippe.

— Excuse-moi. J'ai dit ça par réflexe. Je ne voulais pas te vexer.

Mila, au clin d'œil de Nicolas, comprit qu'il avait une idée derrière la tête. «Toujours en train de chercher des façons d'aider les autres. Pendant ce temps, lui, il est célibataire et malheureux de l'être.» Dans son for intérieur, Mila savait que Nicolas resterait célibataire tant qu'il ne cesserait d'être aussi généreux de son temps, de ses énergies, de son argent et de ses talents. «Les gens craignent autant les altruistes que les égoïstes», se disait-elle encore.

Elle avait de l'empathie pour Nicolas même si, dans les circonstances, c'était très bon pour Philippe que son grand copain soit libre comme l'air.

Nicolas revint moins d'une heure plus tard avec ce qui ressemblait à une boîte à chaussures.

— Un cadeau pour toi, mon Philippe. Avec ça, tu n'as plus d'excuses pour ne pas reprendre le travail à mi-temps!

— Travailler à mi-temps! s'exclama Mila, ravie.

— Je ne comprends pas. Qu'est-ce que c'est?

— Ouvre-le. Tu verras bien.

Gêné, Philippe fut surpris de trouver un minuscule téléphone cellulaire.

— Il pèse une plume, tu pourras donc le garder sur toi tout le temps. Ainsi, si jamais Marie-Ève se réveille, le docteur Turcotte aura un numéro où te joindre en tout temps, que tu sois au travail, au restaurant, chez moi, chez tes parents, en voiture ou même sous la douche. Un merveilleux objet, n'est-ce pas, madame Lambert?

Un sourire éblouissant sur son visage, Mila posa ses mains sur les épaules de Philippe et de Nicolas.

— C'est une idée extraordinaire!

Philippe, ému, serra son ami dans ses bras.

— Embrasse la petite, dit Nicolas en prenant une grande respiration. Je suis sûr que tu meurs de faim et que les horribles plats de l'hôpital te font saliver.

Philippe les suivit docilement.

— Myriam me manque. J'aimerais qu'elle soit là, avec moi, que nous puissions surmonter cette épreuve ensemble. Parfois, j'ai tellement envie de la sentir dans mes bras que j'en ai des crampes dans le ventre.

Ils commandèrent leur repas, s'assirent un peu à l'écart.

— Je veux aller à la maison demain, dit Philippe en avalant une bouchée de bon cœur. J'ai beaucoup de décisions à prendre et être là-bas va me stimuler.

— Ah! bon? s'enquit Mila, inquiète. Quel genre de décision?

— Je ne sais pas comment je vais réagir en mettant les pieds dans la maison. Ce sera sûrement l'enfer, mais peut-être que je vais la garder. Pour Marie-Ève. Surtout que, maintenant, l'hypothèque est effacée. Elle était au nom de Myriam et je suis son seul héritier légal.

— Garder la maison... Tu n'as pas peur de te faire du mal?

— Si ça peut aider ma petite...

Nicolas haussa les épaules.

— C'est vrai que ça peut être bon pour Marie-Ève. Et pas nécessairement mauvais pour toi. Après tout, tu n'auras pas le choix de t'habituer à vivre avec ton passé et tes souvenirs.

— Nicolas! s'exclama Mila. Il y a une limite entre accepter et vivre continuellement dans ses souvenirs! Ce serait plus facile pour Philippe d'habiter ailleurs, à mon avis.

— Oui, c'est sûr, répondit Philippe, les yeux pleins d'une grande tristesse. Mais Marie-Ève? C'est une toute petite fille de cinq ans qui n'aura plus la mère qu'elle adorait. Qui n'aura plus son frère. Elle est une enfant minutieuse, qui déteste que ses choses soient déplacées. Lorsqu'elle obtiendra son congé, est-ce que ce serait bon pour elle que je l'emmène dans un endroit qu'elle ne connaît pas, dans un univers inconnu?

— Une enfant s'adapte facilement à toutes les situations. Pense à toi aussi. Si tu fais une dépression, Marie-Ève ne sera pas plus avancée.

— Je vais commencer par aller à la maison. Ensuite, je verrai si c'est vraiment trop dur.

L'infirmière Claudine Dauphinais était assise à la cafétéria et sirotait doucement son café.

L'ami du père d'une de ses petites patientes venait à peine de sortir. Elle avait passé un long moment les yeux fixés sur lui, et lui avait souri lorsqu'il était passé près d'elle. Il l'avait regardée distraitement, sans porter attention à elle plus qu'à quelqu'un d'autre et ne lui avait pas souri.

Claudine avait tout de suite ressenti quelque chose pour cet homme. En le voyant, si près de son meilleur ami affligé par une grande épreuve, elle avait été intriguée. Elle ne savait pas grand-chose de lui, sauf son prénom, Nicolas, et le fait qu'il ne portait pas d'alliance. Elle n'avait jamais vu une femme l'accompagner non plus, sauf que Claudine se refusait le droit de rêver.

Les coups de foudre partagés, ça n'arrivait qu'aux autres, certainement pas à elle, à son âge en plus!

Les hommes généreux, beaux et intelligents étaient rares et déjà réservés à d'autres cœurs.

L'infirmière se secoua un peu. Elle n'était pas du genre à se plaindre sans arrêt et à s'apitoyer sur son sort. Elle était très bien toute seule, était occupée et avait d'excellentes amies. Pourquoi serait-il devenu vital d'avoir un ami parce qu'un beau brun s'était présenté dans son champ de vision à quelques reprises?

Athlétique, assez grand, avec de superbes yeux noisette, Nicolas était parfaitement son genre d'homme. Elle avait vu ses yeux alors qu'elle devait aller changer une perfusion à la petite malade. Philippe était sorti quelques minutes, sans doute pour aller à la salle de bains. Nicolas en avait profité pour lui poser quelques questions sur l'état de santé de la gamine. Philippe était vite revenu et ils n'avaient eu le temps d'échanger que quelques mots.

Elle avait beau se répéter qu'elle ne le connaissait pas, qu'il était peut-être marié et père de quelques enfants, rien n'arrivait à la débarrasser du sentiment qu'il était... l'homme de sa vie. Rien de moins. Et Claudine trouvait ce sentiment étrange alors qu'elle se savait une femme extrêmement intuitive. Elle se leva en soupirant, jeta son café et entreprit de retourner à son travail. Elle verrait bien. Marie-Ève en avait encore pour longtemps à l'hôpital...

Assis à l'arrière de la voiture, il fit semblant de somnoler pendant une bonne partie du trajet entre l'Hôpital de Montréal et son village natal. Lorsque le moteur fut coupé, Philippe ouvrit les yeux et vit sa maison.

— Je n'ai presque rien touché, dit sa mère. J'ai ramassé un peu de poussière et mis les jouets qui traînaient dans les bonnes chambres. C'est tout. J'espère que tu n'es pas fâché.

— Bien sûr que non. S'il vous plaît, laissez-moi quinze minutes seul, puis venez me rejoindre.

Philippe regarda avec un pincement au cœur sa cuisine peinte en mauve. En posant ses yeux sur la table de cuisine, il se remémora les soupers familiaux. Il s'assoyait au bout, Marie-Ève à sa droite, Jonathan à sa gauche et Myriam face à lui. Il n'y aurait plus de repas en famille. C'était terminé.

Philippe trouva, sur la table, le roman que Myriam n'avait pas achevé de lire. Elle avait toujours aimé la lecture. Sa bibliothèque avait pris de bonnes dimensions au fil des ans. D'aussi loin que Philippe se souvînt, il n'avait jamais vu sa femme être plus d'une demi-journée sans lire. Il conserverait cet ultime roman. Il le feuilleta, lut les dernières lignes. C'était une histoire d'amour avec une fin... heureuse. Il envia un moment les personnages de papier.

Hésitant, Philippe se dirigea vers sa chambre à coucher. Tous ces objets le ramenaient à la femme qu'il aimait. Il ouvrit la porte du placard, mit le nez dans ses vêtements de maternité, retrouva l'odeur de sa femme et en eut le cœur brisé. Cette odeur s'était envolée en même temps que Myriam.

Il se coucha sur le lit, fait sommairement, du côté où couchait toujours sa femme. Il trouva un des longs cheveux brun clair de Myriam, le déposa sur la table de nuit pour le conserver.

Lorsqu'il songea aux deux bols de céréales et aux deux verres de jus d'orange, Philippe bondit et descendit du lit.

Il rassembla certains bijoux de Myriam, une photo encadrée de lui et des enfants, des lettres d'amour qu'il lui avait écrites lorsqu'il s'ennuyait au bureau, plusieurs souvenirs de voyages.

Dans la chambre de Jonathan, il fut incapable de s'asseoir et tourna en rond. Le petit lit, en forme d'automobile bleue, était neuf, magnifique, et Jonathan l'adorait. Depuis que ses parents le lui avaient offert, ils n'avaient plus eu la moindre difficulté à le coucher, autant pour le long dodo de la nuit que pour la sieste de l'après-midi. La vue de ce lit serait intolérable s'il revenait vivre ici avec Marie-Ève.

— Ça va?

Philippe se tourna vers ses parents, un demi-sourire sur les lèvres. Il s'essuya les yeux. Dans sa concentration, il ne s'était pas rendu compte qu'il s'était mis à pleurer.

— Ce n'est pas drôle du tout. Laissez-moi le temps de faire mes choix. Peut-être pouvez-vous jeter la nourriture qui se trouve dans les armoires et dans le frigo? Sans doute que plusieurs choses ne sont plus bonnes.

Philippe voulait à tout prix faire le tour de sa maison avant que des mains inconnues ne viennent abîmer, puis effacer, les dernières traces de Myriam et de Jonathan.

Mila et Jean-Pierre disparurent dans la cuisine. Une quinzaine de minutes plus tard, Philippe les rejoignit.

— Ce que j'ai mis sur mon lit est ce que je tiens à garder à tout prix. Prenez vos souvenirs dans ce qui reste et je veux me débarrasser de ce que vous laisserez de côté. Mes beaux-parents viendront demain, mais ils m'ont dit, lorsque je leur ai parlé, qu'ils ne voulaient pas grand-chose. Ils croient que ça leur ferait trop de peine de les voir. Je suis parfaitement d'accord avec eux, mais je tiens quand même à en garder beaucoup. J'ai vécu avec leurs affaires pendant si longtemps...

Mila caressa les cheveux de son fils.

— Pour moi aussi, garder des souvenirs est important. Les priorités de chacun ne sont pas aux mêmes endroits, c'est normal.

— Normal... Je n'ai pas l'impression de faire quelque chose de normal en ce moment.

— Non, c'est sûr que tout ça est anormal...

Philippe glissa dans son portefeuille l'alliance de sa femme et une photo de Jonathan en compagnie de Mickey Mouse.

— Le petit adorait cette photo. C'était sa grande fierté. Vous rappelez-vous comment il avait pleuré quand il avait vu qu'il n'en avait que deux et qu'il ne pouvait pas en garder une, vous en donner une à vous, une à Nicolas et une à ses grands-parents maternels? Il avait eu tellement de peine que Myriam en avait fait faire dix copies! Il y en a une sur le mur de l'appartement de Nicolas et une sur son bureau; j'en ai une sur le mien, elle est aussi parmi les photos encadrées dans le salon et celles de notre chambre, en plus de celle que vous avez. Je ne pourrai plus jamais retourner à Walt Disney World, même pour faire plaisir à Marie-Ève.

Mila et Jean-Pierre sourirent. Ces beaux souvenirs semblaient davantage ravir Philippe que l'attrister.

— Je garde l'alliance de Myriam. J'ai le sentiment que ça nous réunit. Un mariage entre le ciel et la terre. Elle a donc le devoir de veiller sur moi de là-haut. Veiller sur moi signifie aussi veiller sur Marie-Ève, puisque mon sort dépend du sien. D'ailleurs, il faut que je vous parle de quelque chose de très délicat.

Ils s'assirent autour de la table. Les doigts de Philippe serraient nerveusement le rebord de la nappe.

— Si... S'il arrivait quelque chose à Marie-Ève, j'aimerais que vous respectiez mes choix.
— Tes choix? fit la voix sèche de Jean-Pierre. De quels choix parles-tu, Philippe?

Au ton de la voix de son père, Philippe savait qu'il avait tout compris et ne voulait qu'une confirmation.

— Si Marie-Ève meurt, je ne tiens plus à la vie et j'aimerais que vous compreniez mon choix de mourir aussi. Je sais que c'est beaucoup vous demander, que ce serait sûrement très difficile à accepter pour vous, mais pour moi, c'est la seule solution. Pour moi. Je sais que c'est cruel pour vous, je ne suis pas idiot, mais je crois que vous m'aimez assez pour comprendre que ce sera bien mieux pour moi de mourir que de continuer à souffrir longtemps comme ça. Alors, si vous pouvez m'approuver, je serais...
— Non, Philippe! s'exclama Jean-Pierre en se levant de sa chaise, indigné. Nous ne t'avons pas donné la vie pour que tu te l'enlèves. C'est hors de question. Jamais nous n'accepterons que tu en re-

parles et, s'il le faut, nous te ferons soigner contre ton gré. M'as-tu bien compris? Pense à nous, aussi. Tu veux nous faire exactement ce qui t'est arrivé à toi: nous enlever notre seul enfant! Ne pense plus jamais à la mort, Philippe, est-ce clair? Tu es jeune, tu as encore un bel avenir devant toi. Laisse passer du temps. Un jour, tu pourras même penser à refaire ta vie.

— Refaire ma vie! Elle est drôle, celle-là! Papa, ma vie est détruite! Il ne me reste rien!

— Il te reste des parents qui t'aiment, Philippe! Si tu te suicides, puisqu'il ne faut pas avoir peur des mots, que nous reste-t-il à nous? Rien! Pas de parents, comme dans ton cas, même pas l'espoir et la possibilité d'avoir d'autres enfants. Nous avons soixante ans, nous ne pouvons plus repartir notre vie à zéro alors que toi, mon gars, tu es jeune et capable de t'en remettre. C'est dur, je sais, mais tu peux!

Philippe poussa un profond soupir.

— De toute façon, Marie-Ève n'est pas morte. Elle ne mourra pas et moi non plus. Voulez-vous choisir vos souvenirs, maintenant? Nicolas m'a demandé six choses bien particulières, une à Myriam, trois à Jonathan et deux qui auraient appartenu à Élodie. Mais il vous laisse la priorité si vous les voulez aussi.

Philippe quitta sa maison au bout d'une heure. Au sous-sol, il avait rangé quelques boîtes sur lesquelles il avait clairement indiqué «Philippe, souvenirs, précieux». Il n'avait emporté que les objets pour Nicolas et l'ourson préféré de Marie-Ève, celui sans lequel elle était incapable de s'endormir. Il allait le déposer près du lit de sa fille. Marie-Ève serait contente de l'avoir à son réveil. Elle aurait au moins un point de repère. Il fit un saut chez son ami.

— Merci beaucoup, lui dit Nicolas en considérant ce qu'il avait choisi. Ç'a été dur?

— Assez, oui. Je me raisonnais en me répétant sans cesse que, pour ma petite fille, je devais m'habituer à demeurer là-bas. Je ne sais pas ce que je vais faire en attendant, mais quand Marie-Ève sera là, avec moi, je pourrai sans doute soulever toutes les montagnes, régler tous les problèmes.

— En attendant, tu peux t'installer ici. Ou chez tes parents. Ils ne sont pas si loin de l'hôpital ni de ton lieu de travail.

— Le travail... Penses-tu que j'ai les idées assez claires pour retourner au travail? Je ne sais même plus combien font deux et deux. Alors, me casser la tête pour faire la comptabilité de Toyota Canada...

— Essaie-toi! Tu ne perds rien, et si ça fonctionne, tu vas aller bien mieux.

Les doigts de Philippe frôlèrent le téléphone cellulaire qui se trouvait dans sa poche.

— J'ai donné le numéro à mes beaux-parents, mais je leur ai demandé de ne pas me téléphoner pour rien. Je vais me stresser chaque fois qu'il sonnera en imaginant qu'il est arrivé une catastrophe. Je suis quand même certain qu'il n'arrivera rien. Ma fille est têtue; elle veut vivre. J'étais très proche d'elle avant l'accident. Elle sait sûrement qu'elle est devenue toute ma vie.

— Venez-vous prendre un café avec moi, monsieur Lambert? Je suis d'une nature curieuse et j'aime bien discuter avec les parents et la famille de mes tout petits patients. Ça m'aide à mieux les soigner et à mieux les comprendre lorsqu'ils sont conscients. Vous savez, pour rendre un enfant heureux et confiant, il s'agit parfois de simples détails.

— Si ça peut vous faire plaisir... dit Philippe sur un ton las, sans cesser de regarder son enfant.

À la cafétéria, il s'assit face au médecin, un café et un bol de fruits frais devant lui.

— Vous avez recommencé à manger? C'est très bien!

— Il faut bien survivre, rétorqua Philippe. Qu'est-ce que vous voulez savoir au juste?

— Rien en particulier. J'aimerais mieux vous connaître, vous et votre fille. Mes collègues ne sont pas tous de mon avis mais, selon moi, c'est important, pour accélérer la guérison des enfants, que le personnel soignant les connaisse bien.

— Qu'est-ce que ça change que vous les connaissiez bien si les autres médecins et les infirmières ne les connaissent pas? C'est une goutte d'eau dans l'océan!

— Non, car je suis le médecin en chef et c'est moi qui prescris les traitements. C'est moi qui dirige le personnel soignant, autant les autres médecins que les infirmières, c'est aussi moi qui donne les petites permissions spéciales si je sais qu'elles font plaisir à l'enfant, sans être risquées.

— Comment peut-on commencer? Je n'ai pas besoin de vous dire que ma vie vient de s'effondrer et que je ne suis plus le même homme, vous êtes déjà au courant. Vous savez aussi que Marie-Ève est la dernière personne qui me reste au monde. C'est étrange d'entreprendre une relation sur de telles bases. Est-ce que ce sera à sens unique? Je ne sais rien de vous.

— Commençons tranquillement en posant quelques questions. Vous pouvez aussi m'en poser, il n'y a pas de problème.

Philippe esquissa un sourire. Le petit jeu pouvait l'amuser et peut-être lui faire du bien. Si c'était douloureux, il s'esquiverait rapidement.

— Bien, commençons. Pendant combien d'années avez-vous été marié?

— Pendant sept ans. J'avais donc vingt-deux ans et Myriam deux de moins lorsque nous nous sommes mariés. Nous sortions ensemble depuis plus de trois ans. Marie-Ève est née deux ans après notre mariage. Elle était très désirée. Jonathan, plus jeune de deux ans, était prévu aussi. Élodie, par contre, notre troisième bébé qui aurait dû naître en décembre, était un peu une surprise, mais à peine, car nous avions convenu de cesser toute contraception trois mois plus tard. Nous étions évidemment très heureux. Les enfants aussi. Jonathan ne comprenait pas tellement, mais Marie-Ève, elle, était devenue la mère de sa mère et de sa future sœur! Myriam devait prendre des vitamines et c'était toujours Marie-Ève qui allait les lui chercher. Elle adorait qu'on lui confie des responsabilités. Elle aimait qu'on soit fiers d'elle et qu'on le lui dise.

— Je l'imagine aisément, elle est tellement ravissante. Elle devait aussi beaucoup s'occuper de son jeune frère?

— Évidemment. Elle était très protectrice, elle avait toujours peur qu'il se fasse mal. Nous devions souvent lui expliquer que ça faisait partie de la vie, que s'il arrivait de petits incidents à son frère, c'était normal et qu'il devait passer par là pour apprendre. Pendant le temps des fêtes, il a grimpé sur son bureau et s'est laissé tomber sur son lit. Sauf que son pyjama est resté accroché sur le barreau du lit. Jonathan s'est cogné le front sur l'autre barreau du lit. Tout le temps qu'il a été debout sur son bureau, elle nous criait, mais ma femme et moi étions au sous-sol et nous n'avons pas eu le temps d'arriver avant qu'il saute. Marie-Ève a pleuré plus que lui! Elle est restée dans mes bras vingt minutes, alors que Jonathan est retourné jouer après cinq minutes dans les bras de sa mère!

Alexandra Turcotte affichait un air à la fois amusé et ému. Philippe aussi. D'habitude, lorsqu'il se rappelait de tels souvenirs, il se sentait malheureux.

— Elle va avoir une grosse famille plus tard! s'exclama le médecin. Ça vous plairait d'avoir une dizaine de petits-enfants?

Philippe ricana doucement.

— J'aurais aimé avoir huit enfants. Myriam voulait nous limiter à quatre et ça m'aurait suffi. Maintenant, je n'en ai plus que la moitié d'un. Peut-être que je ne l'aurai plus longtemps...

— Vous l'aurez avec vous. Sa vie n'est plus menacée et elle a de belles chances de revenir en assez bonne forme.

— Et vous, docteur Turcotte? Êtes-vous mariée?

— Non. Ni mari ni enfant. J'ai toujours étudié et travaillé très fort. Mon travail est toute ma vie.

— Vous êtes ici souvent, en tout cas. Je vous vois à toutes les heures du jour et de la nuit.

— Je peux travailler trente-six heures de suite si j'en ai envie, ça ne me dérange pas du tout. J'ai eu un coup de cœur pour Marie-Ève, vous savez. Je vais souvent boire un café avec les parents de mes petits patients, mais j'étais encore plus intéressée à vous rencontrer à cause de mon attachement spécial à Marie-Ève.

— Pourquoi elle plus qu'une autre?

— Sans doute un peu à cause de son histoire.

— N'est-ce pas de la pitié?

— Je ne peux pas répondre à ça avec certitude. Je ne crois pas. J'aimerais simplement pouvoir être près d'elle lorsqu'elle s'éveillera. Je souhaite qu'elle m'aime bien et qu'elle ait confiance en moi.

— Ce devrait être le cas, même si j'ai l'impression qu'elle n'en aura au début que pour moi, mes parents et Nicolas. Elle demandera sans doute sa mère, aussi. À moins que cet hématome au cerveau ait causé beaucoup de dommages.

— C'est dur à dire. Il guérit très bien, mieux que nous ne pouvions l'espérer, mais ça ne veut pas dire qu'il ne laissera pas de séquelles. Si elle est bien stimulée, elle devrait retrouver toutes ses facultés en deux semaines à peine. Elle recommencera à reconnaître les choses par leur odeur, celles auxquelles elle était habituée. Si vous aviez l'habitude d'utiliser un après-rasage ou de laver vos vêtements avec un détergent parfumé, vous feriez bien de conserver les mêmes pendant son coma et pendant sa réhabilitation. Ça l'aidera à vous reconnaître.

— Ça veux dire que je peux apporter son ourson de peluche? Je l'ai laissé chez mes parents, hier, mais je n'ai pas pu me décider à le laver, justement pour ne pas lui enlever son odeur habituelle. Il n'est sûrement pas infesté de microbes.

— C'est sans problème. Marie-Ève ne souffre d'aucune infection. Même ses reins répondent bien. Elle ne risque rien.

Elle fit une pause. Puis:

— Votre fille a de la chance d'avoir un père

comme vous. À sa façon, elle a beaucoup plus de chance que plusieurs autres petits patients de cet hôpital.

— Dans ce cas, je ne comprends pas pourquoi, si vous me trouvez si bon de m'occuper de ma fille, vous m'encouragez, comme tous mes proches, à retourner travailler et à l'abandonner?

— Il n'est pas question d'abandonner Marie-Ève, mais seulement de vous reposer un tout petit peu. Votre fille est une victime de l'accident, mais vous l'êtes aussi, monsieur Lambert.

Le téléavertisseur d'Alexandra sonna:

— Quelque chose ne va pas avec la petite voisine de Marie-Ève, celle de la chambre de droite. Cette enfant s'est assommée en faisant un plongeon dans la piscine de ses parents. Ils se sentent coupables, les pauvres. Tellement qu'ils ne trouvent pas le courage de venir la voir! Quand je vous dis que Marie-Ève a de la chance de vous avoir!

Elle se leva.

— Nous reviendrons prendre un café ensemble?
— Si vous le voulez, fit-il sans lever la tête.

Il ne la regarda qu'au moment où une silhouette quittait la cafétéria.

∞

Ils se rendirent à l'édifice Toyota dans la voiture de Nicolas. En arrivant, ils évitèrent le garage. Certains vendeurs étaient trop curieux au goût de Philippe: il n'avait pas envie de les voir. Il avait un trac épouvantable.

— Tu es certain que ce téléphone fonctionne bien? demanda-t-il encore à son ami. Et que je n'ai pas oublié de donner le numéro aux infirmières et au docteur Turcotte?

Nicolas leva les yeux au ciel, jouant les impatients et les offusqués.

— Je sais que je l'ai donné, et même dix fois, mais je ne peux pas m'empêcher de te le demander, au cas où...

Ils arrivèrent devant les portes du département de comptabilité. Philippe soupira et regarda son copain.

— Je ne suis plus sûr que ce soit une bonne idée. Je n'ai pas la force d'affronter la curiosité des gens.

— Je suis venu discuter avec le patron, il y a quelques jours. Je lui ai dit tout ça. Il a demandé aux employés d'être discrets, même ceux du garage. Alors, tu pourras venir me voir sans crainte.

Philippe poussa la porte, salua la secrétaire, qui eut pour lui un regard rempli de pitié. «Ça commence bien!» pensa Nicolas, qui bouillait déjà. Philippe fit un petit signe de la main à quelques autres personnes et alla s'asseoir dans son bureau. Nicolas resta debout devant lui.

— Bonne journée. Je reviens d'ici une heure.
— Une demi-heure!

Nicolas se mit à rire en tournant les talons.

— Marché conclu! Bye, mon bébé!

Philippe se moquait d'agir comme un enfant. Nicolas représentait tout à la fois Marie-Ève, l'hôpital, la sécurité. Sans doute ne serait-il pas retourné si tôt au bureau si son meilleur ami n'avait pas travaillé dans le même immeuble que lui.

Son bureau était confortable, il avait le plus beau de tout le département de comptabilité. Une grande pièce, peinte en beige, avec de beaux meubles en bois. Penser à sa chance et au fait qu'il était bien plus confortable à son bureau qu'à l'hôpital ne le consola pas.

Il baissa les yeux sur ce qu'il avait à faire. Ça le rebutait, mais, il devait l'avouer, ça lui changerait en effet les idées. C'était mieux que rien.

Nicolas se présenta, vingt minutes plus tard, avec des muffins, des jus et une carte de bienvenue signée par tous les employés de Toyota Canada de la division de Montréal.

— C'est une belle pensée. Merci beaucoup de me gâter, Nicolas. Où as-tu pris les muffins?

— C'est ma mère qui me les a offerts, hier. Elle est venue me voir et m'a dit que si tu avais parfois besoin d'une gardienne pour ta fille, ça lui ferait plaisir de te dépanner. Il lui arrive souvent de s'ennuyer, et comme elle a été infirmière pendant des années, Marie-Ève sera loin d'être en danger avec elle.

— C'est très gentil et très généreux de sa part. Remercie-la chaleureusement pour son offre.

— Elle désespère que mon frère et moi ayons des enfants. Je suis le seul célibataire et le seul qui en veut! Si elle s'occupe un peu de Marie-Ève pendant sa réhabilitation, elle pensera moins à ses deux fils paresseux!

— Je serais moins inquiet avec quelqu'un comme ta mère. À la maison, lorsque j'aurai à laisser Marie-Ève, les premières fois, ce sera très dur. Je me demande si je ne choisirai pas le chômage ou un congé pour dépression. Avec la tête que j'ai, je n'aurai sûrement pas de mal à convaincre un médecin!

— Un problème à la fois. Comment te sens-tu après vingt minutes de travail?

— Pas trop mal, mais j'ai toutes les misères du monde à me concentrer sur les chiffres. 25 778 $ multipliés par Marie-Ève, 3 Jonathan divisés par 1 000 véhicules... Ça donne des résultats pas très concluants.

— Le patron est venu te voir? s'enquit Nicolas en riant. Il a été gentil?

— Il m'a laissé un message pour me souhaiter la bienvenue. Il est en réunion jusqu'à onze heures et il viendra après. Tu sais, Nicolas, le pire, c'est que je n'ai pas plus envie d'être ici qu'ailleurs.

— Sauf auprès de Marie-Ève, peut-être? Et ça, même si tu t'ennuyais à dépérir, les derniers jours?

— C'est l'endroit où je me sens le mieux. Par contre, je n'y suis pas heureux. Voir ma fille dans cet état me rend triste.

— Nous pourrions sortir et nous amuser un peu. Tu aurais le téléphone pour les urgences, comme lorsque tu es au travail, et tu deviendrais un nouvel homme. Qu'en penses-tu?

— Je ne sais pas ce que nous pourrions faire. Le golf, c'est terminé, et je ne pratique pas d'autres sports. Je n'ai pas envie d'aller m'asseoir dans un cinéma, ni de me mettre à jouer au bridge!

Philippe achevait déjà son muffin.

— Si tu aimes les muffins de ma mère, je vais lui demander de t'en faire une caisse! Ça lui ferait plaisir et tu mangerais enfin quelque chose. As-tu une idée du poids que tu as perdu depuis l'accident?

— Non, je n'en ai aucune idée et je m'en fiche. Je mange quand j'ai faim, c'est tout. Maman essaie de me faire tout ce que j'aime, mais ça ne passe pas toujours. Un repas de temps en temps seulement...

Nicolas était découragé. Il se leva en souriant malgré tout.

— Travaille bien, je reviendrai dans l'avant-midi.

Vers midi, Philippe n'en pouvait plus. Il retournait à l'hôpital. Il était trop inquiet. Il avait parlé deux fois au docteur Turcotte, mais elle avait une voix étrange. Philippe la soupçonnait de lui cacher quelque chose.

— J'aime mieux aller voir moi-même! Si c'est vrai, je ne pourrai plus jamais lui faire confiance!

Nicolas ne put s'empêcher de lever les yeux au ciel. Deux fois! En cinq heures! Alexandra Turcotte n'était sans doute que très occupée.

— Comme tu veux. Qui viendra te chercher?
— Personne! J'ai commandé une nouvelle voiture aujourd'hui et, en attendant, mon patron veut que j'en prenne une en location. Je n'ai pas conduit depuis l'accident, mais je ne suis pas nerveux. Avec une voiture, je vous dérangerai moins, mes parents et toi. Ce sera meilleur pour mon moral de retrouver un peu d'indépendance.
— Sois prudent. Il me semble que tu n'es pas dans une condition idéale pour conduire. Si tu veux, je vais te déposer, c'est mon heure de dîner. Ça me ferait plaisir.
— Non, tu as le droit de te reposer aussi, Nic.
— Certain?
— Absolument! Sois tranquille!

— Mon Dieu que vous avez l'air fatigué! s'exclama Alexandra Turcotte en s'assoyant sur la chaise à côté de lui, en face de Marie-Ève.

— Oui. Je n'ai pas envie de travailler. Je n'ai envie de rien, sauf d'être près de ma petite fille.

Philippe se pencha en avant, caressa les cheveux de Marie-Ève. Alexandra le regardait tendrement.

— Je le redis et le répète: elle a de la chance de vous avoir, fit-elle.

— Pas tant que ça. Si je n'avais pas joué au golf cet après-midi-là, en ce moment, ma fille serait à la maternelle, pas ici. Elle avait tellement hâte d'entreprendre son année scolaire. Elle savait déjà faire quelques petites additions, écrire son nom, lire et écrire quelques mots...

— Dès qu'elle ira mieux, même si elle doit demeurer à l'hôpital, elle pourra suivre des cours. Nous avons des éducateurs qui enseignent aux enfants. L'an prochain, si tout va bien et si elle se rétablit parfaitement, peut-être pourra-t-elle aller directement en première année, comme si de rien n'était.

— Il me semble que c'est beaucoup espérer. Je ne crois pas qu'elle puisse aller aussi bien en si peu de mois.

— Les enfants ont une capacité de récupération parfois ahurissante, monsieur Lambert. Sans rien vous promettre, je peux au moins vous affirmer que vous pourriez être très surpris.

Alexandra sentit que, malgré tout, Philippe était sceptique.

— Votre épouse devait vous faire confiance par rapport aux enfants?

— Nous voulions être égaux face à eux. Officieusement, elle a toujours eu un peu plus de pouvoir décisionnel sur eux que moi. C'était normal, puisqu'elle était avec eux toute la journée, depuis la naissance de Jonathan. C'était un excellent compromis entre ses besoins et les miens.

— Et le travail?

— Je vais essayer encore, mais je ne sais pas combien de temps.

— Bien.

— Si vous saviez comme je m'en veux, docteur. J'ai tenu le petit cadavre de mon fils de trois ans dans mes bras par ma faute. J'ai assisté à l'agonie de ma femme, à moitié défigurée par ma faute. Je suis assis devant ma fille souffrante et inconsciente par ma faute... Je sais que c'est une culpabilité qui peut paraître absurde. Je serais le premier à secouer un ami qui parlerait de la sorte. Mais je n'arrive pas à penser autrement. C'est collé au fond de mon esprit. Je souffre moi-même et je rends la vie impossible à mes proches. Vivre en sachant qu'autant de vies sont gâchées à cause de soi, c'est très lourd à porter. Heureusement que je suis capable de me convaincre que Marie-Ève a besoin de moi, sinon, je deviendrais complètement fou. Je serais mort ou enfermé.

Alexandra serra doucement le bras de Philippe.

— Monsieur Lambert, rien n'est de votre faute. Vous devez absolument reprendre goût à la vie et cesser de vous sentir responsable de ce coup du destin. Marie-Ève aura besoin de sentir votre force, votre énergie, votre joie de vivre quand elle s'éveillera. Si vous vous laissez miner par la culpabilité, elle le saura.

— Vous n'avez pas de mari ni d'enfant, docteur, vous ne pouvez pas imaginer ce que je ressens. J'avais une vie stable, confortable, et maintenant, à cause d'une partie de golf, tout est fini! Pour la vie! C'est sûr que, pour vous, perdre un enfant de trois ans, ce n'est pas dramatique: vous en voyez mourir à tous les jours! Marie-Ève, devant vous, n'est qu'un cas parmi d'autres! Pas pour moi.

— Vous vous méprenez. Je pleure, chez moi, chaque fois que je perds un enfant.

— Pourquoi êtes-vous là, à me parler, docteur Turcotte? Je n'ai rien demandé! Vous seriez plus efficace à essayer de sauver les autres enfants qu'à chercher à me remonter le moral! Il est en chute libre et ce ne sont pas vos belles paroles qui vont m'aider.

— Je réveillerais votre fille si je le pouvais.

— N'essayez pas de me sauver, c'est inutile. Je n'ai pas envie d'être sauvé.

— Vous n'avez pas le droit! Si vous cherchez une façon de tuer Marie-Ève, celle-là est tout indiquée. Ce n'est quand même pas ce que vous voulez?

— Non, mais si Marie-Ève meurt, je vais mourir

aussi. Mes parents feront tout pour m'en empêcher, mais lorsque j'aurai décidé de mon heure...

— Mais, bon sang, les risques que Marie-Ève meure sont à peu près nuls! Nous n'arrêtons pas de vous le dire.

Philippe se leva et embrassa Marie-Ève.

— Pardonnez-moi, dit-il.

— Je ne peux pas vous en vouloir. Ce que je souhaite, c'est que vous finissiez par comprendre que rien n'est de votre faute. Surtout que vous aimiez et preniez toujours bien soin de vos enfants. Certains parents ne se soucient pas du tout de leurs enfants pendant toute leur vie et, soudain, lorsque survient un accident, ils se réveillent. Je sais quand c'est vrai et quand c'est faux.

La main d'Alexandra, posée sur l'avant-bras de Philippe, serrait un peu plus.

— J'y vais, maintenant.

Le docteur Antoine Lemieux regardait Marie-Ève avec émotion. Et Alexandra cherchait à comprendre ce que faisait son collègue dans cette chambre. Elle n'avait pourtant pas demandé l'intervention d'un psychiatre, ni pour l'enfant lors de son réveil ni pour le père.

— J'ai déjà vu Marie-Ève. De près. De très près...

Alexandra avait presque peur de cette voix ténébreuse, de ces yeux émus qui ne cessaient de fixer l'enfant.

— Je ne comprends pas, Antoine. Où as-tu déjà vu Marie-Ève?

La réponse vint doucement, sur un ton neutre:

— C'est moi qui conduisais l'autre voiture...

Alexandra le considéra, interloquée. Selon les journaux et la version officielle de la police, le conducteur de la voiture qui avait torpillé celle de Myriam n'était coupable de rien d'autre que de s'être trouvé là à cet instant précis.

— C'est sûr que rien n'est de ma faute, dit Antoine. Mais quand je suis seul, les images viennent me hanter. Le sang, le fracas de la tôle, la panique, la hantise que le feu éclate à tout instant, la vision des corps broyés. Tu aurais dû voir le petit, Alexandra! C'était atroce. Je m'informe de Marie-Ève depuis le début, mais de loin. J'envoie des infirmières ou des collègues. Je n'osais pas venir avant. J'ai pensé que son père devait m'en vouloir terriblement. À ses yeux, c'est sûrement moi le coupable.

— Je ne crois pas qu'il voie les choses de cette façon. Il se sent lui-même coupable, pense au suicide et sait que ce ne sera pas facile avec Marie-Ève quand elle s'éveillera. Il aura besoin d'aide pour savoir comment apprendre tout ça à sa fille et pour qu'elle puisse accepter.

— C'est normal, mais dans les circonstances, Dion fera très bien l'affaire. Il fait le même travail que moi et il vaut sans doute mieux que je ne me mêle pas trop de cette histoire.

— La version de la police est-elle la bonne, l'exacte vérité?

— Bien sûr! Quand j'ai aperçu la voiture qui reculait, j'étais déjà sur elle.

L'émotion saisit Antoine Lemieux à la gorge.

— Comment oublier? Le petit garçon avait la tête tournée vers la vitre, j'ai vu son beau regard... Il n'a pas eu peur, il n'a pas souffert, ça me console un peu. Quelques secondes plus tard, j'étais sorti de ma voiture et j'étais penché sur la portière de son côté. Il était mort, c'était évident. Son visage était encore beau. Et la petite fille, mon Dieu, la pauvre petite...

Antoine s'interrompit, regarda intensément Marie-Ève. Alexandra était bouleversée.

— La mère m'a vu à la toute dernière seconde, je pense. J'ai donné un coup de roue, j'espérais pouvoir frapper uniquement l'avant de la voiture, mais elle était trop proche, je n'ai rien pu faire, sauf freiner. La mère n'était pas morte, mais je savais qu'elle ne survivrait pas. Je connais le docteur Roy, qui s'est occupé d'elle. Je sais que c'est son mari qui refusait de la faire débrancher. L'accident n'est pas de ma faute, mais je me sens coupable.

— Sers-toi du psychologue en toi pour te débarrasser de ce poison.

— Ma copine m'accuse d'habitude de trop rationaliser. Mais depuis quelques semaines, elle me dit que je ne le fais pas assez!

Ils eurent un petit sourire en se regardant de côté.

— Tu crois que Marie-Ève va s'en sortir à bon compte?

— Physiquement, ça devrait bien aller. Mentalement, c'est une autre affaire. Même chose pour son père. Il est vraiment en tout petits morceaux.

— Il ne demande pas d'aide?

— C'est un homme très têtu, orgueilleux. Son entourage et moi essayons de le raisonner, mais il semble penser que c'est honteux de voir un psychiatre. Il est persuadé qu'il arrivera à surmonter sa détresse tout seul. Nous deux, nous savons que c'est faux, mais je ne crois pas que le faire consulter de force serait une solution.

— Je ne crois pas non plus. Si ses proches l'obligent à agir contre son gré, il se révoltera et se repliera sur lui-même.

— Je sais. Et toi, Antoine, pourquoi ne pas faire une séance avec un collègue? Ça pourrait t'aider.

— Non. J'ai une réaction normale après un choc pareil. Je sais que j'ai tué deux personnes. Ce n'est pas de ma faute, mais c'est quand même moi qui les ai tuées. Il me faut simplement un peu de temps pour oublier. De toute façon, cet homme et cette belle petite font bien plus pitié que moi. Ce n'est pas comparable.

La porte s'ouvrit doucement. Antoine Lemieux, anxieux, se retourna en même temps qu'Alexandra.

— Bonjour, monsieur Lambert. Je vous croyais au travail.

— Je suis resté jusque vers onze heures, c'était assez.

Philippe regardait Antoine.

— Je vous présente le docteur Lemieux. Il est psychiatre et il est venu discuter avec moi de la façon dont nous devrons traiter Marie-Ève à son réveil.

Philippe croisa les bras sur sa poitrine et lui jeta un regard hautain.

— C'est moi qui vais m'occuper de ma fille. Je ne laisserai à personne le soin de lui apprendre les mauvaises nouvelles, autant pour sa santé que pour le décès de sa mère et de son frère. Je ne vois pas pourquoi un psychiatre discuterait avec le médecin traitant. C'est avec moi qu'il faudrait en discuter.

— Je vous ai proposé de voir un psychiatre et vous avez refusé, dit doucement Alexandra. Et, même si c'est vous qui annoncez les mauvaises nouvelles à Marie-Ève, nous avons quand même à la rassurer. Un psychiatre ne mord pas. Ne vous fâchez pas. Ça ne fait de mal à personne qu'il soit ici.

Elle posa sa main sur son bras, le fixant de son regard doux. Elle le sentit se calmer.

— J'aimerais être seul avec ma fille.
— Très bien. Bonne fin de journée, monsieur Lambert.

Philippe serra la main que lui tendait le médecin. Alexandra resta entre Marie-Ève et Philippe.

— Je peux au moins embrasser ma fille? demanda sèchement Philippe.

Alexandra recula d'un pas. Philippe sortit de son sac un ourson de peluche et le déposa contre la joue de sa fille.

— Il est vraiment beau, murmura Alexandra. Qui le lui avait offert?
— Sans doute sa mère. Ce psychiatre ne me plaît pas, dit Philippe. Il a des yeux étranges. Il a l'air malade. Je ne veux pas que ce soit lui qui s'occupe de ma petite.
— Aucun problème. Le docteur Dion est aussi gentil et compétent. Il est un peu plus âgé et encore plus disponible que le docteur Lemieux. En plus, il

a déjà perdu lui-même un enfant. Vous désirez le rencontrer?

— Pas aujourd'hui.

— Lorsque vous serez prêt. J'essaierai de vous avoir un rendez-vous le plus vite possible.

— Est-ce que vous voulez que je consulte pour moi ou bien pour Marie-Ève? Honnêtement, quel est l'objectif?

— Premièrement, je souhaite que les rencontres avec le docteur Dion vous fassent du bien. Sous n'importe quelle forme. Deuxièmement, je crois que vous avez besoin d'un guide pour bien aider Marie-Ève. Même si vous êtes un père merveilleux. J'espère également que le docteur Dion réussira à vous débarrasser de votre culpabilité. Si vous devenez le centre de l'univers de cette enfant, vous devrez être serein.

— J'irai dans quelques jours. Travailler m'épuise déjà beaucoup, je ne peux pas défendre mes idées devant un psy dans la même journée.

— Vous ne devez pas considérer cette rencontre comme une bataille. Il ne voudra qu'une chose, lui: vous aider de son mieux.

Philippe s'assit.

— Dites-moi: vous parlez souvent avec mes parents et avec Nicolas?

— Ils appellent de temps en temps. Vous avez peur qu'on manigance dans votre dos?

— Vous êtes le médecin de ma fille, pas le mien. Je vous trouve gentille et je ne doute pas de votre compétence, mais je pense que vous vous inquiétez un peu trop de moi. Votre priorité devrait être ma fille.

— Elle l'est. N'en doutez pas un instant. Je pense d'abord à elle quand je m'inquiète pour vous.

Elle sortit, laissant Philippe songeur. Il appuya son front sur le lit de sa fille. Il était conscient qu'il vivait ses derniers moments de tranquillité. Quand Marie-Ève s'éveillerait, ce ne serait sûrement pas facile. Elle réclamerait sa mère.

Philippe savait que si Myriam avait survécu à sa place, elle aurait été beaucoup plus présente que lui auprès de Marie-Ève. Elle n'aurait jamais voulu quitter sa fille, alors que Philippe, lui, s'était souvent absenté.

Philippe eut un frisson.

Myriam n'aurait jamais vécu normalement après avoir perdu son fils et son bébé à naître. Sa vie aurait de toute façon été gâchée, d'autant plus qu'elle était presque défigurée à la suite de l'accident. Pour elle-même, il valait sans doute mieux qu'elle soit décédée. Philippe savait que lui, malgré sa peine, survivait mieux que sa femme.

Il était assis depuis des heures, seul, la main de

Marie-Ève dans la sienne. Son regard vide était posé sur un coin du lit.

— Bonsoir, Philippe. Tu vas bien?

Sa belle-mère se pencha et déposa un baiser sur sa joue.

— Ça peut aller. Aujourd'hui, ce n'est pas ma meilleure journée.

Elle se plaça derrière lui pour lui masser les épaules comme le faisait Myriam.

— Demain, si tu veux bien, nous irons chercher nos souvenirs chez toi.

— Vous pouvez prendre tout ce que vous voulez, sauf ce qui est dans les boîtes, au sous-sol, et ce qui se trouve dans la chambre de Marie-Ève. C'est important de ne rien prendre de ce qui lui appartient. Elle est très minutieuse et ça lui ferait de la peine que nous ayons fouillé dans ses affaires.

— Tu as vraiment décidé de rester dans ta maison?

Philippe acquiesça en retenant ses larmes.

— D'ici à ce que Marie-Ève obtienne son congé, j'irai peut-être mieux. Et après, si elle a besoin de fréquentes visites à l'hôpital, mes parents nous feront une grande place chez eux.

— Ce serait une bonne idée que tu achètes une

maison ici et que tes parents y déménagent avec Marie-Ève et toi. Tu serais près de tout.

— Marie-Ève ne serait pas heureuse de demeurer en pleine ville. Et moi non plus. J'ai toujours vécu à la campagne. Je suis bien à Saint-Sauveur.

Philippe regarda avec attendrissement son beau-père parler à sa petite-fille.

— Dans ce sens, c'est vrai, convint l'homme qui avait tout de même suivi la conversation.

— Quand l'accident est arrivé, dit Philippe, j'ai pensé que vous m'en voudriez beaucoup et que ça ne faciliterait pas les relations entre nous. Ça me décourageait parce que nous avons toujours Marie-Ève entre nous deux et que Myriam n'est plus là pour empêcher le feu d'éclater et pour nous réconcilier après.

— Nous t'en avons voulu au début. Seulement au tout début. Puis Georges et moi avons réalisé que ça ne donnait pas grand-chose de t'en vouloir.

— Vous me tenez donc pour responsable de ce qui est arrivé?

— La colère et la révolte sont passées. C'est Myriam qui a choisi de t'épouser, ce n'est pas toi qui l'y as obligée.

— Vous croyez que Myriam était malheureuse avec moi? Pourtant, l'autre jour, vous m'avez dit...

— Je ne t'accuse de rien. Tu as toujours semblé charmant avec Myriam et surtout avec les enfants. Le problème, c'est que Myriam ne nous téléphonait pas quand ça allait bien, mais seulement quand ça allait mal. Elle détestait vraiment Nicolas et aurait souhaité que tu cesses de le fréquenter. Si c'était arrivé, il n'y aurait pas eu de golf ce jour-là.

Philippe se leva brusquement, vint près de renverser sa chaise.

— Nicolas est le meilleur ami qui puisse exister! s'écria-t-il. C'est Myriam qui avait développé une antipathie irrationnelle. Depuis l'accident, c'est lui qui m'aide le plus, vous ne pouvez rien lui reprocher. Rien! Il vient à tous les jours après son travail, il m'apporte tout ce dont j'ai besoin, il s'occupe de la maison à Saint-Sauveur, il fait mon lavage, m'encourage et me supporte quand je suis au travail, et je sais que je peux le réveiller et lui demander de venir à toute heure du jour ou de la nuit. Que puis-je lui demander de plus? Nicolas a toujours été gentil et poli avec Myriam. En plus, il adorait les enfants. Ne parlez plus contre Nicolas, c'est d'accord?

Au sourire ironique de sa belle-mère, Philippe savait qu'elle ne le croyait pas.

— Comme vous voudrez, laissa-t-il tomber. De toute façon, je sais que je n'aurai jamais raison. Je ne suis pas assez bien pour vous. Qu'y puis-je?

— Ne dis pas de sottises, rétorqua Georges Gagnon. C'est toi qui ne nous aimes pas. Mais tu as toujours fait semblant d'être la victime devant Myriam, et elle te croyait. Quand on dit que l'amour rend aveugle...

— Taisez-vous! Partez! Je ne veux plus vous voir si c'est tout ce que vous pensez de moi! Partez et oubliez votre petite-fille. De toute façon, maintenant, elle est ma fille. Puisque vous me détestez, c'est inutile que vous la voyiez, vous devez la détester autant que moi!

Clémence Gagnon posa sa main sur l'épaule de son beau-fils. Il était si pâle qu'elle craignait de le voir s'écrouler, inconscient.

— Nous nous sommes énervés. Pardon. Je ne veux pas partir en colère contre toi, ce serait trop bête après tout ce qui est arrivé. Tu es un bon garçon, Philippe.

— Mais pas celui qui convenait à votre fille. Comme si j'avais besoin de ça en ce moment!

— Myriam pleurait quand elle a fait marche arrière en allant te chercher au terrain de golf, où tu venais de t'amuser avec ton ami Nicolas...

Philippe préféra pincer les lèvres, contenir sa rage, plutôt que de la laisser éclater devant le petit corps inerte de Marie-Ève. Il se demandait bien pourquoi ils enfonçaient cruellement le clou.

— As-tu la clé de ta maison? demanda Georges, l'air gêné.

Philippe la lui tendit.

— Tu as mal compris, Philippe...

— Faux! Vous voulez m'écraser tout en cherchant à passer pour des saints! Si Myriam avait été comme vous, je ne l'aurais jamais épousée! Êtes-vous bien certain que c'était vraiment votre fille, monsieur Gagnon? Pour qu'elle ait été si différente, il fallait qu'elle ne soit pas du même sang!

— Quand tu seras calmé, j'aurai quelques mots à te dire, Philippe. J'espère que tu sauras m'écouter attentivement à ce moment-là.

— Vous me détestez. Pourquoi le nier?

— Tu es en colère. C'est normal avec tout ce qui est arrivé.

Madame Gagnon l'embrassa sur la joue. Il était figé, raide, pétrifié. Georges le salua et ils sortirent.

— La profondeur du coma de Marie-Ève diminue. Le processus du réveil est enclenché!

— Si ça ne va pas avec sa mémoire, ce sera un autre coup très difficile pour moi... murmura Philippe.

— Je ne veux pas vous donner d'illusions, mais ce serait étonnant, à mon avis. L'hématome s'est complètement résorbé. Le neurologue a bon espoir aussi que tout aille bien.

— Tant mieux. Mais je refuse de me réjouir. J'ai trop peur d'être déçu. Elle peut se réveiller et ne pas me reconnaître... Pensez-vous que ce pourrait être mieux pour elle d'avoir perdu la mémoire?

— Voudriez-vous rencontrer le docteur Roy, maintenant que Marie-Ève est près de se réveiller?

Philippe hocha la tête. Une heure plus tard, il était assis devant un homme dans la cinquantaine, au visage avenant. Les cheveux grisonnants, l'air patient, il était souriant et Philippe remarqua à peine sa grande taille, qui aurait pu le rendre beaucoup plus imposant. D'instinct, il préférait ce médecin à celui qu'il avait rencontré dans la chambre de sa fille.

— J'espérais que vous viendriez, dit le docteur Roy après avoir feuilleté le dossier devant lui. Je me suis préparé. J'ai déjà discuté avec Alexandra, avec vos parents et avec votre ami Nicolas.
— Ah! bon? De quoi vous ont-ils parlé?
— De vous, de votre fille, de la relation que vous aviez ensemble, elle et vous. Ça change beaucoup de choses. Je ne guiderais pas de la même façon un père divorcé qui voyait sa fille un weekend sur deux, et un père qui était très présent. Qu'elle ait été proche de vous, ça va l'aider grandement.

Philippe fut agréablement surpris de sa rencontre avec le docteur Dion. Ils firent calmement le tour de la question. Si bien qu'il resta plus d'une heure avec le médecin.

Alexandra s'en montra ravie.

140

— Il a parlé d'une chose qui m'a étonné et il n'a pas voulu préciser. Il a parlé d'articles de journaux, de reportages à la télévision et du choc, sur le coup, qui a pu provoquer une partie du coma de Marie-Ève. Pouvez-vous me donner des explications, vous? Ne me prenez pas pour un idiot, je sais que j'ai manqué quelque chose de grave dans cette histoire. Je veux savoir ce que c'est.

Philippe remarqua qu'elle était aussi très mal à l'aise, comme le psychiatre lorsqu'il s'était mis à lui poser des questions.

— Je sais qu'il y a eu des articles dans les journaux concernant l'accident, répondit-elle. Mais je ne peux pas vous en dire vraiment plus, je n'avais pas pris la peine de les lire attentivement. Il vaudrait mieux que vous vous informiez à vos parents ou à Nicolas.

— Je sais qu'ils ne seront pas honnêtes s'il s'agit de me cacher quelque chose de grave et d'important, alors que vous, vous pouvez. Je devine aisément, à voir votre visage, que vous savez de quoi je parle. J'ai besoin d'être mis au courant.

— Je ne sais pas quoi vous dire. Je vous le répète: je préfère que vous en discutiez avec Nicolas ou vos parents. Je me rappelle que certains journalistes se sont entretenus avec le conducteur de l'autre véhicule et aussi avec le propriétaire de la maison où votre épouse avait reculé sa voiture... Ils ne faisaient que donner leur version des faits, qui concordait avec celle des policiers...

— C'est simple : je vais trouver une bibliothèque qui offre un service d'archives pour les journaux. J'ai besoin de connaître tous les détails. Je m'apprête à construire un immense château de cartes avec Marie-Ève et tout peut s'écrouler s'il me manque des morceaux.

— Si j'avais su, je les aurais conservés.

Philippe voulut quitter le bureau du médecin. Ils étaient debout, côte à côte. Alexandra le retint par un bras. Elle eut un petit sourire devant son air désemparé.

— J'essaie de toujours vous aider de mon mieux depuis le début, dit-elle.

— Je sais. Excusez-moi pour toutes les fois où je me suis comporté comme un imbécile.

Nicolas pâlit et ne sut quoi dire.

— Pourquoi t'inquiètes-tu avec ce qui n'est pas important ?

— C'est très important.

— Alors, que s'est-il passé avec le psy ? De quoi a-t-il parlé ?

— Si tu as conservé les articles, s'obstina Philippe, je veux les lire.

— Pourquoi ? Le conducteur de l'autre automobile dit que ce n'est pas de sa faute, qu'il a essayé en vain d'éviter la voiture. Le propriétaire de la maison dit qu'il jardinait, qu'il a remarqué la voiture et a été témoin de la collision. C'est tout.

— Je te vois venir de loin quand tu mens, Nicolas.

— Tu m'accuses de te mentir?

— Papa, maman et toi, vous voulez me protéger. Mais je suis assez grand pour savoir ce que je veux et ce dont j'ai besoin.

Nicolas le regarda droit dans les yeux. Les prunelles de Philippe étaient froides et impénétrables, ce qui signifiait qu'il ne voudrait rien entendre tant qu'il n'aurait pas obtenu ce qu'il exigeait.

— Pas tout de suite, répondit tout de même Nicolas. Ce serait mauvais pour toi.

— J'ai donc raison de soupçonner quelque chose?

— Ce n'est pas nécessairement ça. Les photos, entre autres, ne sont pas belles à voir... Certains quotidiens ont manqué de jugement, si tu veux mon avis.

Nicolas avait cherché un prétexte pour éviter d'avouer qu'un des éléments qu'ils racontaient était horrible. Les photos étaient réellement tristes, mais ce n'était pas comparable à ce qu'on avait caché à Philippe.

— Si tu ne me promets pas de m'apporter les

journaux à ta prochaine visite, je vais poliment te demander de partir.

— Tu me mets à la porte parce que je veux t'empêcher de te faire du mal pour rien?

— Reviens avec les articles ou pas du tout.

Philippe planta ses yeux dans ceux de Nicolas:

— C'est peut-être Myriam, finalement, qui avait raison.

Nicolas esquissa un geste d'impatience, donna un baiser sur le front de Marie-Ève et se dirigea vers l'ascenseur d'un pas décidé. C'en était trop! Il tentait par tous les moyens d'aider son meilleur ami et voilà comment il se faisait remercier! C'était injuste et cruel. Nicolas avait le cœur gros.

Pris de remords, Philippe se lança à sa poursuite. La porte de l'ascenseur se refermait quand leurs regards se croisèrent. Nicolas refusa de revenir sur ses pas. Sa déception était trop vive.

Philippe était trop fatigué pour dévaler l'escalier et courir jusqu'au stationnement.

Il réalisait déjà qu'il avait cherché à le faire souffrir autant qu'il souffrait lui-même. Sur le coup, dans sa colère, il n'avait pas bien mesuré l'ampleur de ce qu'il allait dire. Ses paroles avaient de loin dépassé sa pensée.

Il attendit deux heures et téléphona. Mais il n'obtint aucune réponse.

Il se rendit au bureau d'Alexandra Turcotte.

— Croyez-vous que Marie-Ève s'éveillera ce soir ou demain avant-midi?

— Elle ne s'éveillera pas avant quelques jours, selon moi.

— J'irais rejoindre Nicolas chez lui pour la nuit et j'irais au travail demain matin. Je serais de retour au début de l'après-midi.

— Saint-Sauveur est à trente minutes d'ici. Si Marie-Ève se réveille, nous prendrons bien soin d'elle en attendant votre arrivée.

— N'oubliez surtout pas son ourson si elle ouvre les yeux.

Philippe se présenta chez son ami avec deux cassettes vidéo et une pizza.

— Qu'est-ce que tu fais ici? demanda Nicolas sans s'écarter de la porte pour le laisser entrer.

— Je suis venu faire la paix.

— Tu aurais pu téléphoner, fit l'autre sur un ton sec.

— Il n'y avait pas de réponse.

— Je viens tout juste d'arriver. J'ai été crier des bêtises à ta femme! Ça m'a fait du bien parce que si je ne m'étais pas défoulé sur elle, c'est toi qui aurais écopé.

— J'aurais préféré que tu te défoules sur moi. Au moins, je suis vivant.

— Non, ça valait la peine. Nous nous sommes réconciliés! Je sais que c'est idiot, mais si elle était encore ici, je l'aurais embrassée sur les joues et elle m'aurait invité à souper.

— Merveilleux! Disons que c'est elle qui t'offre la pizza! Ouvres-tu ta porte à ton vieil ami un peu idiot?

Nicolas le laissa entrer.

— Je t'en veux un peu d'être aussi têtu, mais tu es quand même l'ami le plus merveilleux qui existe sur cette terre! Pardonne-moi pour tout à l'heure, dit Philippe, piteux.

— À condition que tu attendes un peu pour les articles.

Philippe sortit la pizza de sa boîte sans répondre.

— As-tu les assiettes? Et une bonne bière pour aller avec?

Le sourire de Nicolas était radieux.

— J'ai tout ça. Est-ce que tu vas dormir ici?

— Bien entendu! Comme quand nous étions adolescents: nous allons nous étendre sur le canapé-lit et nous endormir avant la fin du deuxième film, qu'il soit bon ou non.

— C'est très, très bien! Quel genre de film as-tu choisi?

— Des comédies.

— Tu as envie de rire? Pince-moi, je dois rêver!

Nicolas apporta la bière, s'assit à table. En l'observant, Philippe ne put s'empêcher de se demander encore et toujours pourquoi Myriam avait si peu d'estime pour lui.

Ils mangèrent de bon appétit et regardèrent les films en riant souvent de bon cœur. Nicolas était touché de voir le moral de son ami reprendre un peu de tonus.

— Allez, viens dormir dans la chambre d'amis. De mon côté, je vais prendre ma douche, ranger la vaisselle et commencer à préparer les choses pour demain matin.

— Ne fais rien de spécial pour moi.

— Non. Tu sais quoi, Philippe? Je déjeune à tous les matins!

Ils rigolèrent, puis Nicolas pointa sa chambre à lui du doigt:

— Va te chercher des vêtements pour la nuit, il y a tout ce que tu veux dans mon bureau. Je vais prendre ma douche.

Philippe ouvrit les tiroirs, trouva d'abord les chaussettes, puis les vêtements de golf de son ami. (Nicolas s'habillait toujours très bien.) Dans le troisième tiroir, il tomba sur de la paperasse: des lettres, des comptes, quelques photos pêle-mêle et... des journaux. Le cœur de Philippe se mit à battre la chamade.

Il prit le premier journal et regarda la une. Sa Toyota écrasée! Date: 7 septembre 1992. Le grand titre: «Horrible collision à Saint-Sauveur: une mère et son fils perdent la vie!»

Désespéré, Philippe ouvrit le journal et regarda les photos, toutes aussi horribles les unes que les autres. La plus terrifiante lui parut celle où l'on voyait un petit corps couché sur une immense civière, poussée par deux ambulanciers. Sa petite Marie-Ève!

Bien que manquant de souffle, Philippe s'attaqua au texte:

Le conducteur de l'autre automobile, qui a tout fait pour éviter la Corolla de madame Gagnon, avait les larmes aux yeux en racontant la suite des événements:

«La fillette n'arrêtait pas de hurler des "maman, maman!". Je lui ai dit de garder courage, que la police viendrait bientôt la sortir de là, et ses yeux ont croisé les miens. Mon Dieu! Quel choc! Elle était en détresse, elle me suppliait des yeux de la sortir de là. Je pleurais mais

je ne pouvais pas l'aider, vu la position de la voiture. La petite est devenue hystérique, elle hurlait à pleins poumons puis elle s'est évanouie. Son petit frère, auquel je pouvais toucher, était déjà mort.»

Puis le journal expliquait dans quel état se trouvaient les trois occupants au moment de mettre sous presse.

Philippe respirait par à-coups, essoufflé, ses larmes mouillaient ses joues sans qu'il ne s'en rende compte. Quel supplice avait dû vivre Marie-Ève!

— Philippe Lambert, pourquoi as-tu fait ça?

Nicolas lui arracha le journal des mains et Philippe le regarda avec une haine qui fit frissonner son ami.

— Pourquoi m'avez-vous caché ça, Nicolas Loyer? Je ne vous le pardonnerai jamais! Si l'hématome au cerveau n'a pas laissé de séquelles, as-tu pensé à l'enfer que Marie-Ève va vivre en s'éveillant? Je ne comprendrai jamais que vous ayez voulu me dissimuler cette partie de l'histoire, c'est horrible.

— Marie-Ève a subi un choc tellement important que le docteur Turcotte est certaine qu'elle ne se souviendra pas de ces événements avant un bon moment. Tu souffrais tellement, nous étions contents de pouvoir t'en éviter un petit peu plus...

— Comment penses-tu que je me sens, aujourd'hui? Je suis trahi en plus, ça fait doublement mal. Ne cherche pas à m'expliquer, je ne veux pas t'entendre. Maintenant, je pars. Laisse-moi aller chez moi, je veux être tranquille pour digérer tout ce que je viens d'apprendre.

— Tu n'es pas dans un état pour conduire, je ne te laisserai pas partir et...

— Très bien, j'y vais à pied.

— Appelle-moi si ça ne va pas. Je serai vite chez toi.

Fou de colère, Philippe sortit en claquant la porte. «Je claque la porte, il claque la porte, nous claquons la porte...» songeait Nicolas avec dépit. Il s'en voulait amèrement de ne pas avoir mieux rangé ces articles. C'était sans doute ce côté gaffeur qui faisait fuir toutes les femmes qu'il aimait.

Couché chez lui, dans son propre lit qui lui semblait devenu impersonnel, Philippe cherchait une position confortable. Il essayait de calmer sa respiration, de ne plus réfléchir. Les images tourbillonnaient dans sa tête et il avait même l'atroce impression d'entendre réellement les hurlements de sa fille.

La sonnerie du téléphone le fit sursauter.

— C'est moi.

— Laisse-moi tranquille, Nicolas, j'ai besoin

d'être seul, dit-il, la voix étranglée et le cœur battant.

— Sûr? Je suis inquiet. Je ne pourrais pas aller m'installer dans ton sous-sol, me faire discret et ne pas te déranger?

— Pas question. Je vais très bien.

Philippe resta longtemps en position fœtale, espérant calmer angoisses et mal de vivre.

Tout était détruit. Un ouragan avait balayé sa vie.

Il fallait arrêter de souffrir. Si c'était impossible, il fallait cesser de vivre.

Alors il se leva, se dirigea vers la salle de bains. Toutes sortes de médicaments étaient à sa disposition: somnifères, anti-inflammatoires, aspirines... Il ouvrit le robinet, mit plusieurs comprimés dans sa bouche, les avala. Il laissa passer quelques minutes et en prit de nouveau une pleine poignée.

Il retourna se coucher. Comme si de rien n'était. Comme s'il avait fait un geste parfaitement anodin. Cinq minutes s'écoulèrent. Le téléphone se remit à sonner.

— C'est encore moi.

— J'ai dit que je voulais être seul, répéta Philippe, dont la voix semblait plus calme. Ça va mieux.

Il raccrocha aussitôt.

Sa respiration se fit plus lente, plus régulière. Son cœur ralentissait doucement, les veines cessaient de battre dans ses tempes. Le repos le gagnait. Des images de son petit Jonathan dans ses bras, à la morgue, envahissaient son esprit.

Les souvenirs heureux remplacèrent bientôt les cauchemars et, dans la tourmente de son esprit, il ne savait même plus pourquoi il allait si bien.

Il se sentait enfin en paix.

Assis dans le noir, dans la chaise berçante, Nicolas rongeait son frein. Il se rendait compte qu'il finissait toujours par se mettre partout les gens à dos. Il se décarcassait pour les autres, mais ne savait jamais s'arrêter. Chez Toyota, il était disponible, serviable, vendait plus que quiconque, mais il sentait qu'on ne l'appréciait guère.

«Qu'est-ce que j'ai de travers?» se demandait-il en pianotant sur le combiné de son téléphone sans fil.

Un faible rayon de lune éclairait le mur. Nicolas y voyait clairement une photo prise par Myriam à l'anniversaire de Jonathan. Les enfants, Philippe et lui avaient un grand sourire insouciant.

Il y avait si peu de temps... Il y avait si longtemps...

✒

Malgré les médicaments, Philippe se sentait en-
gourdi mais n'arrivait pas à dormir. Il avait la nausée. Soudain il se redressa.

Marie-Ève!

Il s'arracha de son lit, décrocha le téléphone de
la table de nuit.

— Nic? J'ai fait... bêtise...
— J'arrive!

Nicolas partit à l'épouvante et en moins de deux
il était devant la maison de son ami.

— Philippe! cria-t-il en déverrouillant la porte.

Il entendit un gémissement, courut vers la chambre, fit de la lumière.

— Mon Dieu! Qu'est-ce que tu as fait, Philippe?
— J'ai... pris des médicaments... Seigneur...
Marie-Ève... Aide-moi...

Nicolas composa aussitôt le 9-1-1.

— Tenez-le éveillé jusqu'à l'arrivée des ambulanciers, lui conseilla-t-on. Et essayez, si possible, de trouver les flacons des comprimés qu'il a avalés. Savez-vous avec quoi il les a avalés?

Nicolas se pencha près du visage de Philippe.

— Est-ce que tu as pris de l'alcool avec les médicaments?

— Non, pas d'alcool... Marie-Ève... Il faut s'occuper de Marie-Ève...

Nicolas le tint dans ses bras. Il chercherait les flacons lorsque les ambulanciers seraient là.

— Je ne voulais plus... marmonnait Philippe.

C'était la première fois que Nicolas tenait son ami aussi étroitement dans ses bras. Il n'y avait aucune gêne, seulement la proximité des cœurs, leur détresse mutuelle.

L'ambulance arriva une dizaine de minutes plus tard. On étendit Philippe sur la civière; Nicolas fit une inspection sommaire de la salle de bains, mit tous les contenants dans un sac de plastique et monta en vitesse dans l'ambulance.

— Papa et maman... Ne leur dis pas, le pria Philippe d'une voix pâteuse.

L'ambulancier observait Nicolas de côté. Ils

étaient presque voisins. L'homme était sans doute au courant de ce qui était arrivé à Philippe. Comme tous les habitants du village, du reste. La pitié était inscrite dans son œil.

— Je trouverai une explication, assura Nicolas. Ne t'inquiète pas.

Aux urgences, Nicolas arpenta la salle d'attente pendant plus de quatre heures avant de voir apparaître un médecin.

— Il est hors de danger, mais je le fais hospitaliser en psychiatrie.
— Je doute que ce soit la solution.
— Je ne vois pas ce que je pourrais faire d'autre.

Nicolas fit le récit des malheurs de Philippe.

— À mon humble avis, si vous me permettez, docteur, le meilleur traitement pour lui serait de voir sa fille se réveiller et vivre enfin.
— Nous allons le garder au moins vingt-quatre heures sous observation. Lorsqu'il aura rencontré le psychiatre, une décision sera prise.

Au milieu de l'avant-midi, Nicolas téléphona au docteur Turcotte.

Debout dans un coin, une main sur l'oreille gauche pour mieux entendre de l'autre, Nicolas discuta avec Alexandra un bon moment.

— Ça devait arriver un jour ou l'autre, j'imagine, dit-elle, ébranlée et très inquiète. Donnez-moi le nom du médecin qui s'occupe de lui, je vais l'appeler.

Nicolas souligna que Philippe lui avait demandé de ne pas en parler à ses parents.

— J'ai moi-même affreusement peur de leur réaction, admit-il.

— Dites-leur qu'il a pris deux analgésiques, mais qu'il a aussi avalé innocemment quelques bières durant la soirée. Le résultat de ce genre de cocktail n'étant jamais fameux, je saurai leur expliquer pourquoi vous avez décidé de vous rendre à l'hôpital et pourquoi le médecin le garde sous observation. Pour éviter qu'ils aillent le voir, Philippe dira qu'il préfère les savoir auprès de Marie-Ève. Un petit mensonge, certes, mais la vérité n'apporterait rien de bon pour le moment.

— Merci beaucoup, docteur. Votre soutien est très précieux.

À la fin de leur conversation, Alexandra lui fit promettre de prendre du repos, mais jusqu'à onze heures, il tourna en rond, les larmes aux yeux et le cœur coincé. Une infirmière vint à lui.

— Votre ami est réveillé et veut vous voir.

Philippe paraissait épuisé.

— Je ne voulais pas mourir mais arrêter d'avoir mal, balbutia-t-il. En as-tu parlé à papa et à maman?

— Non. Inutile de leur ajouter des cheveux blancs. Il y a bien assez des miens!

⚮

Au fil des jours, Nicolas avait senti s'épuiser son énergie et son courage. Sa solitude lui pesait de plus en plus. Bien sûr, il n'avait pas à vivre un drame aussi cruel que celui de son grand ami, mais son existence n'avait rien de réjouissant.

Alexandra Turcotte l'attirait, mais il s'efforçait de ne pas y songer. Il était convaincu qu'elle ne pourrait jamais s'intéresser à lui. Il s'était trop souvent cassé les dents à espérer.

Pour le moment, son ami avait besoin de lui. Mais bientôt, Philippe chercherait la paix et la tranquillité avec sa fille. Lui, il retournerait dans son appartement vide, dans la monotonie de son travail qui ne le passionnait plus du tout.

— Justement, dit Philippe. Les payes ne doivent pas être grosses pour toi ces temps-ci. Tes absences doivent commencer à faire jaser.

— Quand je ne suis pas là, je ne vends pas, c'est tout. Ça ne dérange personne. Il n'y a aucun vendeur en vacances et ils peuvent très bien se débrouiller. Les autres vendeurs ne m'aiment pas, ça doit leur faire plaisir que je ne sois pas là.

— Oui, mais les revenus?

— Ça va. Pour l'instant... Sais-tu, toi, pourquoi les autres employés ne m'aiment pas?

— Tu es trop performant. Ils sont jaloux. L'important, c'est que tes vrais amis et ta famille t'apprécient.

— Tu me consoles de mes petites misères et c'est toi qui, trop souffrant, as failli commettre l'irréparable.

— Je n'ai pas vraiment cherché à m'enlever la vie. En tout cas, pas consciemment.

— Peu importe. Je trouve un peu déplacé de me lamenter devant toi.

— Qui sait? J'ai peut-être vu la mort d'assez près pour que Myriam et Jonathan viennent me souffler une force et une énergie nouvelles. Étrangement, même si je me sens très faible, mon moral a soudain un regain.

— Faut croire que tu as touché le fond.

Philippe avait l'œil presque radieux; pourtant, en une fraction de seconde, ses traits s'assombrirent radicalement.

— Quand je pense à tout ce que ma petite a enduré avant de perdre conscience... Je ne pourrai jamais trouver les bons mots pour la consoler et la rassurer quand elle se réveillera. Je suis un adulte et j'ai toutes les misères du monde à me reprendre en mains; comment une enfant de cinq ans pourrait-elle vouloir survivre?

— À cinq ans, on oublie beaucoup de choses. Si tu voulais écouter le psy...

— J'irai le voir de nouveau. Le problème est trop gros, je ne peux pas le régler seul. Même mon amour paternel n'est pas assez fort pour surmonter tout ça. Quand je vais lui parler de sa mère, de son frère, de l'accident, je sais que je vais pleurer et ça m'énerve.

— Marie-Ève doit comprendre que tu as de la peine aussi, Philippe. Elle te donnera de sa force et toi de la sienne. D'après moi, même si elle est toute petite, Marie-Ève va vivre ça moins difficilement que toi.

— Peut-être... Je n'en suis pas sûr... On verra.

Nicolas hésitait devant un distributeur automatique. Une infirmière l'observait avec un sourire. Nicolas la salua après un instant d'hésitation.

— Je vous reconnais, dit-il. Vous vous occupez souvent de la petite fille de mon ami, n'est-ce pas?

— Tout à fait.

Ils bavardèrent un moment. Nicolas finit par faire son choix et il proposa à l'infirmière de venir à sa table.

— Sinon, vous risquez de ne pas trouver de place.

L'infirmière posa un regard circulaire sur la

salle et convint qu'il y avait effectivement beaucoup de monde. Elle crut remarquer de la fatigue
dans le regard de Nicolas.

— Tout ce temps passé à l'hôpital risque de
vous épuiser, dit-elle. Vous avez du mérite, je trouve.
Des amis aussi fidèles, c'est rare.

— Je le fais d'abord pour apaiser ma conscience,
je crois... Il m'arrive de croire que tout ça est de ma
faute.

— À mon sens...

L'infirmière s'interrompit et s'excusa de ne pas
s'être présentée. Nicolas proposa qu'ils se tutoient.

— Si vous voulez, dit-elle.

— Ça commence mal, remarqua Nicolas.

— En effet, s'esclaffa Claudine. Je disais donc
que, à mon sens, la culpabilité, fondée ou non, c'est
de l'énergie gaspillée. J'ai entendu le docteur
Turcotte parler au psychiatre, ce matin. Je ne sais
pas ce qui s'est passé avec le père de Marie-Ève,
mais ça ne semblait pas très rose. C'est inclus dans
vos... dans tes élans de culpabilité?

Nicolas préféra fixer le fond de sa boisson gazeuse plutôt que d'affronter le regard de l'infirmière. Il ferma les yeux.

— C'est pénible de vouloir porter le monde
entier sur ses épaules, n'est-ce pas? dit Claudine. Je
suis moi-même un peu comme ça avec ma famille

et mes amis. Je voudrais souffrir pour eux et régler tous leurs problèmes. Comme toi avec Philippe.

— Ouais... soupira Nicolas.

— Ce qui s'est produit est une catastrophe qu'aucun mot ne peut vraiment décrire. En pédiatrie, je vois des cas très graves à tous les jours et c'est rare que les parents ne se sentent pas coupables, peu importe ce qui afflige l'enfant. Par exemple, hier est arrivé un petit garçon qui est tombé dans un escalier. Sa mère s'accusait parce qu'elle n'avait pas refermé la barrière. La pauvre, elle ne pouvait pas faire de miracles: elle avait les mains pleines de sacs d'épicerie.

Nicolas regardait l'infirmière à travers l'épais brouillard que formaient les larmes dans ses yeux.

— Si mon enfant mourait, fit-il, je voudrais mourir aussi. Philippe a failli flancher...

— As-tu pensé consulter un thérapeute, toi aussi, Nicolas? Ce qui est arrivé est dur pour le père de Marie-Ève mais pour tous ses proches également. La plupart des gens croient qu'il faut être fou pour consulter un psychiatre. Pourtant, c'est loin d'être le cas!

Les yeux de Nicolas brillèrent un petit peu plus, le temps de poser sa question:

— Est-ce que ton mari ou petit ami est psychiatre, Claudine?

— Il ne l'est pas, pour la simple et bonne raison qu'il n'y a personne dans ma vie.

Nicolas achevait son sandwich et sa boisson gazeuse. Non, non, il ne fallait rien espérer de l'infirmière généreuse de son temps. Nicolas se frotta les
yeux, question d'effacer toute trace de larmes. Il lui
sourit ensuite, sans hésiter à la fixer dans les yeux.

— Philippe est avec ses parents dans la chambre
de sa fille, dit-il mécaniquement. Je lui avais promis
d'être bref.

— Nicolas, tu ne m'en veux pas de m'être im-
miscée dans ta vie comme ça? Loin de moi l'envie
d'être indiscrète, j'espérais seulement t'aider un
petit peu...

— Je te remercie, Claudine. Bonne fin de journée.

Il se leva, lui tendit une main qu'elle serra avec
fermeté. Son sourire était aussi beau que celui du
docteur Turcotte.

Discuter avec le docteur Dion, assis dans la chambre de Marie-Ève, semblait moins pénible à Philippe.

— Je n'accepte toujours pas, mais j'entrevois
certaines solutions.

— Lesquelles?

— Je vais m'occuper de Marie-Ève, m'investir
corps et âme pour qu'elle retrouve toutes ses facul-

tés et qu'elle se remette de ses traumatismes. Ensuite, je vais retourner au travail et je veux aussi trouver le temps de me divertir.

— Qu'est-ce qui, soudain, vous fait parler de la sorte?

Le docteur Dion avait un visage calme et sympathique.

— J'aimerais bien le savoir, dit Philippe.

— Ce que je trouve remarquable, c'est que vous soyez maintenant capable d'envisager l'avenir d'un bon œil. C'est une amélioration notable depuis la dernière fois où nous nous sommes parlé. Je voudrais aborder le sujet du suicide avec vous, monsieur Lambert. À quoi pensiez-vous quand vous avez avalé les pilules?

— À rien, docteur, je l'ai dit et redit! Je voulais cesser de souffrir, c'est tout. C'est assez, je ne veux plus en parler.

Il caressa doucement le petit bras de Marie-Ève.

— Le docteur Turcotte dit que son activité cérébrale est excellente et qu'il ne devrait y avoir aucun problème avec sa mémoire. J'en suis très heureux, mais en même temps j'ai peur que sa première réaction en soit une de révolte, de colère et qu'elle me fasse des crises à répétition...

— Il y a des chances que Marie-Ève ne se souvienne pas de l'accident. Ça reviendra sans doute un jour, mais à son réveil, ça m'étonnerait.

— Est-ce qu'on peut faire une dépression, à cinq ans?

— C'est possible, ça existe. Si Marie-Ève est bien entourée, ça ne devrait pas se produire.

Alexandra Turcotte et un des pédiatres de son équipe se trouvaient tout près de la petite Marie-Ève.

— Ce cas est presque miraculeux. Moi qui croyais que cette enfant serait un cas lourd, voilà qu'elle va bientôt se réveiller, et sans la moindre séquelle! Docteur Robin, Marie-Ève Lambert sera une des rares malades qui m'aura fait mentir.

— Mis à part les problèmes de mémoire et les traumatismes psychologiques, elle s'en tire bien.

— Que représentent quelques mois de thérapie, comparés à des années de dialyse? Quant à sa mémoire, nous serons fixés dans quelques heures, mais j'ai espoir qu'elle soit tout à fait intacte.

— Pourquoi n'avez-vous pas avisé son père que Marie-Ève est tout près de se réveiller? Il serait resté avec elle et ç'aurait sans doute été bon pour la petite qu'il soit là dès qu'elle ouvrira les yeux.

— J'y ai pensé, docteur Robin, vous vous en doutez. Toutefois, j'ai songé que s'il survenait un pépin, il vaudrait mille fois mieux que son père soit absent. Je le sais fragile mentalement et si Marie-Ève a perdu la mémoire, il vaudra mieux appeler le docteur Dion afin qu'il prépare le terrain.

Le pédiatre hocha la tête.

∽

Il était trois heures trente du matin. Une infirmière vérifiait les solutés lorsque le petit regard de Marie-Ève s'ouvrit. Elle battit des paupières, fit, des yeux, le tour de la pièce. L'infirmière sonna promptement et se pencha doucement vers l'enfant qui se mit à pleurer à gros sanglots en demandant sa mère et en cherchant à se lever.

— Calme-toi, ma belle, chuchota l'infirmière. Tu es à l'hôpital. Ton papa va arriver bientôt. Je m'occupe de toi en attendant.

Alexandra arriva au pas de course. Marie-Ève pleurait et paraissait toujours aussi effrayée.

— Papa! Je veux papa! répétait Marie-Ève, de plus en plus bas, déjà à bout de forces. Papa...
— Il s'en vient, promit Alexandra. Regarde, c'est ton ourson préféré, le reconnais-tu?

Elle le posa entre le cou et l'épaule de la fillette qui tourna son visage et enfouit son nez dans le pelage.

— J'appelle ton papa!

Alexandra courut à son bureau, saisit le combiné. Le téléphone sonna plusieurs coups avant que Philippe ne réponde, tout endormi.

— C'est Alexandra Turcotte. Venez vite! Marie-Ève vous réclame!

Philippe, totalement sonné, sauta dans son pantalon. Il était incapable de dire un mot.

— Philippe! Vous êtes toujours là? demanda Alexandra au comble de l'excitation.
— Oui, oui, j'arrive, je suis prêt! Dites-lui que je l'aime, dites-lui que j'arrive tout de suite! Donnez-lui son ourson!

Il traversa le manoir comme une flèche, entra dans l'hôpital après avoir failli se faire renverser par deux voitures, grimpa l'escalier quatre à quatre. Après avoir reçu la plus belle nouvelle de sa vie, il ne pouvait pas se résoudre à perdre la moindre seconde à attendre l'ascenseur.

À bout de souffle, il s'arrêta une seconde devant la porte de la chambre de sa fille, essuya ses larmes et tenta de retrouver son calme. Il ouvrit avec appréhension. Plusieurs médecins et membres du personnel entouraient le lit.

— Elle est belle et en santé! lança Alexandra. Elle veut vous voir et ça presse!

Philippe se faufila entre le pédiatre et une infirmière.

— Marie-Ève! Oh! Marie-Ève!

— Papa!

Marie-Ève se mit à pleurer de plus belle et essaya péniblement de tendre ses deux petits bras à son père. Philippe éclata en sanglots, incapable de se retenir, se pencha, poussa l'ourson, enfouit son visage dans le cou de sa fille et la serra délicatement contre lui.

Sentir les mains de Marie-Ève se poser sur son dos, comme pour le retenir contre elle, comme pour l'empêcher de partir, de l'abandonner, peut-être, déchaîna les sanglots de Philippe. Une joie jusque-là inconnue sembla lui déchirer l'estomac et lui donner le vertige. Ils demeurèrent ainsi un long moment. Une fois ses larmes enfin calmées, Philippe releva la tête et contempla sa fille. Elle était visiblement assommée par les médicaments, mais par rien d'autre, espéra-t-il.

— Mal, papa...

— Ma pauvre petite puce!

Philippe replongea sa tête dans le cou de sa fille. Plusieurs minutes s'écoulèrent encore. Les petites mains dans son dos, agrippées, l'empêchaient de reprendre le contrôle de ses sens.

— Papa...

Philippe releva la tête. Ses sanglots s'apaisaient.

— Papa... murmura-t-elle encore, en le regardant avec effroi.

— Tu es à l'hôpital, ma chérie. Toutes ces gentilles personnes vont te soigner. Tu as eu de gros bobos, hein? Ils vont te donner des médicaments pour que tu n'aies plus mal et moi, je vais rester avec toi, je te le promets! Je t'aime!

Elle continua de le fixer. La terreur semblait avoir fait place à la douleur, au chagrin. Sa petite avait un regard qu'il n'avait jamais vu auparavant.

Il caressa sa joue, la garda tout contre lui. Le personnel, discrètement, s'était éloigné quelque peu. Philippe vit les joues mouillées d'Alexandra.

— Maman est où, papa?

Marie-Ève ne pleurait presque plus. Philippe n'eut pas la voix ni le courage de répondre pendant un moment. Elle ne se souvenait pas de l'accident, songea-t-il. Elle avait simplement demandé où se trouvait sa mère, la personne qu'elle devait aimer le plus au monde. Sa mère qui ne l'aurait jamais quittée, qui aurait été auprès d'elle dès son réveil.

— Maman a aussi de gros bobos, Marie-Ève. Elle est à l'hôpital, d'autres docteurs prennent soin d'elle. Je t'aime, ma petite chérie.

Le pédiatre introduisit une seringue dans un tube relié à l'enfant par son bras gauche.

— Pour calmer sa douleur et l'endormir, fit le médecin à voix basse. Elle ne doit pas s'épuiser.

Marie-Ève regardait son père avec des yeux de plus en plus petits. Puis elle retira ses mains de son dos en se remettant à pleurer de plus belle. Peut-être pensait-elle qu'il l'abandonnait de nouveau.

— Je reste avec toi, Marie-Ève. Je ne bougerai pas d'ici. Promis. Tu ne seras plus jamais seule avec les docteurs.
— Veux maman, papa, je veux maman...

Philippe eut l'impression d'étouffer. Il essuya les larmes sur les joues de sa fille qui s'endormit doucement. Le pédiatre invita Philippe à sortir un moment. Il avait à lui parler. Philippe le suivit docilement après avoir vérifié que Marie-Ève dormait profondément.

— Les jambes de Marie-Ève sont dans un mauvais état, lui rappela-t-on. Elle devra faire beaucoup de physiothérapie. Dans quelques mois, si tout va bien, elle devrait avoir retrouvé la force de ses muscles.
— Je sais tout ça.

Philippe afficha un air impatient: il voulait retourner voir sa fille au plus vite.

— Il y a autre chose, mais je vais laisser le docteur Turcotte vous l'annoncer.

Philippe tourna des yeux affolés vers Alexandra. Mais elle souriait.

— Les derniers examens indiquent que ses deux reins fonctionnent très bien! Son rein gauche a été très amoché et je ne cache pas qu'il faudra le surveiller de près, en plus d'y faire attention. On ne pouvait espérer mieux.

— Il reste un point à éclaircir, dit le docteur Robin. Êtes-vous toujours d'avis que c'est à vous d'annoncer la mort de votre femme et de votre fils à Marie-Ève? Si vous le voulez, le docteur Dion peut s'en charger lorsque le moment sera venu.

— Je tiens à ce que ça soit moi.

— Il faudra nous tenir au courant. C'est essentiel.

— Bien entendu.

Philippe leva les yeux au ciel pour remercier Myriam et Jonathan de la bonne nouvelle.

— D'ici quelques jours, dit Alexandra, ses périodes de réveil seront de plus en plus longues et ses souvenirs seront de plus en plus précis. En ce moment, et pour les prochaines quarante-huit heures au moins, vaut mieux lui chuchoter des mots d'amour et la rassurer que de chercher à lui poser des questions sur l'accident ou sur ses douleurs. Elle se confiera d'elle-même si elle en a besoin.

— Elle n'a jamais eu de secret pour moi. Ma fille ne sera pas indisposée de se confier à moi, elle était habituée. Avez-vous téléphoné à ma famille?

— J'ai pensé que vous seriez content de leur annoncer cette merveilleuse nouvelle vous-même.

Philippe se précipita à la cabine téléphonique la plus près et revint vite mendier de la monnaie. Alexandra rit en lui offrant de se servir de l'appareil au poste des infirmières.

Philippe téléphona tout d'abord à ses parents, puis à son si fidèle ami Nicolas. Il allait faire demi-tour quand...

— Madame Gagnon? Votre petite-fille est réveillée!

Philippe retourna au chevet de sa fille. La porte s'ouvrit quelques minutes plus tard.

Ses parents, les joues inondées de larmes et un sourire éclatant sur le visage, l'enlacèrent chaleureusement.

— Elle ne s'est pas réveillée de nouveau, mais elle va bien!
— Petite chouette! fit Mila en se penchant pour l'embrasser sur le front.
— Elle est si belle! s'exclama Jean-Pierre sans la quitter des yeux. Elle m'a tellement manqué.

Jean-Pierre laissa couler ses larmes sans retenue. Philippe l'avait rarement vu pleurer depuis l'accident et il en fut extrêmement remué.

Jean-Pierre, de son côté, ne pouvait cesser de penser à cette affreuse visite à la morgue. Voir son petit-fils si froid, si blême, dans les bras de son fils, l'avait changé à jamais. Ce serait si bon de voir Marie-Ève revivre!

— C'est un grand soulagement que la tempête se calme enfin, soupira Philippe.

— J'ai si hâte de lui parler, murmurait son père.

Nicolas arriva à son tour.

— Je n'ai pas de mots... dit-il.

Philippe serra doucement son bras.

— Moi, j'en ai un: merci.

Pour tenter de détendre l'atmosphère, Nicolas se mit à parler, très vite, sans reprendre son souffle. Sachant que le cinéma était la passion de «mademoiselle» Lambert, il raconta avoir fait le tour de la ville de Montréal pour trouver tous les nouveaux films d'enfants et ceux qu'elle ne possédait pas déjà dans sa collection de vidéocassettes.

Le docteur Turcotte entra en compagnie des parents de Myriam qui avaient déjà épongé leurs larmes. «Toujours les mêmes», pensa Philippe.

— Lorsque la petite se réveillera, indiqua Alexandra, il serait bon de ne pas rester tous ensemble auprès d'elle. Même si elle vous aime tous, elle est très fragile et elle préférera sans doute la tranquillité et le calme. Elle est là pour longtemps, maintenant, de toute façon.

Comme le souhaitait Philippe, ses beaux-parents déclarèrent sans hésitation qu'ils sortiraient les premiers.

Marie-Ève commença à bouger vers huit heures. Lentement, elle ouvrit les yeux et regarda son père qui lui tenait la main. Puis elle se tourna vers Mila.

— Grand-maman...

C'était une plainte qui s'était échappée de ses lèvres. Marie-Ève semblait déjà épuisée.

— Maman? Elle est où, ma maman?
— Maman est malade, Marie-Ève, dit Philippe. Mais moi, je suis avec toi. Nicolas, tes deux grands-papas et tes deux grands-mamans aussi. Nicolas m'a dit qu'il t'avait apporté deux cassettes vidéo que tu désirais depuis longtemps. Quand tu iras mieux, tu pourras les regarder.
— Mes jambes... J'ai mal...

Mila sortit chercher un membre du personnel afin qu'on puisse soulager les souffrances de sa petite-fille.

— Je t'aime, Marie-Ève. Et toi, est-ce que tu m'aimes? Sûrement pas autant que moi. Je t'aime... gros comme notre maison! Non, ce n'est pas assez gros. Je t'aime gros comme le ciel, gros comme toute la terre entière!

Ces jeux de mots avaient longtemps été une part de leur complicité. Elle se mit à rire faiblement. Puis:

— Je t'aime gros comme le ciel, moi aussi. Maman est trop malade pour venir me voir?

— Elle va mettre beaucoup de temps à s'en remettre. Elle aussi aimerait être avec toi. Tu sais comme ta maman t'aime, hein?

— Oui... répondit-elle en reniflant. Tu n'es pas malade, toi, papa?

— Non. Je vais très bien.

— Tu vas rester avec moi?

— Je te le jure sur mon cœur, Marie-Ève. Ne pleure pas, ma belle. Je t'en prie!

Tant bien que mal, Marie-Ève réussit à contrôler ses larmes.

Madame Lambert reparut avec Alexandra, qui s'approcha prudemment de la fillette, se présenta et l'ausculta.

— Veux-tu écouter ton cœur, Marie-Ève?

— Oui.

Marie-Ève était ravie: les stéthoscopes l'avaient toujours fascinée. Mais l'expérience se termina abruptement dans les larmes.

— Ça faisait trop de bruit, j'ai mal dans ma tête! expliqua l'enfant. J'ai mal à ma jambe aussi. On dirait qu'un gros camion est passé dessus et l'a tout écrasée.

— Je vais mettre un tout petit peu de liquide dans ton soluté pour calmer ta douleur.

Philippe pensa que Marie-Ève avait vu juste: c'était, à peu de choses près, ce qui lui était arrivé.

Marie-Ève tendit les bras à sa grand-mère Lambert qui la serra contre elle. Puis ce fut au tour de Jean-Pierre.

— Grand-papa, dit Marie-Ève en commençant à cligner des yeux. Est-ce que tu vas me ramener sur le lac en bateau, quand je n'aurai plus mal à ma jambe et à ma tête?

— Bien sûr!

— C'est toi mon grand-papa le plus gentil.

Marie-Ève s'endormit paisiblement, sa petite main bien au chaud dans celle de son père.

— Elle va bientôt se rappeler l'accident? demanda timidement Mila au docteur Turcotte.

— Impossible de le dire. Vous savez, elle peut ne jamais s'en souvenir. Le choc a été assez important pour déclencher une amnésie partielle. C'est-à-dire qu'elle peut se souvenir de tout, sauf d'une partie très précise de sa vie: ce peut être les dernières heures avant l'accident, les derniers jours, les dernières semaines. Ce sera à vous et au psychiatre de trouver où se situe cette frontière. Il faudra cependant y aller très progressivement. Tous les jours où elle n'aura pas à se battre contre sa peine, ce sera des jours où elle pourra concentrer davantage d'énergie sur son rétablissement.

— Ça va aller, maintenant, dit Philippe sans la regarder.

— D'accord. Je reviendrai plus tard.

— Ça va être bon, ça, Marie-Ève.

Elle ricana, heureuse et satisfaite.

— Tu vas manger toute seule ou tu veux que je t'aide? s'enquit Nicolas.

— Toute seule.

Elle prit sa première bouchée de crème glacée. Depuis sa sortie du coma, trois jours plus tôt, c'était le premier aliment qu'elle pouvait prendre elle-même.

— C'est bon, dit-elle avec des yeux brillants d'excitation. Veux-tu y goûter, Nicolas?

Elle prononçait son prénom en appuyant sur le

«o», comme si l'orthographe avait exigé un accent circonflexe. Nicolas avait toujours craqué en l'entendant l'appeler de cette façon.

Il ouvrit la bouche et elle approcha la cuillère.

— Huuuuummmmm! C'est délicieux!

Elle rit en continuant à manger. Nicolas admira l'enfant qui n'avait pas peur de ses microbes et qui l'aimait sincèrement.

— Tu veux aussi y goûter, papa?

Philippe s'étira le cou. La crème glacée était fade, mais il n'était pas question de gâter sa joie.

— En effet, dit-il. C'est tout à fait dé-li-cieux!

Elle babilla un peu, surtout avec Nicolas, pendant que son père songeait aux épreuves qui restaient à venir. Comme elle ne cessait de poser des questions au sujet de sa mère et de son frère Jonathan, Alexandra et le psychiatre étaient d'accord pour dire qu'il était temps de lui parler. Philippe sentait ses jambes ramollir chaque fois que l'idée lui traversait l'esprit. S'il avait pu, il aurait évité cette étape pendant encore longtemps. Mila avait proposé à son fils de l'accompagner lorsqu'il se déciderait.

— Est-ce que tu vas rester jusqu'à ton prochain

travail, Nicolas? demanda Marie-Ève avec une belle inquiétude.

— Non, je vais rentrer dormir chez moi. Est-ce que tu préfères que je reste ici et que ton papa aille dormir chez grand-papa et grand-maman? Je prendrais bien soin de toi. Demain soir, papa resterait. Ton papa est fatigué, il aurait besoin de dormir.

La poitrine de Marie-Ève se souleva vite et fort, ses yeux s'embrouillèrent et elle tourna son regard paniqué vers son père qui se leva immédiatement pour la prendre dans ses bras.

— Je ne veux pas que tu partes, je veux que tu restes avec moi.

Elle se mit à pleurer à gros sanglots, oubliant sa crème glacée. Nicolas, que son ami avait poignardé des yeux avant de consoler et de rassurer sa fille, avait envie de se cacher sous le lit.

— Ça va, Marie-Ève. Nicolas n'a pas eu une très bonne idée mais ce n'est pas grave. Je reste avec toi, je ne partirai pas. Il faut finir de manger ta crème glacée.

Marie-Ève observa Nicolas, une expression de pitié dans le regard, comme si elle regrettait d'avoir dû rejeter sa suggestion.

— Je pense que je vais vous laisser manger en paix, je reviendrai un petit peu plus tard, dit Nicolas.

— Pourquoi tu t'en vas tout de suite? demanda-t-elle en prenant sa main. Es-tu fâché?

Elle le fixait droit dans les yeux.

— Mais non, Marie-Ève, quelle idée!

Philippe le prit à part.

— Excuse-moi, dit-il. J'en mets souvent un peu trop.
— J'ai compris. Je vais aller prendre une bière, dans un petit bistro qui me tente depuis longtemps. Il est tout près d'ici. Je reviendrai vous voir avant de partir chez moi.

— Bonsoir, Nicolas. Comment vas-tu aujourd'hui?

Dans l'obscurité du bar, Nicolas eut du mal à reconnaître Claudine, l'infirmière. Il lui offrit une chaise.

— Bonsoir, dit-il. Est-ce que j'ai la tête de quelqu'un qui va bien?
— Non. Pourtant, Marie-Ève est réveillée, en bonne santé. Son père semble très encouragé...
— C'est vrai... Je dois avoir le cafard... Tu es avec quelqu'un?
— Avec des collègues, mais nous nous préparions à partir.

— Je t'offre un verre?

Elle accepta volontiers. Nicolas remarqua qu'elle avait une bouche ravissante. Appétissante. Sans son uniforme, Claudine était encore plus jolie.

Elle alla dire au revoir à ses amies et revint s'asseoir avec lui. Ses yeux pétillants le regardaient avec malice.

Il lui répondit avec son plus beau sourire.

— Pour te changer les idées, par exemple, tu pourrais m'inviter à danser, dit-elle. Il y a très peu de chances que je refuse! Ensuite, nous pourrions parler un petit peu de toi.

Enjoué, Nicolas se leva, lui tendit la main.

— M'accordez-vous cette danse, mademoiselle l'infirmière?
— Finalement, ça ne me tente pas, répondit-elle à la blague.

Ils pouffèrent de rire.

Sur la piste, leurs corps se frôlèrent et leurs yeux s'accrochèrent. Puis ils dansèrent plusieurs minutes sur une pièce endiablée qui s'éternisait.

— Ouf! Quel morceau de musique! Danser de la sorte n'est pas dans mes habitudes.

— Pourquoi?

— Faute de cavalier et question de timidité.

— Chose certaine, ça donne soif, se plaignit Nicolas, feignant l'épuisement. Qu'est-ce que tu bois?

Elle fit la moue.

— Eau minérale.

Nicolas se prit un air moqueur.

— Veux-tu un peu de scotch pour la réduire?

— Tiens! La danse rend le monsieur comique!

Il revint avec deux Perrier.

— Et puis? dit-elle en choquant son verre contre le sien. La pression doit avoir baissé depuis que Marie-Ève a repris conscience.

— C'est relatif. Nos soucis sont devenus différents, disons. Nous ne voulons pas que Philippe soit seul avec elle, surtout la nuit puisqu'il est au bout de ses forces et qu'elle se réveille souvent. Nous voulons aussi qu'ils soient bien tous les deux. C'est une autre forme de stress. Marie-Ève dit que tu es la plus gentille «dame en blanc». C'est drôle, elle sait que tu es infirmière, mais elle préfère parler de dame en blanc; elle dit que c'est plus beau.

— Ça me plaît! Qu'est-ce que tu préfères, toi?

Ils passèrent le reste de la soirée ensemble, à bavarder tranquillement comme deux vieilles connaissances. Lorsque vint le temps de se séparer, Nicolas accompagna Claudine jusqu'à sa voiture, qui était restée dans le stationnement de l'hôpital. Ils échangèrent leurs numéros de téléphone et promirent de s'appeler.

— Tu n'as pas de voiture? demanda Claudine.
— Elle est par là... Je dois monter voir Philippe avant de partir.
— Merci pour la soirée, Nicolas. J'ai passé un excellent moment en ta compagnie.

Il se pencha et, instinctivement, posa un petit baiser sur ses lèvres. Quand ils se regardèrent, ils étaient gênés mais tous les deux ravis de ce premier contact.

— À la prochaine, Nicolas...

Comme Marie-Ève, elle prononçait son prénom d'une façon singulière. En grimpant l'escalier qui le mènerait à l'étage de Marie-Ève, Nicolas souriait. Il se sentait bien, il se sentait plein d'espoir.

Claudine l'avait aidé à vaincre son cafard.

Nicolas travailla jusqu'à dix-huit heures le lendemain. Il avait vendu deux voitures dans sa journée, soit plus que la plupart des autres vendeurs dans toute une semaine. Ses collègues lui en voulaient de beaucoup s'absenter et de rester le meilleur, malgré tout. Il ne comprenait pas la haine qu'il leur inspirait et, en rentrant chez lui, il se sentait un peu révolté.

Deux messages l'attendaient sur son répondeur. Le premier était de Philippe, qui s'informait de sa soirée avec la belle infirmière, qui lui en avait elle-même parlé avec force détails.

Le deuxième message fit flotter Nicolas dès qu'il reconnut la douce voix:

«Bonjour, Nicolas. Comme tu n'es ni à l'hôpital ni chez toi, je présume donc que tu es au travail. Peut-être nous verrons-nous demain à l'hôpital... Je t'embrasse. Bye!»

Touché, il hésita tout de même avant de composer son numéro de téléphone, se décida, puis s'interrompit au troisième chiffre.

— Non, se dit-il à voix haute. Je la verrai demain matin à l'hôpital. Elle ne m'a pas demandé de la rappeler et... et je ne veux pas qu'elle se fasse des idées...

Le soir, Marie-Ève fut heureuse de le voir.

— Nicolas, aujourd'hui, j'ai mangé une soupe au poulet! Et un peu de crème glacée! C'était bon sauf qu'après la soupe, j'ai eu un peu mal au cœur! Le docteur a dit que je m'habituerais vite. Une chance!

Philippe lança un regard énigmatique à son ami, qui ne sut le décoder. Philippe lui fit signe et l'entraîna à l'extérieur. Marie-Ève restait avec son grand-papa paternel.

— Ce matin, chuchota Philippe, il est arrivé quelque chose d'étrange. Une infirmière, c'était la première fois que je la voyais, ressemble dangereusement à Myriam. La petite nous a piqué une de ces crises en la voyant. Tu aurais dû voir ça. Elle a pleuré, crié et hurlé pendant une demi-heure. Elle n'a cessé que quand on lui a administré un calmant. Elle réclamait sa mère, elle voulait sa mère à n'importe quel prix.

Nicolas secouait la tête de découragement.

— Avant de s'endormir, poursuivit Philippe, elle m'a demandé si sa mère préférait Jonathan et si moi, je la préférais, elle. Si c'était pour ça qu'elle ne voyait pas sa mère... Je ne savais plus quoi dire ni comment la rassurer. Franchement, j'étais sur le point d'exploser.

— Qu'est-ce qu'il faut faire? demanda Nicolas.

— Lui dire que Myriam est très malade, ça ne peut plus marcher. Il faut lui dire la vérité. Demain matin, maman viendra avec moi, je vais blottir Marie-Ève dans mes bras et je vais lui expliquer que sa maman et son frère sont au ciel. Le personnel va se tenir prêt avec un calmant. J'ai peur, Nic, c'est épouvantable.

Nicolas posa sa main sur le bras de son ami.

— Marie-Ève est très courageuse.

— Peut-on demander à une toute petite fille de cinq ans d'être courageuse quand il s'agit de lui faire accepter qu'elle ne reverra plus jamais, JAMAIS, la personne qui compte le plus pour elle? Elle préférait sa mère à moi, c'est une loi de la nature.

— Elle va y arriver, j'en suis persuadé. Mais elle a besoin de toi et de toute ta force.

— Ouais... Une force très fragile...

Pour faire diversion, Philippe parla de Claudine et chercha à tirer les vers du nez de son ami.

— La dame en blanc préférée de ma fille semble avoir passé une très belle soirée, hier...

— Je ne veux pas me faire mal, Philippe. C'est tout ce que je peux dire.

— Je sais, mais ne fais pas l'idiot. Elle avait l'air envoûtée. Ne laisse pas passer cette belle occasion, Nicolas. Tu mérites d'avoir quelqu'un dans ta vie.

— Claudine ne veut pas partager ma vie, elle est simplement gentille et cherche à m'aider. Peut-être par pitié.

— Tu as peur, mais je veux que tu fonces, Nicolas. Fais-le pour moi. Je veux avoir des petits filleuls aussitôt que possible!

Jean-Pierre Lambert déambulait entre la pédiatrie et la cafétéria, essayant de chasser sa nervosité. Alexandra restait près de la porte de la chambre et observait Nicolas et Claudine, qui se souriaient à la moindre occasion malgré leur inquiétude.

Dans la chambre, Marie-Ève sentait que quelque chose de grave se préparait. Son père avait un visage sévère, un visage qu'elle n'aimait pas parce qu'il lui était inconnu: elle l'avait vu fâché, heureux, déçu, triste, fatigué et moralisateur, mais cette expression dans son visage, elle ne la connaissait pas. Sa grand-mère avait aussi des traits qui n'annonçaient rien de réjouissant.

— J'ai quelque chose de très pénible à te dire, Marie-Ève, commença Philippe. Je sais que ce ne sera pas facile, mais j'aimerais que tu sois une brave petite fille. Je vais te tenir dans mes bras et je veux que tu m'écoutes bien. D'accord?

Au regard de Marie-Ève, Mila sut que Philippe aurait mieux fait de vite se lancer à l'eau. Ces longs préliminaires ne faisaient qu'empirer l'état de l'enfant qui n'y comprenait absolument rien. Philippe en prit conscience à un signe de sa mère.

— Ça concerne maman, Marie-Ève...

Philippe, qui la tenait contre sa poitrine, la sen-

tit se dresser. Tout ce qui concernait sa mère inté-
ressait Marie-Ève.

— Te souviens-tu de l'accident que vous avez
eu, maman, Jonathan et toi?

Marie-Ève secoua la tête de gauche à droite en
évitant le regard dévasté de sa grand-mère.

— Vous avez eu un gros, gros accident de voi-
ture, ma chérie... C'est pour ça que tu es à l'hôpital.
Tu as été blessée. Maman aussi était à l'hôpital
parce qu'elle avait de graves blessures.
— Elle n'y est plus? Elle va venir me voir, papa?
Maman va venir?

Elle bougeait dans ses bras, elle aurait voulu se
tourner pour le regarder. Il l'évitait; ce serait trop
difficile de poursuivre s'il devait voir ses yeux.

— Non, Marie-Ève. Maman ne pourra pas venir
te voir. Maman est partie au ciel pour voir le petit
Jésus... Tu te souviens du petit Jésus? Quand on
meurt, c'est pour aller le rencontrer et il est gentil
avec nous... Maman n'avait pas le choix, elle devait
aller rencontrer le petit Jésus au ciel. Comprends-tu?

Marie-Ève poussa un cri. Puis elle regarda son père,
défiante. Pour la première fois de sa courte vie, elle le
narguait, se moquait de lui. Elle ne le croyait pas.

— Ça fait assez longtemps qu'elle est avec lui! Je

veux qu'elle soit avec moi, maintenant! Le petit Jésus a d'autres mamans. Moi, j'en ai seulement une!

— Marie-Ève... Maman ne pourra plus jamais revenir. Elle devait partir. Ce n'est pas elle qui a choisi. Maman était prête à faire n'importe quoi pour rester avec sa petite fille chérie, mais elle était obligée. Le bébé est mort aussi, maman l'a emmené avec elle. Et ton petit frère Jonathan. Lui aussi aurait voulu rester avec grand-maman, toi et moi. Mais le petit Jésus voulait jouer avec lui et Jonathan a été obligé de partir.

De grosses larmes roulaient sur les joues de la fillette.

— Ce n'est pas vrai! s'écria-t-elle. Maman va revenir! Tu dis des mensonges, papa. C'est très méchant!

Ses yeux le suppliaient de lui confirmer qu'elle avait raison de protester. Elle s'agitait de plus en plus dans ses bras. Philippe la maintenait avec une douce fermeté. Il devait aller jusqu'au bout.

— Maman t'aime énormément, ma chérie. Elle aurait vraiment voulu rester près de toi. Mais, je te l'ai dit, elle ne pouvait pas. Elle était trop malade. Maman souffrait terriblement. Il fallait qu'elle aille au ciel.

L'enfant se débattit de toutes ses forces, tenta d'échapper aux bras qui l'enveloppaient. Philippe la gardait contre lui pour qu'elle sache qu'il était présent et qu'il le serait toujours.

Elle se mit à marteler à coups de poing la poitrine de son père afin de lui échapper.

— Lâche-moi! hurla-t-elle. Lâche-moi, tu es juste un menteur! Grand-maman, aide-moi!

Elle avait hurlé de toutes ses forces, traitant son père comme un vulgaire criminel. Philippe abandonna son étreinte, Marie-Ève tomba dans les bras de sa grand-mère et sanglota en s'agrippant désespérément à elle. Mila regardait son fils, assis sur le lit, voûté, ravagé. Alexandra, entrée discrètement, piqua son aiguille dans le soluté de Marie-Ève.

— Ça va aller, petite... murmura-t-elle doucement en caressant l'épaule de Marie-Ève. Ça va aller, calme-toi...
— C'est juste des mensonges! répliqua encore Marie-Ève. Tu es méchant, papa!

Elle s'était retournée, tenant toujours solidement sa grand-mère, et regardait son père avec mépris. Soudain, l'enfant commit le geste le plus terrible qu'elle n'avait jamais fait. Alors que Mila ne savait plus quoi faire pour la calmer, Marie-Ève brandit son petit poing vers Philippe, le visage encore plus tordu par la colère.

— Va-t'en! Tu es trop méchant, va-t'en!

— Je sais que tu as de la peine, dit Philippe d'une voix tremblotante. Je ne suis pas méchant, je te dis la vérité. Tu peux pleurer mais ne te mets pas en colère contre moi. J'ai de la peine, moi aussi...

— Je ne t'aime plus! Va-t'en!

Le docteur Turcotte s'approcha de Philippe.

— Laissez-la se calmer, dit-elle à voix très basse. Elle va s'endormir dans les bras de sa grand-mère et elle ira mieux en se réveillant. Ne cherchez pas à lui parler de nouveau. Elle a besoin d'absorber le choc.

Mila serrait sa petite-fille contre elle en la berçant. Elle lui chuchotait des mots doux à l'oreille.

Philippe se leva. Il était livide.

— Le docteur Dion sera ici d'un instant à l'autre, indiqua Alexandra. Ça vous fera du bien de discuter avec lui.

Marie-Ève s'endormit dans les bras de sa grand-mère qui la déposa confortablement dans son lit.

— Je sentais son cœur battre contre mes côtes, dit Mila.

— Je n'ai pas su trouver les bons mots... murmura Philippe pour lui-même.

— C'était la seule façon possible, Philippe, fit sa mère.

«Je ne t'aime plus, tu es méchant!» se répétait sans cesse le père détruit.

Il sortit et descendit à la cafétéria avec ses parents et le psychiatre, tandis que Nicolas restait au chevet de l'enfant. Claudine vint s'asseoir un moment près de lui.

— Ç'a été très pénible, dit-elle.
— Et prévisible...
— Toi, comment vas-tu?
— Je me défends... Est-ce que je peux t'inviter à souper?

Stupéfaite, elle ne chercha pas à camoufler sa joie.

— Avec plaisir!
— Mais je ne veux pas trop m'éloigner d'ici.

Ils s'entendirent pour l'heure et l'endroit, puis ils restèrent quelques instants silencieux, les yeux fixés sur Marie-Ève.

— Depuis l'accident, dit soudain Nicolas, j'ai la certitude que je vais mourir jeune.
— Quand j'étais étudiante et que j'ai fait mes premiers stages dans les hôpitaux, j'ai eu aussi cette conviction. La fatalité de la maladie et de la mort modifie notre état d'esprit et notre vision de l'avenir. Mais à la longue, ça s'est replacé.
— Je crois que c'est plus sérieux de mon côté. Claudine, penses-tu que Marie-Ève pourra vivre une

vie équilibrée et heureuse même si elle a perdu sa mère?

— Oui. Je souhaite que son père se remarie. Elle aura besoin d'une présence féminine auprès d'elle.

— Madame Lambert fera tout ce qu'elle peut pour le bien-être de sa seule petite-fille. Cette pauvre femme était déjà très proche de Marie-Ève.

Jean-Pierre Lambert entra dans la chambre et l'infirmière se leva par réflexe. Elle vérifia le débit de la perfusion, replaça l'oreiller de la petite.

— Si ça ne va pas, sonnez, fit-elle à l'intention de Nicolas.

Une fois Claudine sortie, Jean-Pierre s'assit.

— Philippe n'aurait jamais dû annoncer lui-même la nouvelle à Marie-Ève, souffla-t-il.

— Elle va se calmer, assimiler tranquillement. Elle ne lui en voudra tout de même pas toute sa vie! Il faut lui laisser une chance. C'est normal que ce soit un grand choc pour elle.

— Je sais bien...

— Philippe va vite retomber sur ses pieds, ne soyez pas trop inquiet pour lui. Marie-Ève est belle et en vie. C'est ce qui compte le plus.

— Quand je vois Philippe descendre si bas, j'ai peur.

— Je ne m'inquiéterais pas à votre place. Philippe veut vivre. Et comptez sur moi, je vais veiller à ce que cette volonté ne se détériore pas.

— Tu seras certainement récompensé un jour pour tout ce que tu as fait pour Philippe, Marie-Ève et nous.

— Ce n'est pas ce que je cherche.

Jean-Pierre posa sa main sur celle de Nicolas et ils échangèrent un regard plein de sollicitude.

— Je suis si fatigué, Nicolas... Je voudrais tant que Marie-Ève puisse venir chez nous, qu'elle quitte cet hôpital, je voudrais pouvoir l'emmener sur mon bateau.

— Je sais.

Ils conversèrent encore un moment, puis Jean-Pierre retourna auprès de sa femme et de son fils.

Trente minutes plus tard, Marie-Ève commença à se débattre dans son sommeil. Claudine conseilla à Nicolas de la réveiller, de la consoler et de la cajoler.

Marie-Ève tendit ses bras vers lui. Elle tremblait, était couverte de sueur et semblait incapable de prononcer un mot. Nicolas la serra contre lui, chantonna une berceuse. Il sentit qu'elle se détendait. Il la croyait même endormie quand elle demanda:

— Ce n'est pas vrai, ce que papa m'a dit, hein? C'était une blague?

Nicolas ne voulait surtout pas déclencher une

autre tempête, mais il ne pouvait pas non plus s'esquiver.

— C'est vrai, Marie-Ève. C'est terrible, je sais, mais personne n'y pouvait rien. Ta maman a demandé au petit Jésus la permission de rester ici, mais lui aussi aimait beaucoup ta maman et il la voulait près d'elle.

— Pourquoi maman est morte?

— Une voiture a frappé la vôtre... Jonathan et maman étaient assis du même côté et l'autre auto les a écrasés. C'était un accident terrible.

— Papa? Il n'a pas mal?

— Papa n'était pas là. Il était au golf avec moi. Lui aussi a beaucoup de peine. Tout à l'heure, il en avait encore plus parce que tu lui as dit que tu ne l'aimais plus.

Les larmes recommencèrent à couler sur les joues de la fillette, qui s'accrocha encore plus à Nicolas. Il commençait à douter de sa tactique.

— Je veux maman, Nicolas!

Elle renifla, prit le mouchoir qu'il lui offrait.

— J'ai des cadeaux pour toi, dit-il. Des cassettes, des livres et une belle poupée.

Marie-Ève vit entrer le docteur Turcotte. Elle détourna la tête, boudeuse et épuisée. Sa petite main étreignait la chemise de Nicolas.

— Je n'aime pas les docteurs, ronchonna-t-elle. Je n'aime que ma famille: mes grands-parents, mon petit frère, mon bébé, mon père, ma mère et Nicolas!

— Tu m'aimes comme si je faisais partie de ta famille? demanda Nicolas, très touché.

— Oui. Papa disait souvent que tu étais son frère. Maman disait que c'était faux.

Nicolas lui tendit un second mouchoir, tout en savourant sa joie.

La porte s'ouvrit doucement et Philippe entra, les yeux gonflés. Dès que la fillette le vit, elle se redressa, lui ouvrit ses bras, cria son nom et éclata en sanglots.

— Oh! Je t'aime, papa!

Ils s'étreignirent longtemps. Quand elle fut calmée, c'est Marie-Ève qui s'éloigna de son père afin de lui parler.

— Papa, je t'aime tellement... Mais si tu meurs, je n'aurai plus de parent. Je vais être toute seule.

— Je ne mourrai pas, Marie-Ève. Pas avant que tu sois très vieille! Je vais te protéger. Je te le promets.

Marie-Ève se blottit dans les bras de son père.

— Est-ce que mon bébé est aussi au ciel?

— Ton bébé? répéta Philippe. Élodie?

— Oui, Élodie... Est-ce que maman l'a emmenée au ciel avec elle et Jonathan?

— Oui. Mais ce n'est pas elle qui a choisi. Tu comprends bien ça?

— Je pense que le petit Jésus est très méchant!

Philippe voulut répondre, mais Nicolas l'en dissuada. Marie-Ève en avait sûrement assez entendu pour aujourd'hui.

— Dors, ma puce...

— J'aimerais me réveiller et que maman soit là... Et Jonathan aussi...

Elle s'endormit rapidement dans les bras de son père, aussi épuisé qu'elle.

Vers minuit, Philippe fut brutalement sorti de son sommeil par les cris de sa fille. Elle hurlait des «papa, maman!». Elle sembla apaisée de le voir.

— Papa, j'ai fait un rêve horrible! J'étais couchée, je dormais et un gros animal est venu me manger! Je n'avais plus mes jambes et il commençait à manger mes bras. Il m'a dit qu'il allait faire la même chose à maman et moi. Je criais. J'avais tellement peur! Je voyais maman: elle était près de moi. Pourtant, je lui criais et elle ne me répondait pas. Pourquoi, papa?

Philippe frissonna: des bribes de souvenirs de l'accident revenaient-ils dans la mémoire de Marie-

Ève? Il souhaita que non: sa fille n'était pas prête à revivre tous ces moments angoissants et terrifiants.

— Je ne peux pas t'expliquer pourquoi tu as fait ce mauvais rêve, Marie-Ève. C'est un cauchemar: ça n'a pas de sens.

— Je sais, papa. Maman m'aurait aidé si elle avait pu. Je le sais. Maman m'aimait beaucoup.

— Bien sûr que maman t'aimait beaucoup. Tu le sais bien.

Philippe ne savait pas quoi dire de plus. Déjà, Marie-Ève se rendormait.

Georges Gagnon conduisait prudemment sa voiture. Habituellement, il était plutôt du genre casse-cou, mais, avec les nouvelles que venait de lui annoncer son médecin, il préférait être prudent. Plusieurs idées tourbillonnaient dans sa tête. C'était incroyable.

Travailler comme un fou pendant toute sa vie pour en arriver là à soixante ans. Quelle horreur, pensait-il. Quel gâchis. Un gros échec.

«Oui, oui, se dit-il à haute voix en arrêtant à un feu rouge. Mon vieux, tu peux faire un triste constat de ta vie: elle est un échec. Et quel échec!»

Son cœur était devenu si fragile qu'il devrait, jusqu'à la fin de sa vie, prendre une lourde médication. Ses ulcères d'estomac ne guériraient pas, sauf s'il décidait de passer sous le bistouri et, là encore, rien n'était certain. Alors, il continuerait toute sa vie d'éviter le café, l'alcool, les sucres, l'acide et tous les aliments solides. Bel avenir en perspective. Crème glacée, soupes et poudings jusqu'à sa mort.

Travailler si fort et, à soixante ans, ne plus avoir personne à qui donner son argent.

Georges aimait encore sa femme. Pourtant, il savait qu'elle était mesquine avec leurs deux filles. Elle l'avait toujours été. Depuis leur enfance et jusqu'à la mort de Myriam. Pour Josée, ça continuait toujours. En moins pire mais quand même... Clémence lui en voulait de s'être sauvée, alors que Georges la comprenait. Si Myriam avait imité sa sœur, elle serait toujours vivante.

Contrairement à plusieurs de ses connaissances, Georges avait voulu travailler fort pour gâter sa famille, pour la rendre heureuse. Les autres préféraient s'occuper de leurs maîtresses, voyager, se gâter eux-mêmes. Georges ne pensait qu'à ses deux filles et à sa femme.

Bien sûr, il lui restait Marie-Ève, mais ce n'était pas simple. Il la connaissait mal et Philippe était entre eux.

Georges connaissait tout aussi mal son gendre. Il ne savait pas qui il était. Il savait qu'il aimait le golf et Nicolas, ce copain que Clémence tenait pour responsable de tout. Il savait qu'il était un bon père pour ses enfants et, possiblement, un bon mari pour Myriam. Celle-ci le disait, ne cessait de le répéter, et Georges avait tendance à la croire. Après tout, Myriam n'était plus une enfant et elle devait être capable de mesurer elle-même son bonheur. Bien sûr, Clémence ne voyait pas les choses de cette manière. Pourquoi?

Si Georges avait eu moins peur de se rappeler son passé, il l'aurait remis sous le nez de sa femme dès le début de l'union de Myriam et de Philippe.

«Te souviens-tu de nous deux, au début de notre mariage, Clémence? As-tu la mémoire si courte? Il y a trente ans, nous vivions en appartement et nous n'avions pas la moitié de ce que possèdent aujourd'hui ta fille et ton gendre. L'époque est difficile pour les jeunes. Myriam peut travailler, voter, donner son opinion, porter des jupes si courtes qu'on lui voit toutes les cuisses! Les femmes sont libres. Myriam a pris elle-même sa décision de se marier avec un comptable. Toi, tu ne m'as pas choisi. Ta famille a cru que je te ferais un bon mari parce que j'étais travaillant et la mienne a voulu que je t'épouse parce que je vieillissais et qu'ils avaient peur que je demeure célibataire. Tu te souviens de ça? Nous sommes partis de zéro. Mais je t'aimais, tu m'aimais et nous nous contentions du peu que nous avions pour

199

être heureux. Pourquoi Myriam ne ferait pas comme nous? Philippe lui apporte de quoi bien vivre. Pour le reste, le surplus, les gâteries, pourquoi ne fournirions-nous pas un peu, toi et moi? Nous n'apporterons pas notre argent en terre. Le sais-tu, ça, Clémence? Pourquoi veux-tu contrôler la vie de ta fille? Tu as tellement détesté que ta famille ait le contrôle parfait sur toi jusqu'à notre mariage... Pourquoi fais-tu le même mauvais coup à Myriam?»

Georges arrêta à un autre feu rouge.

Il donna un coup de poing sur le volant.

Il n'avait pas toujours été plus gentil que Clémence avec la famille de sa fille. Sauf que, depuis l'accident, il réfléchissait beaucoup et avait vite réalisé une chose: sa femme l'influençait. Il avait travaillé très fort toute sa vie et avait rarement eu le temps de s'arrêter pour analyser la situation de ses enfants. Il se fiait à sa femme. Il n'avait jamais même regardé les bulletins scolaires de Myriam et de Josée. Clémence lui disait s'ils étaient beaux ou non, et si oui, il donnait une récompense en argent.

Maintenant qu'il était vieux et à la retraite, il était capable de regarder les choses en face et par lui-même. Mais il n'était pas habitué.

Et ce jour-là, en sortant de chez le médecin, une seule chose sautait à la figure de Georges Gagnon: sa vie était une faillite. Il n'avait plus ses filles près de lui et il ignorait si Marie-Ève pourrait les aimer un jour comme elle aimait ses autres grands-parents. Il ne savait plus quelle attitude adoptait Philippe avec Marie-Ève quand il était question de ses grands-parents Gagnon. Il ne savait pas non plus à quel point ils pourraient réparer leurs absences, du temps où Myriam vivait. Tout ça pour un gendre qui était peut-être tout à fait correct, dans le fond. Sacrée Clémence. Son amour pour l'argent avait tout gâché.

Georges s'arrêta à la pharmacie, mais resta quelques secondes dans sa voiture. Pas question que quelqu'un d'autre ne sache qu'il était découragé. Personne ne saurait jamais, hormis lui-même, que la vie de ce brillant homme d'affaires était un échec total.

Personne. Jamais.

Philippe prit un temps de repos sur un balcon de l'hôpital. Il appuya ses bras sur la rampe, y déposa sa tête et regarda sous lui. Ses larmes tombaient, six étages plus bas, sur le commun des mortels qui se moquait bien de sa peine. En observant le monde d'aussi haut, il se sentait affreusement seul. À quelques mètres de lui, sa petite fille hurlait pendant qu'une physiothérapeute vérifiait l'état de sa jambe. Sans doute était-il lâche d'avoir fui la chambre de Marie-Ève, mais il ne pouvait plus supporter la scène. Elle hurlait des «papa» et des «grand-maman» qui lui rappelaient ce qui avait été écrit dans les journaux, et il avait quitté avant d'éclater devant sa fille. Il avait bousculé plusieurs personnes – dont Claudine et Alexandra – et il se retrouvait là, isolé, loin du monde, loin de tout, à la fraîcheur du mois d'octobre. Les larmes tombaient très vite sur ses joues, puis dans le vide.

Il regrettait de ne pas avoir été à la place de sa femme le jour de l'accident. Ça l'obsédait. Tout le monde s'en serait mieux sorti. Marie-Ève aurait moins pleuré la mort de son père et Myriam n'aurait pas eu à vivre avec la colère et le mépris de ses beaux-parents.

Philippe sentit deux présences derrière lui. Il se tourna après avoir séché ses larmes et il aperçut, sur sa droite, le premier psychiatre qu'il avait vu et aussitôt pris en grippe. L'autre était le docteur Dion, son thérapeute officiel. Il était vêtu de son sarrau blanc, tandis que le premier, le docteur Lemieux si sa mémoire était exacte, était en vêtements de ville et tenait ses bras croisés sur sa poitrine, comme s'il avait été frigorifié. Son visage était étrange. Philippe le savait jeune mais il lui aurait donné, ce jour-là, la cinquantaine au moins. Il avait les traits d'un alcoolique, le front barré de rides, les joues creuses, sa chevelure était en désordre et sa barbe défraîchie.

— Nous sommes désolés de vous déranger, mais

nous aimerions vous parler quelques minutes, monsieur Lambert, ici ou ailleurs.

— Je ne pensais pas au suicide, si c'est ça qui vous inquiète...

— Le docteur Turcotte m'a expliqué au sujet de la physiothérapie de Marie-Ève. Je comprends que ça vous fasse mal de la voir souffrir.

— Qu'est-ce que vous me voulez, dans ce cas? demanda Philippe en continuant d'observer le vide.

Les deux hommes s'assirent. Philippe sentait leur malaise mais s'en moquait.

— Ce que je veux vous dire ne sera sans doute pas agréable pour vous, encore moins pour moi, monsieur Lambert, commença le docteur Lemieux sans oser regarder Philippe directement. J'espère que vous ne serez pas trop en colère contre moi...

— Qu'est-ce que vous voulez m'annoncer? Vous n'avez quand même pas eu une aventure avec ma femme? le nargua Philippe.

— Mais non! répondit aussitôt Antoine Lemieux. Le jour de l'accident, je... euh... Je ne sais pas comment vous le dire mais... Euh...

— Le jour de l'accident, quoi? répéta Philippe, soudainement intéressé.

— C'est moi qui conduisais la voiture qui a frappé celle de votre épouse...

Le docteur Dion observa son patient et son collègue à tour de rôle. Le premier s'était redressé, prêt à bondir et à griffer comme un chat; le second avait tellement pâli que son collègue craignait qu'il ne s'effondre. Michel Dion avait déconseillé cette rencontre au jeune médecin de trente-quatre ans. Il était d'avis que Philippe n'était pas prêt à faire face à cela sereinement. Antoine Lemieux avait décidé de foncer malgré tout.

— Quoi! s'écria Philippe.
— Je suis désolé.

Philippe le regarda durement.

— Antoine vit très mal depuis l'accident et il tenait à vous rencontrer pour s'excuser, monsieur Lambert, même si rien n'est de sa faute. Cela dit, aucune raison ne vous oblige à discuter avec lui, du moins pour le moment...
— Une discussion avec vous ne m'intéresse pas, rétorqua froidement Philippe.
— Si jamais vous sentez le besoin de...
— Non, je ne sentirai pas «le besoin de». Oubliez ça. Il faut que je déteste et que j'en veuille à quelqu'un et je préfère que ce soit vous plutôt que ma femme. J'ai déjà pensé demander à la police qui pouvait bien être au volant de l'autre véhicule, mais j'y ai renoncé, car je savais que ça ne changerait rien. Avant, je détestais un inconnu, quelqu'un qui n'avait pas de visage; maintenant, je déteste quelqu'un que je risque de croiser tous les jours. Ça ne me facilitera pas les choses.

Antoine Lemieux baissa les yeux, fixa le sol.

Philippe le regarda deux secondes avant de retourner vers sa contemplation du vide. Il poursuivit:

— Je vous serais très reconnaissant de ne plus jamais vous approcher de ma fille. Sinon, je vais utiliser tous les recours possibles pour vous empêcher légalement de le faire. N'approchez plus jamais d'elle, peu importe la raison.

— J'ai compris, fit tristement le médecin. Il peut arriver que vous me voyiez dans le département où se trouve Marie-Ève, mais ne vous inquiétez pas. J'y ai des patients, alors, il m'arrive de devoir descendre.

— Très bien. Au revoir.

Antoine Lemieux se leva et tendit la main à Philippe, qui ne le regarda même pas. Le docteur Dion resta assis à côté de son patient.

— J'aurais préféré qu'il ne vienne pas vous parler, mais il a beaucoup insisté.

— Il aurait pu attendre. Manque total de diplomatie. Je plains ses patients. Il ne doit pas beaucoup les aider. Quand le docteur Turcotte vous a dit que je venais de quitter ma fille en catastrophe, il n'a pas pensé que je n'avais pas besoin de ça en plus?

Michel Dion resta muet. Philippe se leva et partit sans se retourner.

Dans la chambre, penchées au-dessus de Marie-Ève, quatre personnes l'examinaient en se servant d'une énorme machine sur roues. L'enfant reniflait ses derniers sanglots. Mila lui tenait la main alors que Jean-Pierre, derrière sa femme, caressait les cheveux de sa petite-fille. Marie-Ève tourna son regard vers son père et lui tendit désespérément les bras. Philippe craignit de rencontrer les yeux désapprobateurs de ses parents mais, au contraire, ils lui souriaient. Philippe se trouva extrêmement chanceux d'avoir des parents aussi bons et généreux.

— Deux minutes et ton examen sera terminé.

Marie-Ève prit son père par le cou. Elle observait les médecins avec une méfiance sauvage dans les yeux. Philippe en fut peiné car il savait qu'elle en avait pour longtemps à subir différents traitements. C'était une chance qu'elle se soit déjà attachée au docteur Turcotte et à Claudine, son infirmière favorite... et aussi celle de Nicolas.

— C'est terminé, ma belle, nous avons fini de t'embêter. Contente?

Marie-Ève hocha à peine la tête.

Le docteur Turcotte entra pendant que les radiologistes rangeaient leurs affaires.

— J'ai un petit quelque chose pour toi, Marie-Ève, annonça Alexandra. Est-ce que tu le veux pour te récompenser de ton courage?

Elle lui tendit une boîte enrubannée. Marie-Ève

l'ouvrit rapidement, sous les yeux amusés de sa famille, et y découvrit plusieurs pinces, barrettes et élastiques.

— Wow! Je vais avoir des beaux cheveux avec ça!

Aussitôt une ombre assombrit le visage de Marie-Ève. Philippe comprit que des images de Myriam en train de coiffer traversaient l'esprit de sa fille; mais elle ne dit rien et lui non plus.

— Tu savais que j'aime beaucoup avoir de belles coiffures?
— Je savais.
— Merci mille fois, je suis contente.

Alexandra se pencha et eut droit à un baiser sur la joue.

Mila n'avait jamais été douée pour coiffer, mais devant l'insistance de sa petite-fille, elle se mit à la tâche. Elle brossa ses cheveux, fit des expériences, pas toujours fructueuses mais très amusantes pour Marie-Ève qui riait de bon cœur en se regardant dans le miroir. Lorsque Mila lui eut fait une tresse bien ordinaire, retenue par deux élastiques de couleur, Marie-Ève fut satisfaite et se trouva ravissante. Pour la première fois depuis son réveil, ses yeux brillaient vraiment.

Claudine siffla en approchant de Marie-Ève.

— Tu es coiffée comme une petite princesse! C'est ta grand-maman qui t'a fait cela?

— Oui. Eh! Qu'est-ce que tu fais?

Claudine tenait une seringue. Dès qu'elle l'aperçut, Marie-Ève, effrayée, s'accrocha au bras de son père.

— Je dois te faire une prise de sang, mais je ne te ferai pas mal. De toute façon, je sais que tu as du courage. Je t'en ai fait une, avant-hier, et tu as agi comme une grande fille.

Fière, Marie-Ève réussit même à sourire pendant que Claudine faisait la piqûre. Tout le monde la félicita chaleureusement.

— Moi, j'adore coiffer les cheveux, dit Claudine. Après-demain, quand je serai en congé, si tu veux, je viendrai te voir et nous ferons plein d'expériences.

— Oh! oui! Ce serait amusant! Tu pourrais montrer à papa, aussi, pour qu'il puisse me les attacher ensuite!

— Mais oui, bien sûr, ça me ferait plaisir!

Claudine et Philippe, amusés, se sourirent.

— Je pourrais m'arranger pour que Nicolas soit ici «fortuitement»... murmura-t-il.

Elle rougit un tout petit peu.

Nicolas était plutôt bougon et impatient mais d'une attitude exemplaire avec Marie-Ève.

— J'ai été prendre un verre, hier, et j'ai revu la Fameuse.

C'est Philippe qui avait donné ce surnom à l'ancienne flamme de Nicolas. Avant de poursuivre, il s'assura que sa fille était bien concentrée sur le livre que lui avait apporté Nicolas.

— Ç'a été pénible?
— Elle était avec un autre...
— Et Claudine? demanda Philippe.
— Pour le moment, je ne sais pas encore... Je ne crois pas que je lui plaise. Pas vraiment, en tout cas.
— C'est vrai. Tu es tellement égoïste, stupide et méchant!
— Papa, pourquoi dis-tu que Nicolas est méchant? Ce n'est pas vrai! Il est très gentil.

Ils rirent et Nicolas prit Marie-Ève dans ses bras. Quelques coups furent frappés à la porte. C'était Claudine avec son attirail de coiffure.

— On s'amuse, ici. Est-ce que je vous dérange?
— Pourquoi t'es pas en blanc, aujourd'hui? s'enquit Marie-Ève.
— Je suis en congé. Je t'avais promis de te coiffer. Ça ne te tente plus?

Claudine fit mine d'être terriblement déçue.

— Oui! Oui! je suis très contente!
— Regarde, j'ai acheté quelques petites choses pour toi.

Pendant que la fillette, émerveillée, ouvrait le sac, Claudine, heureuse et de bonne humeur, jeta un œil en direction de Philippe et de Nicolas. Le premier avait un regard ému mais aussi amusé: il n'était pas dupe de la situation entre elle et Nicolas. Celui de Nicolas était brillant. Claudine, en baissant la tête vers Marie-Ève qui s'exclamait de joie, pensa que c'était la première fois qu'elle s'entendait aussi bien avec un homme.

— Papa, donne-moi le sac avec ceux qu'Alexandra m'a donnés. Je vais les choisir avec Claudine.

L'infirmière en congé s'occupa des cheveux de la petite et obtint un résultat qui enthousiasma tout le monde.

— Ton père va arriver à faire de belles choses avec tes cheveux, maintenant, dit Claudine. Tu es contente?

Claudine avait très rarement l'occasion d'accorder une attention spéciale aux enfants qu'elle soignait. Cette fois, elle avait vraiment pu se faire une copine de Marie-Ève.

— Tu vas encore me faire un chignon, demain?
Je ne pense pas que papa sera capable tout de suite!
— Bien sûr. Je profiterai de mon heure de dîner.

Marie-Ève regardait son père depuis quelques
minutes. Il dormait profondément, lui semblait-il.

Elle se souvenait de sa mère. C'était si proche et
si loin à la fois. Sa mère, si douce, si présente, si
chaleureuse... Marie-Ève sourit quand elle repensa
aux moments si agréables, quand elle posait sa
main sur le ventre de sa mère et qu'elle sentait le
bébé bouger. Elle adorait cela. Elle avait l'impression que le petit bébé voulait lui adresser un message et ça la rendait folle de joie.

Jonathan le faisait aussi, mais juste pour imiter
sa grande sœur. Il disait toujours: «Il ne bouge pas,
le bébé!»

Marie-Ève était l'idole de Jonathan. En fait, ils
s'adoraient tous les deux. Un jour, Marie-Ève avait
entendu sa grand-maman maternelle dire qu'ils
étaient une famille unie. La petite fille avait été
insultée. Qu'est-ce que ça pouvait bien vouloir dire,
«famille unie»? Elle s'était posé la question toute la
journée en se demandant qu'est-ce qu'elle pourrait
faire pour améliorer la situation, pour que leur
famille redevienne une vraie famille. Ce soir-là,

elle n'avait pas pu s'empêcher de demander à sa mère la signification de ces mots. Elle avait été ravie et très rassurée. Une famille qui s'aime, une famille qui s'entraide, une famille où tout le monde s'aime les uns les autres.

Marie-Ève regarda son père de nouveau. Il avait la bouche ouverte, il ronflait presque. Vu de côté, il ressemblait à Jonathan. Elle en fut frappée.

Pourquoi tout cela était-il arrivé? Marie-Ève ne savait pas. Toutefois, c'était très dur à accepter. Soudainement, elle n'avait plus sa maman, son frère et son bébé. Elle devait dormir dans un hôpital, elle devait aller souffrir chez une madame qui lui faisait mal, qui n'était pas si gentille que ça. Si elle avait été ravie par le cadeau de Nicolas, Marie-Ève savait bien qu'elle n'en aurait pas toujours un.

Quant aux barrettes d'Alexandra, c'était un geste bien gentil, mais ça choquait Marie-Ève. La coiffure, c'était entre sa mère et elle. Juste entre elles. Sa mère était très douée et elle avait promis de lui montrer diverses coiffures à mesure qu'elle vieillirait. Pourquoi sa mère l'avait-elle abandonnée?

La petite se mit à pleurer sans le vouloir. Elle ne faisait pas de bruit, mais elle vit son père ouvrir tout de suite les yeux. Endormi, raidi, il la prit dans ses bras et la serra contre lui. Sans dire un mot. Juste le sentir contre elle rassurait Marie-Ève.

Philippe se leva, pour mieux la serrer dans ses bras, près de son lit à elle.

— Ça va, ma petite cocotte? Tu as mal?

Marie-Ève secoua la tête et décida de ne pas répondre. Elle préféra s'accrocher à ce tee-shirt qu'il portait pour dormir, se serrer contre lui et parler plus tard. Juste plus tard.

— Je veux maman, papa, s'il te plaît... Je veux que maman revienne me voir... Peux-tu faire quelque chose? Peux-tu aller la chercher dans le ciel?

Ils se mirent à pleurer tous les deux, dans les bras l'un de l'autre. Philippe se sentait tellement fatigué! Il était au bout de ses forces. La bataille serait peut-être impossible pour lui, il s'en rendait compte.

— J'irais la chercher si je pouvais, Marie-Ève. Moi aussi, j'aimerais que ta maman soit avec nous. Je ne peux rien faire. Rien du tout. Allez, pleure, ça va soulager ton petit cœur...
— Non, il n'y a rien pour me soulager, papa! J'ai trop de chagrin.

Il la berça doucement, la maintenant toujours fermement contre lui. Il prit rapidement la décision de faire venir une infirmière. Il valait mieux qu'elle se rendorme, qu'elle tente de récupérer ses forces plutôt que de passer la nuit à pleurer.

L'infirmière de nuit vint rapidement. C'était celle qui ressemblait à Myriam. Marie-Ève ferma les yeux très fort pour ne pas la voir malgré l'obscurité qui régnait dans la chambre. L'infirmière alla chercher un calmant, l'injecta dans le soluté de Marie-Ève et ressortit, discrète. Philippe garda sa fille dans ses bras pendant qu'elle se rendormait. Il lui disait qu'il l'aimait. Qu'elle était la plus belle et la meilleure petite fille de la terre. Elle le croyait.

Une fois Marie-Ève endormie, Philippe trouva une façon de se coucher sur son lit. Il ne pouvait pas rester debout à la tenir dans ses bras toute la nuit: il tomberait de fatigue.

Déprimé, il regarda par la fenêtre. Les étoiles brillaient dans le ciel. Une, particulièrement brillante, attira son attention. Myriam... Quand il était petit, on disait dans ses livres d'histoires que les gens décédés allaient habiter sur une étoile avec tous les gens morts qu'ils connaissaient.

— C'est toi, Myriam? Tu es là, Myriam? Avec Jonathan et Élodie? murmura Philippe, les yeux dans l'eau et sans cesser de fixer l'étoile brillante.

Il serra Marie-Ève, sentit son petit cœur battre sous sa chemise d'hôpital. Même endormie et sous médication, elle n'était pas tranquille. Elle devait encore être pourchassée par ses cauchemars.

— Pourquoi nous as-tu abandonnée, Myriam?

Pourquoi as-tu accepté de partir, de nous laisser seuls, Marie-Ève et moi? Pourtant, tu sais bien que nous avons besoin de toi, elle et moi. Tellement besoin. Pourquoi es-tu partie, mon amour?

Il se moucha, sentit sa peine gonfler encore et encore en lui. Il fallait pourtant qu'il se calme. Il était deux heures du matin. Marie-Ève se réveillerait d'ici trois ou quatre heures. Il avait besoin de repos, au moins autant qu'elle.

Philippe tenta de se rendormir par tous les moyens possibles. Sa position n'était pas confortable, cependant. Et son regard était toujours attiré vers cette étoile brillante. Il sentait qu'elle était habitée par sa femme et ses deux enfants.

L'étoile disparut de la fenêtre vers cinq heures trente. C'est à ce moment-là seulement que Philippe parvint à trouver un sommeil tout de même agité.

— Elle a beaucoup ri avec Nicolas et Claudine. Elle est complètement épuisée, dit Philippe.

Alexandra venait de s'asseoir à côté de lui. Marie-Ève dormait.

— C'est la première fois que je vois Claudine agir ainsi...

— Marie-Ève l'aime beaucoup, dit Philippe.

— J'ai une bonne nouvelle, dit Alexandra. Marie-Ève sera bientôt transférée dans une chambre standard.

— Tant mieux! J'aimerais une chambre privée pour elle.

— Vous ne croyez pas que ce serait bon que Marie-Ève ait une petite compagne de son âge avec elle?

— J'ai besoin d'être tranquille avec elle. Je ne veux pas m'apitoyer sur le mauvais sort d'une autre famille. Et quand elle pourra quitter sa chambre, je l'emmènerai dans les salles de jeux.

Alexandra approuva et jeta un regard étrange au père de famille, alors qu'il contemplait sa fillette.

Ils marchaient ensemble vers la voiture de Claudine. Nicolas était silencieux et regardait droit devant lui. Il voulait lui parler de ses sentiments, mais il ne pouvait pas s'y résoudre.

— Merci pour Marie-Ève, dit-il soudain. C'est beaucoup de temps et d'attention. C'est gentil de ta part de faire tout cela pour la fille d'un étranger.

— J'ai le temps...

Elle aussi aurait voulu parler de sentiments, mais ne savait plus comment interpréter l'attitude de Nicolas envers elle.

Ils s'arrêtèrent à côté de l'automobile de Claudine.

— Une vieille Chevrolet! s'exclama Nicolas. Il serait temps que tu t'achètes une belle Toyota!

— Une vieille Chevrolet! Elle n'a que deux ans, ma vieille Chevrolet! Tu n'es pas gêné.

Nicolas rit et approcha, sans réfléchir, son visage de celui de Claudine. Ils échangèrent un long et tendre baiser.

— J'ai peur... avoua Nicolas.

— Disons-nous à bientôt, dit Claudine comme si elle n'avait rien entendu.

— Oui, à bientôt...

Il la regarda partir en se traitant mentalement de lâche.

Nicolas croisa Alexandra à la sortie des ascenseurs. Elle était accompagnée du docteur Lemieux. Après les salutations d'usage, il fut question de Philippe. Antoine Lemieux avait le visage rubicond. Nicolas était vaguement au courant de ce qui s'était passé entre son ami et le psychiatre.

— Tout le monde m'a dit que je n'avais pas choisi le bon moment pour lui parler, dit tristement Antoine.

— Philippe n'est pas toujours commode, admit Nicolas.

— J'ai compris sa réaction. Je serais très mal placé pour le juger.

— Avec le temps, il va s'ouvrir. J'en suis persuadé. Il suffira que vous reveniez vers lui un bon jour, quand il sera guéri et dans de meilleures dispositions. Vous êtes venu le voir beaucoup trop tôt, c'est le moins que je puisse dire.

Antoine secoua la tête de découragement. À l'intérieur de lui, il se traita d'imbécile.

Mila Lambert était assise chez elle. Son mari était parti pour l'hôpital une heure plus tôt. Elle avait prétexté avoir du ménage à faire et des repas à préparer afin de s'éviter cette visite. Elle avait besoin d'être seule pour réfléchir.

La veille, elle avait eu un choc en voyant Marie-Ève, toute fière de son chignon. À la coiffer elle-même, elle n'avait pas eu trop de peine. Pour s'amuser, il lui était déjà arrivé de coiffer sa ravissante petite-fille, à la demande de Myriam ou, quelquefois, pour la surprendre au retour de ses absences. Il ne fallait pas être idiot pour faire une tresse, et Mila se souvenait combien elle en avait fait à sa seule poupée, dans son enfance.

Le chignon de Claudine était très élaboré, digne de la coiffeuse talentueuse qu'était sa belle-fille. En regardant Marie-Ève, pendant toute la durée de leur visite, Mila avait eu l'impression que Myriam était revenue. Que le dernier mois avait été une erreur, que Marie-Ève retournerait à l'école, Jonathan à ses jeux et que le bébé serait à deux mois de voir le jour.

Mila avait toujours espéré avoir une grosse famille. Elle voulait leur offrir une meilleure vie que celle qu'elle avait connue avant d'épouser Jean-Pierre. Le destin s'en était mêlé et, à cause d'un problème physique (elle n'avait jamais voulu savoir exactement ce qui n'avait pas fonctionné dans son corps), elle n'en avait eu qu'un. «Un enfant miracle», avait dit son médecin à l'époque. Philippe était donc encore plus précieux au cœur de cette mère tendre.

Philippe avait rencontré Myriam très jeune et ils avaient tout de suite été heureux. Mila ne demandait pas mieux. Leurs enfants étaient beaux, intelligents et en santé. Le couple avait pu se payer une maison à la campagne, Myriam avait pu arrêter de travailler pour profiter de ses enfants, comme sa mère et sa belle-mère avant elle. Ils avaient tout pour être heureux, pour vivre une vie saine.

Myriam préférait parler avec sa belle-mère plutôt qu'avec sa mère. La jeune coiffeuse ne cessait de répéter qu'elle voulait une belle relation avec ses enfants, qu'elle voulait les élever mieux qu'elle ne l'avait été. Mila ne demandait pas de détails. Elle savait que les Gagnon avaient toujours été contre le mariage de Myriam et de Philippe, mais elle croyait qu'il était inutile de savoir pour quelles raisons. Mila était toutefois certaine que sa belle-fille le lui avouerait un jour.

La grand-maman se retrouvait tellement dans sa belle-fille! Sans doute différemment, elles avaient eu des vies malheureuses avant leur mariage et elles voulaient que leurs enfants connaissent autre chose. Deux vraies mamans dans l'âme. Deux femmes nées pour rendre heureux des enfants, deux femmes étaient bouleversées en regardant les émissions sur les enfants du tiers-monde.

Seule sur son divan, Mila se mit à pleurer. Toutes les larmes accumulées au cours du dernier mois sortirent tranquillement, sans se déchaîner mais sans jamais s'arrêter.

Sa belle-fille qu'elle aimait tant était morte. La femme de son fils. La mère de Marie-Ève.

Son petit-fils ne viendrait plus grimper sur une chaise, dans la cuisine, pour fouiller dans le congélateur, à la recherche d'un plat de sucre à la crème. Marie-Ève ne redeviendrait sans doute jamais l'enfant heureuse et insouciante qu'elle était.

Pour la première fois depuis l'accident, Mila pensait au deuil par rapport à elle et non pas par rapport aux autres.

Philippe fit le tour de sa nouvelle Corolla. Si elle était bien belle, elle ne lui plaisait pas autant que l'ancienne. Elles étaient pourtant presque identiques: le problème devait être de nature psychologique.

— Viens manger à la cafétéria. Tu dois reprendre des forces.

— Non, je monte. Je n'aime pas savoir que Marie-Ève est seule avec ses grands-parents maternels. On ne sait jamais...

— Elle n'est pas en danger avec eux. En plus, tes parents sont tout près, l'oreille collée à la porte. Philippe, il va falloir que tu apprennes à laisser les membres de ton équipage s'approcher de la barre de ton bateau, tu sais.

Philippe sourit et bifurqua vers la cafétéria plutôt que vers les ascenseurs.

— Le gouvernail du bateau, c'est Marie-Ève?

— Exactement. Un bateau qui n'est pas en train de prendre l'eau!

— Très bien. Allons manger en espérant que rien ne se brisera sur mon bateau durant ce temps!

Dans la chambre de Marie-Ève, Georges et Clémence Gagnon regardaient, avec une certaine tendresse dans le fond des prunelles, leur petite-fille qui dormait. Mais elle dormait de moins en moins profondément, elle bougeait beaucoup et, parfois, des sons s'échappaient de ses lèvres.

— Elle a l'air très tourmentée... dit Clémence. J'espère que Philippe est capable de la consoler et, surtout, qu'il ne lui transmet pas ses angoisses à lui. Elle a bien assez des siennes.

— Philippe est sûrement capable de faire la part des choses et il est un bon père, murmura Georges mécaniquement.

— C'est Myriam qui aurait dû rester. Au moins, nous serions sûrs que Marie-Ève est en bonnes mains.

— Myriam est mieux morte. La perte de Jonathan l'aurait rendue folle. Philippe va finir par reprendre le dessus, lui.

Clémence haussa les épaules. Malgré elle, elle gardait un incompréhensible sentiment de rancune contre son gendre. Elle savait, pourtant, mieux que quiconque, qu'il n'était responsable de rien et qu'il faisait de son mieux.

Marie-Ève ouvrit les yeux et Clémence se leva d'un bond.

— Grand-maman est là, ma petite, tu vas bien?

Marie-Ève la regarda quelques secondes, puis se mit à pleurer.

— Qu'est-ce qu'il y a, ma petite? As-tu mal? Veux-tu que grand-maman aille chercher le docteur?

— Je veux papa! Grand-maman Lambert ou papa!

Clémence se redressa, les yeux embués, se tourna vers son mari avec une expression de douleur intense. Elle se ressaisit aussitôt.

— Marie-Ève, voyons. Regarde, je t'ai apporté un livre avec de belles histoires. Veux-tu que je t'en lise une? C'est l'histoire d'un ours qui se rend dans une grande ville pour la première fois. Tu vas voir, grand-papa imite les ours mieux que quiconque!

— Non!

Clémence se pencha pour prendre le livre.

— Regarde s'il est beau, Marie-Ève! Je te lis une histoire et après, nous irons chercher grand-maman Lambert, d'accord?

— Non! hurla-t-elle encore plus fort, si bien que Mila Lambert, qui était depuis un moment dans le couloir avec son mari, ouvrit la porte.

— Qu'est-ce qu'il y a, ma chérie?

Marie-Ève lui tendit les bras et Mila aurait aimé comprendre ce qui s'était passé.

— Nous allons partir, déclara sèchement Georges Gagnon. Savez-vous où est Philippe?

Il semblait si irrité que Mila eut envie de lui mentir afin de protéger son fils. Puis, se disant que s'il désirait vraiment lui parler, il le trouverait bien de toute façon, elle décida de lui dire la vérité.

— Très bien. Au revoir, Marie-Ève.

Ils embrassèrent leur petite-fille, sortirent rapidement et tombèrent nez à nez avec Jean-Pierre Lambert.

— Qu'est-ce qui s'est passé? s'enquit ce dernier, perplexe.

— Qu'avez-vous fait à cette enfant-là? demanda Georges Gagnon sur un ton courroucé. Pourquoi refusait-elle de nous adresser la parole? Pourquoi ne voulait-elle voir que son cher papa ou ses grands-parents paternels?

— Il faudrait peut-être demander à Marie-Ève elle-même. Vous ne croyez pas? Depuis l'accident, ma femme et moi sommes présents sans cesse auprès d'elle. Nous l'aimons et nous l'entourons. Si vous aviez fait la même chose, avant et après le drame, Marie-Ève vous aimerait autant qu'elle nous aime. Désolé pour vous!

Les Gagnon s'éclipsèrent dans l'ascenseur et se rendirent à la cafétéria où ils repérèrent Philippe et Nicolas.

— Je ne sais pas ce que tu as fait à ta fille, commença monsieur Gagnon, mais il va falloir que tu

cesses de lui laver le cerveau. Arrête de vouloir nous éloigner d'elle, sinon tu le paieras un jour! Tu devrais consulter un psychiatre avant que tes problèmes ne détruisent complètement ta petite fille. Nous avons toujours su qui tu étais, Philippe, dommage que je n'aie pas réussi à faire entendre raison à ma fille avant qu'elle n'en meure. Quant à toi, Nicolas, Myriam avait raison: c'est grâce à ton égoïsme qu'elle est morte. J'espère que vous êtes fiers de vous, vous formez vraiment une belle équipe!

Philippe, le souffle coupé, regarda son beau-père qui fit aussitôt demi-tour, saisissant au passage le bras de sa femme pour la forcer à le suivre. Clémence avait les larmes aux yeux et n'approuvait visiblement pas les paroles de son mari.

— Eh bien... siffla Nicolas. Qu'est-ce qu'il a mangé, celui-là?

Philippe était déjà debout. Il avait repoussé son café et ses rôties.

— Je monte. Je ne sais pas ce qui s'est passé mais ç'a l'air terrible. Le bateau a pris l'eau, Nicolas!

Nicolas le suivit en balançant tout à la poubelle.

— Du calme, Philippe. Tu sais bien à quel point tes beaux-parents ont le sens du drame.

— M'accuser de laver le cerveau de ma fille de cinq ans, il doit quand même y avoir une limite à la haine qu'ils éprouvent pour moi...

— N'importe quoi pour avoir raison...

Dans la chambre, Marie-Ève était toujours serrée contre sa grand-mère Lambert. Devant le regard interrogateur de Philippe, Mila raconta ce qui s'était passé.

— Ils sont facilement susceptibles, dit Nicolas.

Philippe se promit de leur téléphoner à la prochaine sieste de sa fille.

— Je voulais voir grand-maman ou toi, et grand-maman Gagnon était très en colère! Pourquoi?

— Ce n'est pas si grave, Marie-Ève, dit-il. La prochaine fois que grand-papa et grand-maman Gagnon viendront te voir, je resterai dans la chambre.

— Moi, dit Nicolas, j'ai une tante qui est très gentille, mais chaque fois qu'elle me voit, elle me donne des becs en me pinçant les joues et elle passe sa main dans mes cheveux. Elle me décoiffe toujours! Alors, même si je l'aime beaucoup, je préfère mes autres tantes.

Marie-Ève se mit à rire.

— Mais tes cheveux sont tellement courts, dit-elle. Ce n'est pas long pour les recoiffer!

Le docteur Turcotte entra, ravie de voir rire sa petite patiente.

— Je viens t'annoncer deux bonnes nouvelles, Marie-Ève. Demain, on va t'enlever cette aiguille que tu as dans ton bras, parce que tu es capable de manger seule, maintenant, et que tes doses de médicaments sont moins importantes. Tu vas occuper enfin ton autre chambre. De temps en temps, tu pourras sortir pour te promener dans les couloirs de l'hôpital et même aller à la salle de jeux.

Philippe était content.

— Est-ce que tu vas aller chercher toutes mes poupées à la maison, papa? lui demanda Marie-Ève en prenant sa main entre les deux siennes.

— Bien sûr, ma chérie, d'ici deux ou trois jours...

— Quand tu vas aller à la maison, j'aimerais ça que tu m'apportes un vêtement de maman. Un beau chandail doux, d'accord? Je vais dormir avec. Ce sera ma nouvelle doudou et ça va sentir maman...

Philippe promit. Il n'avait pas envie de retourner chez lui. Il était tout de même conscient qu'il lui faudrait vite, très vite, apprivoiser ses craintes. Il ne restait plus beaucoup de temps avant que Marie-Ève ne quitte l'hôpital. Si tout allait bien, Alexandra avait parlé de quatre ou six semaines. Marie-Ève serait chez elle pour Noël.

Élodie aurait dû naître au début de décembre...
Philippe prévoyait que ce mois serait long, très dur
à traverser dans la solitude.

Alexandra sortit Philippe de ses pensées.

— Est-ce que je peux vous dire un mot à part?
lui demanda-t-elle.

Ils sortirent de la chambre.

— Tout à l'heure, les parents de votre femme
semblaient hors d'eux, dit Alexandra, mal à l'aise.
Ça ne va pas? Est-ce qu'il y a quelque chose qu'on
peut faire?
— Des histoires de famille, dit Philippe, honteux.
— Excusez-moi. J'ai l'air de me mêler de ce qui
ne me regarde pas.
— Vous ne pouviez pas savoir.

Juste avant de s'endormir, un peu plus tard,
Marie-Ève murmura:

— En tout cas, papa... Je t'adore!

Le transfert de Marie-Ève se fit dans le calme.
Elle regardait les autres enfants avec curiosité et se
trouvait vraiment chanceuse d'avoir encore ses

beaux cheveux longs, lorsqu'elle voyait des petits garçons et des petites filles qui avaient le crâne complètement dégarni.

Marie-Ève eut de la peine d'apprendre que Claudine ne serait plus son infirmière et qu'elle la verrait moins souvent. Mais Claudine, qui était venue l'embrasser et lui offrir un bouquet de ballons avant le transfert, l'avait rassurée en lui promettant de venir le midi, après son travail ou même pendant ses jours de congé pour lui créer d'autres belles coiffures.

Dès son arrivée dans sa nouvelle chambre, Marie-Ève aperçut tout de suite un énorme clown en peluche dans un coin de la pièce. Madame Lambert lut la carte accrochée au chapeau: «À ma petite Marie-Ève que j'adore! Papa.»

Tout excitée, Marie-Ève embrassa son père qui, lui, décontenancé, regardait le clown sans comprendre. Il présuma que c'était Nicolas qui avait dû manigancer cette surprise. Il n'y avait que lui pour penser à des choses comme celle-là.

Un nouveau médecin vint se présenter. Alexandra ne serait plus la seule pédiatre en charge de Marie-Ève. Tout changeait.

— Comment je vais faire pour vivre dans cette

maison-là à temps plein? demanda Philippe à Nicolas. Chaque fois que je pose les yeux sur un objet, ça me chamboule.

— Te souviens-tu que tu m'as dit mille fois que tu ne serais jamais capable de retourner travailler et de laisser ta fille seule à l'hôpital? Tu as réussi avant le réveil de la petite et tu t'es habitué. Ce sera la même chose pour la maison. Tu vas t'habituer, petit à petit.

Philippe se sentait tout drôle dans le bureau de son ami, chez le concessionnaire Toyota. Il n'y avait que deux heures trente qu'il était parti de l'hôpital et il avait déjà téléphoné trois fois.

— Pourquoi tu ne m'avais pas parlé du clown, Nic? J'étais encore plus surpris que Marie-Ève.

— Justement: c'était une surprise. Parles-tu des surprises que tu organises, toi? Elle était contente? C'est ce qui compte.

— Et Claudine?

— Quoi, Claudine. Je ne lui ai pas acheté de clown.

Philippe feignit la stupéfaction.

— Non?

— Ben non...

Ils se mirent à rire.

— Je ne suis pas pressé, reprit Nicolas. Tant que Marie-Ève sera à l'hôpital, ça m'assure de la voir régulièrement et ça me suffit. Dans mon cas, les débuts d'histoires d'amour sont souvent plus intéressants que la suite, de toute façon. Je n'aurais pas davantage de temps à lui consacrer.

— Tu n'es pas obligé de venir autant à l'hôpital.

— J'adore Marie-Ève, ça me fait tellement plaisir de pouvoir profiter d'elle au maximum. Avant, je ne pouvais pas la voir beaucoup, à cause d'une haine que l'on connaît.

— Profite de ce qui passe. S'il y a quelqu'un qui peut t'en parler, c'est moi.

Le soir tombait. Philippe et sa mère lisaient des ouvrages sur le deuil, empruntés à la bibliothèque de l'hôpital.

— Pauvre petite... murmura Mila. J'espère tellement qu'elle ne gardera pas de séquelles psychologiques irrémédiables.

Philippe observa sa mère, qui caressait les cheveux de l'enfant endormie. Elles étaient belles ensemble.

— Son sommeil est plus agité que d'habitude, aujourd'hui, ajouta Mila sans cesser de la regarder. J'espère qu'elle va vite se calmer.

— J'aimerais cela mais c'est inutile. Selon le docteur Turcotte, ça prendra des mois avant qu'elle se calme complètement et qu'elle dorme des nuits complètes.

Philippe se replongea dans son livre, mais dut s'arrêter au bout de cinq pages, dérangé par l'agitation de sa fille. La violence de ses cauchemars l'étonnait.

— C'est la première fois que ça lui arrive? demanda Mila.
— Oui. Je devrais peut-être la réveiller. C'est inhumain de la laisser dans cet état.

Comme il la touchait, elle poussa un hurlement et se redressa dans son lit, épouvantée. Ses yeux, exorbités par la terreur, dévisagèrent son père et sa grand-mère.

— Le boum dans la voiture... haleta-t-elle. Je m'en souviens. J'ai eu très peur! J'ai crié fort, mais il y avait trop de bruit. Après le gros bruit, j'ai encore crié à maman. Un monsieur est arrivé. Il m'a dit que la police viendrait m'aider. Moi, c'est maman que je voulais, mais elle ne me répondait pas!

Philippe écoutait attentivement, il n'était plus qu'une oreille.

— Jonathan... poursuivit sa fille. Il a été courageux. Il avait beaucoup de sang, mais il ne pleurait même pas.
— Je crois que... Jonathan était déjà parti au ciel, Marie-Ève.

— Je criais à maman et elle ne me répondait pas. C'était très méchant! Quand je vais aller voir le petit Jésus, je vais dire à maman que je ne l'ai pas trouvée gentille de ne pas me répondre!

Philippe avait les larmes aux yeux et une immense émotion bloquait sa gorge. Sa mère approcha et prit la relève.

— Maman ne pouvait pas te répondre, dit Mila. Elle était déjà trop malade. Si elle avait pu, elle t'aurait répondu. Et toi? Tu avais très mal?
— J'avais la tête à l'envers et je pleurais, pleurais.

Elle se tourna vers son père.

— Papa. Jonathan n'était pas parti au ciel. Tu sais pourquoi? Il n'arrêtait pas de bouger. Je pense qu'il avait très peur et qu'il essayait de détacher la ceinture de son siège. Mais elle était très solide et il n'était pas capable...

Philippe n'en pouvait plus. Comment expliquer à Marie-Ève, avec des mots d'enfants, que le petit corps de Jonathan, pendu à l'envers, retenu par la ceinture de son siège de sécurité, était déjà sans vie et se balançait mollement dans le vide, dans une dernière danse macabre?

— Jonathan était mort, dit-il. Ses membres bougeaient tout seuls.
— Non, Jonathan n'était pas mort.

— Je sais que c'est dur de comprendre pour toi. Pour le moment, je ne sais pas comment t'expliquer.

— Tu veux dire que je ne suis pas assez intelligente?

— Bien sûr que non. Je vais te donner un exemple: tu sais, quand je te montre tous les chiffres que je dois calculer sur une grande feuille pour mon travail?

Elle hocha la tête, un peu boudeuse.

— C'est normal que tu ne comprennes pas, parce que tu ne connais pas bien tous les chiffres. Moi, j'ai appris à les lire, à les écrire et à les mettre tous ensemble. Quand tu seras un peu plus grande, toi aussi, tu vas être capable. C'est la même chose pour Jonathan.

Marie-Ève fondit en larmes, chercha à se dissimuler dans les bras de son père.

— Dans l'auto, maman pleurait beaucoup, reprit-elle. À la maison, Jonathan pleurait parce qu'elle pleurait. Et moi, j'essayais de la consoler. Elle disait que ce n'était pas de notre faute, que nous étions gentils et tranquilles. Elle a dit que c'était Élodie qui bougeait trop dans son ventre. J'ai mis ma main sur son ventre et Élodie ne bougeait même pas. Elle a dit qu'elle était fatiguée et que quand tu reviendrais du golf, elle ferait une sieste.

Philippe avait enfoui son visage dans les cheveux de sa fille.

— Est-ce que maman était en colère contre moi, parce que je jouais au golf?

Marie-Ève sembla réfléchir, chercher dans sa mémoire.

— Elle a dit que Nicolas n'était pas toujours gentil, parce qu'il voulait que tu joues au golf avec lui. Juste avant de partir pour aller te chercher, maman a parlé à grand-maman Gagnon au téléphone. Maman avait promis qu'on t'attendrait au restaurant du club de golf et qu'on aurait un Pepsi et une frite...

— Quand tu iras mieux, je t'achèterai une frite et une grande bouteille de Pepsi.

— Ce ne sera pas aussi bon qu'au restaurant avec mon petit frère. Tu sais que j'aime beaucoup Jonathan, hein?

— Bien sûr que je le sais. Tu étais une merveilleuse grande sœur, Marie-Ève.

Philippe la serra très fort contre lui, heureux qu'elle ne voie pas son visage, défiguré par la peine.

— Essaie de te rendormir, proposa-t-il. Tu es apaisée, maintenant, ce sera plus facile.

— Oui.

Elle s'étendit confortablement, remonta les couvertures sous son menton.

— Pourquoi il y a eu le gros boum, papa? D'habitude, maman ne voulait jamais que Jonathan et moi ayons mal, mais elle a laissé le gros boum arriver dans notre voiture...

— Le petit Jésus voulait que Jonathan, Élodie et maman aillent le rejoindre au ciel.

— Et pas moi?

Mila approcha.

— Toi, il fallait que tu restes ici pour aimer ton papa très fort, dit-elle. Papa a besoin de toi, papa aurait eu trop de peine si tu étais partie au ciel, toi aussi.

Ça, Marie-Ève le savait déjà. Son père le lui avait dit. Elle aimait aussi son père très fort, mais cela ne justifiait pas qu'elle se retrouve loin de sa mère. Elle l'aimait et s'ennuyait tellement d'elle... Pourquoi le petit Jésus avait-il décidé qu'elle devait être séparée de sa mère? On avait déjà souvent parlé de Jésus et de Dieu à Marie-Ève. Avant, elle trouvait ce monsieur gentil. Mais maintenant, elle n'était plus sûre. Des mamans, il y en avait des millions dans le monde. Dieu pouvait les faire venir à tour de rôle, pas longtemps, et les retourner aux petits enfants, comme elle, qui s'ennuyaient.

Pourquoi était-ce sa maman à elle que Jésus voulait tant?

Non, Marie-Ève ne croyait plus en rien. Elle

s'endormit en s'accrochant au bras de sa grand-
mère.

❧

Nicolas prenait un café avec Claudine. Ils se
regardaient dans les yeux, se souriaient, conscients
qu'il y avait quelque chose de bien particulier entre
eux deux.

— J'ai prévu de faire une surprise à Marie-Ève, dit
Nicolas, joyeux. J'ai hâte de voir sa petite tête. Je vais
essayer d'attendre une occasion spéciale, pour l'encourager. Peut-être après une séance difficile de physiothérapie. Philippe voudrait que je patiente jusqu'à Noël, mais je suis sûr que j'en serai incapable.

— Qu'est-ce que c'est?

— Désolé, j'ai promis de ne pas le dire. Je m'ar-
rangerai pour que tu sois là quand je déciderai de
la lui offrir.

— Bon... Je n'insisterai pas.

— Je travaillais dans un magasin d'ordinateurs
avant d'être chez Toyota. J'ai conservé des liens
cordiaux avec mon ancien patron, et il va me faire
un bon prix pour un petit appareil.

— Un jouet? Pour Marie-Ève?

— Pour Marie-Ève mais pas un jouet. Quelque
chose qui va lui permettre d'apprendre à lire, à
écrire, à compter, comme elle aurait dû le faire à la
maternelle, cette année.

— C'est ça ta surprise?

— Bien sûr que non. Autrement, je ne t'en aurais pas parlé.

— Tu es vraiment très généreux avec la petite...

— D'une certaine façon, je le fais pour moi aussi... Je l'aime tellement. Philippe m'a déjà dit de ne pas me sentir obligé d'acheter son affection. Il dit qu'elle m'aime naturellement, comme lui. Je le savais déjà.

— Ce que je connais de toi me plaît beaucoup, Nicolas.

— Tu me plais aussi... Mais notre amitié est si nouvelle... À vrai dire... Tu possèdes tout ce que je recherche chez une femme...

Elle fixa ses yeux bleus.

— Je veux changer de voiture, dit-elle, espiègle.

Antoine Lemieux n'avait presque pas dormi depuis une semaine. Son travail s'en ressentait beaucoup. L'accident hantait ses jours, ses nuits. Le regard du petit Jonathan, les cris de Marie-Ève, la détresse dissimulée dans l'attitude rigide de Philippe l'obsédaient.

Se faire répéter par ses collègues que l'accident n'était pas de sa faute et qu'il n'avait rien à se reprocher ne lui suffisait pas. Il n'arrivait pas à comprendre pourquoi ils refusaient tous de l'aider un peu plus alors qu'il s'était toujours bien entendu avec eux.

Sa femme était découragée. Et Antoine sentait souvent ses regards désapprobateurs. Il en arrivait même à craindre pour leur couple.

Il s'apprêtait à avaler un analgésique quand on frappa à sa porte. Il cacha vite le comprimé dans son tiroir et fit semblant d'être plongé dans un dossier.

— Comment ça se passe pour toi, aujourd'hui? demanda Michel Dion.

— J'essaie de ne pas y penser, mais je n'y arrive pas.

— J'ai discuté avec Philippe Lambert, ce matin. Il est sur la bonne voie. La petite également, physiquement et même mentalement. Maintenant, il faudrait que ce soit ton tour, Antoine.

— On dirait que ma logique, mon gros bon sens et même mon intelligence m'ont laissé tomber. Je ne me comprends plus.

— Ton cas est loin d'être simple, cher Antoine.

— Je sais. Si tu avais vu la beauté de ce petit ange que j'ai tué, Michel... Il était un ange avant même de mourir. Peut-être qu'il n'était plus lui-même lorsque je l'ai frappé. Peut-être qu'il était déjà prêt pour sa visite de l'autre côté.

— Peut-être. Tu es libre de le croire si ça te soulage.

— Tout est devenu fragile. Parfois je crains que ma femme veuille me quitter. Je ne suis pas à la hauteur avec mes patients. Et mes amis ne répondent plus à mes coups de fil. Je me noie, Michel. Personne ne veut me tendre une corde pour m'aider à m'en sortir, pourquoi? Je n'ai jamais rien fait pour mériter un sort pareil. J'ai toujours aidé les gens autour de moi le mieux possible et, aujourd'hui, je suis seul.

— Antoine, réagis! Sinon, c'est très dommage, mais tu auras tout perdu: femme, travail et amis. Tout ça pour un accident tragique, mais dont tu n'es pas responsable. Si tu avais quelque chose à te reprocher, je serais capable de te le dire et plusieurs de tes proches aussi.

— J'ai l'impression d'être prisonnier d'une toile d'ambivalences.

— Tu dois en revenir.

— Si je n'avais pas été là, Jonathan vivrait encore, il pourrait jouer, Marie-Ève irait à l'école, sa mère pourrait bientôt accoucher de son petit bébé...

— Tu étais là, bon Dieu, arrête de t'imaginer ce qui se serait produit si ce n'avait pas été le cas!

Antoine leva un œil piteux vers le plus patient de ses collègues. Si lui aussi se fâchait...

— Tu parles souvent de destin et de fatalité à tes patients, reprit ce dernier. Tu dois y croire, toi aussi. Si tu fais une dépression, la situation des Lambert ne s'améliorera pas pour autant.

Michel Dion quitta le bureau d'Antoine Lemieux, qui se hâta d'avaler son cachet. Sous ses yeux, il y avait une belle photo en couleur de Jonathan et de Myriam qu'il avait trouvée dans un journal. Il passait chaque jour de longs moments à la regarder.

Antoine avait même renoué avec la prière, qu'il avait abandonnée depuis très longtemps.

Marie-Ève pleurait dans les bras de son père. Elle n'avait plus de plâtre sur sa jambe, maintenant, mais elle avait terriblement souffert durant la séance de physiothérapie qui avait suivi. Philippe l'avait encouragée, alors que Nicolas lui promettait une belle surprise si elle se montrait courageuse.

En ouvrant la porte de la chambre de la petite malade pour la laisser passer, Nicolas aperçut Claudine. Après qu'ils eurent échangé un beau sourire, l'infirmière approcha de l'enfant, accrochée au cou de son père.

— Bonjour, Marie-Ève. Eh! Tu n'as pas hâte de voir le beau cadeau que t'a promis Nicolas?

Marie-Ève hocha la tête et mit cinq minutes à se calmer. Nicolas, qui trépignait comme un bambin, sortit le présent de sa poche de manteau.

— Devine! dit-il.

Marie-Ève eut du mal à ouvrir la toute petite boîte bien emballée.

— Wow! Une belle bague! s'écria-t-elle, les yeux ronds.

— Prends-la dans ta main et regarde-la comme il faut, Marie-Ève. Elle te rappellera sans doute quelque chose.

Tout le monde attendait impatiemment la suite.

— C'est la bague que maman portait toujours dans son doigt... fit l'enfant.

Émue, elle pointa l'annulaire de sa main gauche. Nicolas la regarda tendrement, puis glissa le bijou dans son doigt.

— C'est la même, mais en plus petit, expliqua-t-il. Une réplique exacte de son alliance. J'ai pensé que ça te ferait un beau souvenir de ta maman. Est-ce que ça te fait plaisir?

— Merci, Nicolas!

Elle le prit par le cou, le serra très fort contre elle. Nicolas était aussi remué que l'enfant.

Philippe, qui avait dû prêter l'alliance de Myriam à Nicolas, était soudain bousculé brutalement par des souvenirs en rafale. Il avait tout de suite trouvé l'idée bonne lorsque Nicolas la lui avait exposée. Pendant dix jours, il n'avait pas pu garder ce précieux souvenir de sa femme dans son portefeuille.

— Je suis chanceuse! répétait la fillette. Je suis grande, maintenant, j'ai une bague dans mon doigt, comme ma maman! L'as-tu vue, Claudine? Il va aussi falloir que je la montre à Alexandra, tout à l'heure. Tu iras la chercher, papa, je veux qu'elle la voie bientôt.

Elle avait oublié la physiothérapie.

Claudine s'approcha, regarda la bague, complimenta l'enfant «devenue grande». Elle regarda ensuite Nicolas droit dans les yeux pour le féliciter de son idée. Elle le trouvait merveilleux avec cette enfant.

— Il y a une seule différence avec celle de ta mère, dit Nicolas en retirant doucement l'anneau de son doigt. Tu vois ici cette petite ligne? Avec le temps, tes doigts vont allonger et on pourra facilement faire agrandir la bague. Plus tard, quand tu seras adulte, ton père te confiera peut-être l'originale...

Nicolas ne jeta qu'un petit coup d'œil à son ami. Il craignait de faire déborder les émotions de ce pauvre Philippe.

— C'est un de mes plus beaux cadeaux, Nicolas! Merci.

Elle le serra encore par le cou et ils échangèrent un clin d'œil.

— Comment as-tu fait pour savoir la grandeur exacte de son doigt? demanda Claudine.

— La vendeuse m'a donné une petite plaquette avec des trous. Pendant que Marie-Ève dormait, j'en ai profité pour les essayer.

Il rit en se penchant pour lui donner un baiser sur le front.

— En tout cas, cette petite puce a beaucoup de chance d'être aussi bien entourée, dit Claudine en flattant les cheveux de Marie-Ève.

— Est-ce que je serai obligée de retourner voir la madame de tout à l'heure, ou non? demanda Marie-Ève, qui avait gardé la main de Nicolas dans la sienne et la caressait doucement, comme une amoureuse.

— Oui, malheureusement. Mais pas avant deux ou trois jours au moins. Profite du plaisir de ta bague, ma belle.

Le lendemain, alors que Marie-Ève dormait et que Philippe, seul avec elle, se remémorait ses dernières heures avec Myriam, les Gagnon firent irruption dans la chambre.

Philippe resta de glace et remercia le ciel que Marie-Ève dorme à poings fermés.

— Je refuserai de vous parler tant et aussi long-temps que vous ne vous excuserez pas. Je ne veux pas non plus que Marie-Ève vous voie. J'ai perdu plus que vous dans cet accident, je ne mérite donc pas de me faire traiter en paria par vous.

— Il faut que nous parlions, Philippe, dit ma-dame Gagnon. S'il te plaît.

— Pourquoi? demanda-t-il sèchement. Pour me jeter d'autres injures à la figure?

Madame Gagnon posa sa main sur le bras de son gendre, qui se raidit.

— Il faut à tout prix que je te parle. C'est impor-tant pour toi.

— Prenez un rendez-vous. Je ne veux pas discu-ter devant Marie-Ève, ni la laisser seule, et mes parents n'arriveront pas avant au moins trente mi-nutes.

— Nous allons t'attendre à la cafétéria le temps qu'il faudra. Je te le dis encore: c'est très impor-tant.

— Si je n'ai pas droit à des excuses, vaudrait mieux que vous le disiez tout de suite. Ce serait inutile de nous faire perdre notre temps.

— Ça vaut la peine que tu viennes, tu verras.

Philippe grimaça, dégagea son bras.

— D'accord.

Les Lambert arrivèrent à l'heure prévue. Jean-Pierre était inquiet de la tournure que risquait de prendre la discussion à la cafétéria.

— Je suis blindé, l'assura Philippe.

Jean-Pierre n'en était pas convaincu. Ces gens lui faisaient peur. Il trouvait son fils encore beaucoup trop vulnérable. Mais il devait reconnaître que, pour Marie-Ève, Philippe devait trouver un moyen de rendre plus fluides les relations avec ses beaux-parents. Il était conscient que la petite avait le droit de les voir.

— Prenez soin de ma petite.

Philippe entra dans la cafétéria sans se presser. Il aperçut les Gagnon avant qu'ils ne se rendent compte de sa présence et en profita pour les observer.

Ils avaient l'air tristes, malheureux. Ils semblaient encore s'aimer sincèrement malgré leur âge, malgré leurs différends et malgré les épreuves qu'ils avaient dû traverser au cours de leur vie commune. L'espace d'une seconde, Philippe fut rempli d'espoir.

Il s'assit en face d'eux. Georges Gagnon lui sourit, le regarda avec des yeux moins durs qu'à l'habitude. Clémence, qui avait dû pleurer beaucoup durant les dernières semaines, avait un regard reconnaissant, presque chaleureux. Philippe, avec un pincement au cœur, songea que tout avait été compliqué pour rien: ses beaux-parents l'avaient toujours détesté, et Myriam avait toujours détesté Nicolas.

— Merci d'être venu... dit Clémence.
— Je ne resterai pas longtemps. Lors de notre dernière rencontre, vous m'avez brisé le cœur.

Ils échangèrent quelques banalités. Puis, Philippe échappa un long soupir.

— Peut-être que je n'ai pas toujours été un mari exemplaire pour votre fille... laissa-t-il tomber. C'est possible. Mais je l'ai toujours aimée sincèrement. Sa perte m'a brisé pour le reste de mes jours... Je m'occupe de la dernière fille qui me reste et cela me demande beaucoup d'énergie. En même temps, je vis un deuil terrible. C'est dur pour moi.

Il s'arrêta quelques secondes, contrôla ses émotions.

— Je n'aurais pas dû aller jouer au golf, ce jour-là, admit-il. Mais j'ai payé un prix scandaleux pour mon erreur, vous ne trouvez pas? Comment pensez-vous que je me sens en pensant un million de fois par jour à cet horrible accident? Parfois j'étouffe, comme si le destin me serrait le cou de ses mains puissantes et impitoyables.

Il essuya une larme du revers de la main.

— Je ne peux pas supporter qu'on en rajoute... Surtout à votre manière, c'est-à-dire de façon cruelle et injustifiée.

— Nous avons quelque chose à te dire concernant Myriam, dit doucement Clémence. Quelque chose que nous aurions dû te révéler depuis le début de tout ça.

— Nous le regrettons, ajouta Georges. Maintenant il est temps de réparer.

— L'après-midi du jour de l'accident, reprit Clémence, j'ai téléphoné à Myriam pour prendre de ses nouvelles. Elle s'est mise à pleurer après m'avoir dit que tu étais au golf avec Nicolas. Elle ne m'a pas parlé longtemps, car elle devait aller te chercher.

Les veines du cou de madame Gagnon se gonflèrent. Mais elle resta calme.

— Je vais être franche, Philippe, fit-elle, les dents serrées. Je lui ai dit que tu n'étais qu'une répugnante boule d'égoïsme. Elle m'a assuré que tu t'étais privé de golf tout l'été pour rester avec «elle et son gros ventre», pour reprendre ses propres termes. Elle m'a dit qu'elle était fatiguée, qu'elle avait chaud, qu'elle se sentait grosse et insignifiante, mais que ça, ce n'était pas de ta faute. J'ai recommencé à déblatérer contre toi.

Philippe écoutait sa belle-mère avec une attention absolue.

— J'ai eu tort de dire ces choses-là. Et Myriam avait raison de me répéter que tu avais aussi le droit de prendre quelques heures de loisir. Elle regrettait de s'être disputée avec toi, avoua Clémence. Elle avait peur que ça ait gâché ta partie. Elle voulait aussi s'excuser auprès de Nicolas... Je ne sais pas pourquoi elle s'est trompée de route. Sans doute devait-elle être inattentive. Ce que je sais, hors de tout doute, c'est qu'elle ne pleurait pas à cause de toi quand elle a fait marche arrière, Philippe.

Philippe, les yeux hagards, restait muet. Sa belle-mère venait, en quelques paroles, de lui enlever un énorme poids de culpabilité de sur les épaules.

— Nous nous rendons compte à quel point nous avons été cruels de ne pas t'en toucher un mot avant, dit Georges Gagnon. C'est moi qui refusais que Clémence te parle. Je le regrette amèrement.

— Nous te demandons sincèrement pardon.

Philippe posa ses coudes sur la table, enfouit sa figure dans ses mains.

— Votre histoire me chavire, finit-il par dire d'une voix fêlée. Si vous saviez ce que ça signifie pour moi...

— Nous le savons, dit Georges.

— Je respire déjà mieux, c'est incroyable. Il a bien fallu que Marie-Ève vous fasse de la peine pour que vous vous décidiez enfin à me soulager un peu de la mienne.

— Nous n'avons pratiquement plus que Marie-Ève, enchaîna Clémence. Mais elle préfère tes parents. Si tu ne nous aides pas à apprivoiser notre petite-fille, il ne nous restera rien. Nous sommes vraiment prêts à faire des efforts. À recommencer à zéro. Si tu le veux bien. Nous pourrions t'aider, la garder lorsque tu recommenceras à travailler. Ça te permettrait de souffler un peu et de laisser du repos à tes parents.

Philippe hocha lentement la tête.

— Myriam était toute ma vie, dit-il. Vous êtes ses parents et ma fille a besoin de vous. Venez.

De bonne humeur et fière de son bijou, Marie-Ève accueillit cette fois ses grands-parents avec enthousiasme. Les Lambert évitaient de regarder les Gagnon.

— Nicolas est vraiment très gentil! s'exclama Clémence en caressant les cheveux de la petite. Est-ce que tu aimerais que je t'apporte un beau cadeau, moi aussi? Qu'est-ce qui te plairait?

— J'aimerais avoir un baladeur. Le mien est brisé et je ne peux pas écouter mes cassettes préférées.

— Hé! Ma petite gâtée, arrête de demander des cadeaux! la gronda gentiment Philippe.

— Nous allons l'acheter, Philippe.

— Veux-tu que je t'achète une belle cassette, aussi, Marie-Ève? poursuivit monsieur Gagnon.

— J'en ai déjà à la maison et Nicolas m'en a acheté deux nouvelles. Je voudrais juste un petit baladeur, celui qui coûte le moins de sous.

— Je vais l'acheter demain matin et je te l'apporte dans l'après-midi.

— D'accord! Pourquoi tu pleures, grand-maman? Je t'ai fait de la peine? Je n'ai pas été gentille?

Clémence se pencha pour serrer Marie-Ève dans ses bras.

— Je pleure parce que je t'aime trop!

Marie-Ève fut décontenancée par cette réponse. Elle regarda son père et ses grands-parents paternels dans l'espoir d'obtenir un éclaircissement, mais personne ne semblait disposé à l'aider. Alors, elle décida d'oublier et admira encore sa bague.

— Je reçois plein de beaux cadeaux, moi, j'ai de la chance!

Les grands-parents partirent peu de temps après, le cœur plus léger et plus heureux.

— Penses-tu qu'ils vont vraiment m'apporter un baladeur? demanda-t-elle à son père.

— Je suis sûr que oui, Marie-Ève. Tu n'oublieras pas de les remercier?

Clémence se rongeait les ongles depuis la mort de sa fille. Pourtant, dix ans plus tôt, elle avait cessé cette manie plutôt déplaisante. Elle avait recommencé aussitôt après l'appel fatidique des parents Lambert.

Son mari le lui reprochait souvent. Irritable plus que jamais depuis la mort de sa fille, il ne pouvait pas supporter le bruit qu'elle faisait en rongeant consciencieusement chacun de ses ongles ni l'air que cela lui donnait. Cette femme toute petite, aux cheveux gris devenant presque tous blancs, s'installait dans une chaise, mettait les doigts dans sa bouche, partait dans ses pensées. Son regard errant lui donnait l'air de surveiller le monde, de guetter les réactions, comme une petite gamine ayant peur d'être surprise en flagrant délit de désobéissance. Georges s'emportait et, plus il pestait, plus sa femme avait envie de continuer.

Depuis la mort de Myriam et de Jonathan, Clémence ne pouvait pas vivre en paix avec elle-même. Pour éviter de penser, elle se tenait occupée. Son mari la traitait de maniaque. Elle préparait les repas, faisait du ménage, allait faire de longues marches rapides loin de chez elle, s'occupait de l'extérieur de sa maison, bref elle n'arrêtait jamais une minute dans ses journées. Cela avait deux avantages: lui éviter de penser et lui permettre de s'endormir aussitôt couchée, le soir.

Toutefois, il arrivait que les souvenirs soient

plus forts que tout le reste. Elle détestait ces moments-là parce qu'ils la faisaient trop souffrir.

Clémence eut beau racler, donner des coups de râteau le plus fort possible sur les feuilles mortes, rien ne pouvait la soulager, cet après-midi-là. Un an plus tôt... Son souvenir datait d'un an, presque jour pour jour, et c'était la veille dans sa mémoire.

Philippe était parti à un cours d'une semaine à Toronto. Georges avait donc invité sa fille et ses petits-enfants à venir souper chez eux le vendredi soir.

La semaine précédente, de grands vents avaient fini d'enlever les feuilles à tous les arbres de leur résidence. L'avant-midi de ce vendredi, Clémence s'était amusée à faire des gros tas de feuilles, dans sa cour arrière. Jonathan avait à peine plus de deux ans mais le jeu l'amusait. Il avait passé des heures à sauter dans les feuilles. Marie-Ève et lui, beaux comme des petits cœurs, avaient ri aux éclats durant tout ce temps.

Clémence lisait le bonheur sur le visage de sa fille, mais elle ne pouvait pas l'admettre. C'était trop difficile pour elle.

Pendant tout le repas, elle avait parlé contre Philippe. «Un beau salaud de te laisser seule pendant toute une semaine. C'est une chance qu'il ait été capable de te faire des beaux enfants, sinon... Je le déteste tellement, Myriam, pourquoi a-t-il fallu que tu épouses ce petit comptable de rien du tout?»

À la fin du repas, les enfants étaient retournés jouer dans les feuilles et Myriam pleurait.

Un an plus tard, Clémence ne savait plus très bien pourquoi sa fille avait pleuré à ce moment-là. À l'époque, elle aurait juré que Myriam regrettait son mariage autant que ses parents. Quelques semaines après son décès, Clémence admettait enfin que Myriam avait peut-être pleuré d'avoir de mauvais parents.

Myriam avait séché ses larmes puis était sortie jouer avec ses deux petits. Une demi-heure plus tard, elle quittait la résidence de ses parents, les yeux gonflés de chagrin. Elle ne les avait pas remerciés pour le repas auquel elle n'avait presque pas touché, de toute façon.

Les coups de râteau accélérèrent. Plus fort, toujours plus fort.

Clémence se calma quand elle réalisa qu'elle arrachait de la terre en même temps qu'elle soulevait les feuilles mortes. Elle n'avait plus aucun petit-enfant qui viendrait sauter dans les feuilles. Quelque part en France, un petit-fils vivait, mais Clémence ne le connaissait même pas. De ses deux filles, il ne lui restait que Myriam. L'autre, dans son cœur, était morte. Elle était partie, elle les avait abandonnés. Clémence n'allait quand même pas continuer à l'aimer et à s'inquiéter d'elle! À Noël, la fille et les parents s'échangeaient des cartes. Parfois aux anniversaires, parfois à Pâques. Et parfois non.

Clémence avait pensé à elle une semaine après la mort officielle de Myriam. Elle avait été étonnée que Josée pleure. Non, non, elle devait se rappeler, des années plus tôt: les deux sœurs s'aimaient bien. Sans doute pour que ça coûte moins cher à son Philippe, Myriam avait passé son voyage de noces chez sa sœur. Et Josée était demeurée chez sa sœur et sa famille lors de son dernier voyage ici. À sa mère insultée, elle avait rétorqué qu'elle voulait profiter de ses petits neveux qu'elle ne reverrait pas souvent.

Clémence commença à verser des larmes. Elle avait mal au dos à force de frapper le sol.

Josée ne reverrait plus jamais sa sœur et son neveu Jonathan. Et Marie-Ève?

Clémence Gagnon lança le râteau au bout de ses bras et alla s'effondrer dans la balançoire en bois qui se trouvait là, derrière sa grosse demeure, depuis vingt ans. Elle se rongea les ongles. Elle n'en pouvait plus de vivre avec tout ce qu'il y avait en elle de sentiments contradictoires.

Philippe, cher Philippe... Plus le temps passait, plus elle se posait des questions sur son gendre.

Son ex-gendre, le père de sa petite-fille: Myriam étant décédée, elle pourrait enfin cesser de le considérer comme son gendre.

À vrai dire, c'était sur elle-même que Clémence se posait des questions. Sur elle et son jugement. Ce serait terrible si elle devait admettre, un jour, qu'elle s'était trompée sur Philippe...

Clémence leva les yeux. De la fenêtre de sa chambre, au deuxième étage, Georges la fixait avec dédain. Elle retira sa main de sa bouche, mais elle continua de verser des larmes.

Marie-Ève écoutait une cassette sur son baladeur, seule dans sa chambre.

— Salut, ma puce! lança Philippe. Où est grand-maman?

— Elle est allée s'acheter un café... J'écoute ma chanson préférée! Je t'aime, papa.

C'était la première fois qu'elle ne faisait aucun cas de se retrouver seule un moment. Philippe la serra dans ses bras en pensant à quel point il l'aimait. Ça lui faisait chaud au cœur que ce soit réciproque. Parmi tous les gens qui l'entouraient, c'était lui qu'elle préférait, lui qu'elle était toujours le plus contente de revoir.

— Il y a un docteur qui voulait te parler, tout à l'heure, indiqua-t-elle. Il a dit qu'il va revenir demain.

— Ah! bon? Tu ne le connais pas?

— Non. Il était gentil.

— Ses cheveux étaient tout gris?

— Oui.

Philippe en déduisit qu'il s'agissait du docteur Dion.

— Demain, je vais t'emmener dans la salle de jeux. Tu dois avoir hâte de te faire de nouveaux petits amis?

— Je ne sais pas. Je pense que j'aime mieux rester avec toi.

— Je vais t'accompagner dans la salle de jeux. Je ne peux pas être ton ami parce que je suis ton père! Ce sera bon que tu voies des enfants de ton âge.

— Je n'ai pas besoin d'amis.

Elle se disait satisfaite d'avoir son père, Nicolas et ses grands-parents pour jouer avec elle. Le psychiatre avait prévenu Philippe que Marie-Ève réagirait ainsi à mesure qu'elle prendrait du mieux. La hantise de perdre ceux qui lui restaient ferait en sorte qu'elle serait très réticente à sortir de son cercle restreint. Il croyait même qu'elle en viendrait à exiger la présence permanente de son père auprès d'elle. Elle voudrait passer toutes ses journées, et même ses nuits, près de lui.

En attendant les conseils du docteur Dion, il se contenta d'expliquer à sa fille que chacun avait ses obligations personnelles et que, tôt ou tard, il faudrait bien espacer les visites.

— Ça va être pratique que tu aies des amis quand je devrai recommencer à travailler à temps plein. Ça va pour le moment, mais il faudra bien que je recommence un jour à gagner des sous pour pouvoir nous acheter plein de belles choses.

— Tu n'as plus besoin de gagner beaucoup de sous, rétorqua-t-elle, pensive. Maman, Jonathan et Élodie ne sont plus là, maintenant. Tu peux travailler moins.

— N'empêche. Tout coûte très cher. Je vais te laisser le moins souvent possible, mon lapin. Promis.

— Tu ne partiras pas au ciel sans moi, papa?

— Ne pense pas à ça. Tu es trop petite pour songer à ces choses-là, Marie-Ève.

— Pourquoi maman et Jonathan sont morts?

— Je ne le sais pas. Je voudrais comprendre, moi aussi, mais je ne peux pas...

— Je veux que tu restes avec moi jusqu'à ce que je sois grande, grande, grande!

— Bien sûr.

Philippe savait que la folie le guettait s'il survivait à sa fille.

Le temps fila très vite jusqu'au début de décembre. Marie-Ève faisait des progrès énormes. L'état de sa jambe s'améliorait sans cesse. Elle retrouvait tranquillement son énergie et sa joie de vivre, alors qu'au contraire, Philippe semblait de plus en plus déprimé.

— Marie-Ève sort de l'hôpital dans trois semaines, dit Nicolas. Elle peut maintenant vivre sans toi, elle est capable de se rendre seule à la salle de jeux et n'a plus de mauvaise réaction lorsqu'elle est seule dans sa chambre, même à son réveil. Il faut que tu recommences à travailler pour de bon, Philippe. Tes parents et tes beaux-parents vont s'occuper de la petite à tour de rôle et toi, ça va te changer les idées. Tu t'es rendu jusqu'ici sans trop de dommage. Ce n'est pas le temps que tu t'effondres à ce stade-ci!

Philippe regarda le paysage défiler devant lui. Il n'avait pas envie de rester chez lui, pas même pour quelques heures. Il fallait pourtant bien s'habituer: Marie-Ève quitterait l'hôpital le 20 décembre afin de célébrer Noël chez elle, près des siens. Il restait vingt jours à Philippe pour tout préparer, et il savait que ce n'était pas de trop. Il fallait se décider, envoyer les boîtes aux endroits où elles devaient aller. Un autre bon ménage serait nécessaire et peut-être Philippe paierait-il des gens pour peindre quelques pièces.

Le salon en avait bien besoin: Philippe avait enlevé plusieurs photos de sa famille, et les murs en conservaient les marques. Et comment coucher dans la chambre vert pâle que Myriam aimait tant? Il ferait aussi repeindre la chambre de Jonathan en blanc, afin d'oublier le bleu pâle et les dessins qu'il accrochait à la tête de son lit. Seule la chambre de Marie-Ève resterait intacte pour ne pas déplaire à la petite gamine minutieuse.

— Tu ne dis rien, Philippe, pour le travail?

— Vaudrait mieux attendre après Noël. J'ai beaucoup trop à faire d'ici là.

— Ce ne sont que des excuses. Il y a beaucoup de gens, au village, prêts à t'aider.

— Je ne veux pas de la pitié des gens. Je ne veux rien leur devoir.

— Ce n'est pas parce qu'un de tes voisins vérifie que les ouvriers font correctement leur travail chez toi que tu lui devras quelque chose. L'entraide est très présent dans un village comme Saint-Sauveur. Tout le monde se connaît, tout le monde connaissait Myriam et les enfants. On me demande de vos nouvelles chaque fois que je vais au restaurant, à l'épicerie ou au magasin. Tu as toi-même déjà aidé des voisins ou des gens du village quand les circonstances l'exigeaient, tu t'en souviens? Tu ne peux plus penser que tu es seul sur ta petite planète avec tes parents, tes beaux-parents et moi. Il y a d'autres ressources disponibles.

— Je suis tellement mal à l'aise de penser que je vais revoir tout ce monde-là! Le policier qui accompagnait Michel Durocher lorsqu'ils m'ont annoncé l'accident, les ambulanciers qui m'ont transporté à l'hôpital quand j'ai avalé les pilules, ceux qui m'ont vu quand je suis retourné, seul, au cimetière, après les funérailles de Myriam et de Jonathan... Tu ne peux pas comprendre, Nicolas, mais c'est tellement fort en moi...

— C'est idiot. Tout le monde voudra t'aider, les gens ne sont pas si voyeurs.

— Pfff! Marie-Ève et moi allons être regardés comme des bêtes curieuses. On va sans cesse nous poser des questions indiscrètes. Tu le sais bien, Nicolas!

— Non, Philippe, je te jure que non! Tu es plus ou moins en congé depuis trois mois. Tu es prêt à revenir. Ce n'est pas en faisant des casse-tête, en jouant à la poupée et en chantant des comptines que tu vas parvenir à traverser le temps des fêtes.

Philippe retint héroïquement ses larmes et sentit la main de Nicolas lui tapoter la cuisse.

— Excuse-moi, mais j'ai raison. Lundi matin, je vais te chercher à l'hôpital, nous dînerons ensemble et je te ramène dès que ta journée de travail sera terminée.

— Je ne peux pas laisser Marie-Ève dix heures consécutives. Je ne peux pas lui faire cela, Nicolas.

— Essaie jusqu'à Noël au moins. Tu auras déjà deux semaines de vacances pour les fêtes. Ensuite, si tu te sens vraiment incapable de travailler à temps complet, tu essaieras de t'entendre avec le directeur pour quelques mois à mi-temps.

Nicolas détestait hausser le ton et être autoritaire avec son ami, surtout depuis l'accident. Mais il sentait, ce matin-là, qu'il n'avait pas le choix.

— D'accord, fit soudain Philippe contre toute attente. Lundi matin.

— Bravo!

— J'aurais dû travailler à temps complet depuis le jour de l'accident et être en congé en ce début de décembre pour profiter de la naissance d'Élodie.

— Je sais...

La nouvelle Toyota de Philippe, conduite par Nicolas, se gara dans l'allée. Philippe déverrouilla la porte de sa maison. Il alla directement dans sa chambre à coucher.

— C'est tellement vide, tellement laid sans Myriam... marmonna-t-il. Je n'ai jamais aimé cette pièce, mais ma femme avait réussi à y mettre de la vie... Elle l'avait rendue agréable. Maintenant, elle est vide et aussi désagréable que lorsque nous avons acheté la maison.

Nicolas ne savait quoi répondre. Philippe marcha vers la chambre de Jonathan, s'appuya contre la porte, croisa les bras sur sa poitrine. Son visage, devenu tendre et rêveur, fixait le petit lit de son fils.

— Mon petit homme... dit-il pour lui-même. Il adorait me suivre partout. Quand je bricolais, il voulait toujours m'aider et collait son nez si près que j'avais peur de le lui couper. J'aimais autant Marie-Ève mais c'était différent. Même quand elle a été dans son complexe d'Œdipe et qu'elle voulait m'épouser, elle était plus près de sa mère. Je détestais me faire couper les cheveux, bien que je ne l'aie jamais avoué à Myriam. Marie-Ève adore cela, elle, c'est bien connu. Jonathan, c'était mon petit garçon...

— Ça ne donne rien que tu te rendes triste comme ça aujourd'hui.

Philippe poussa un juron, alla s'asseoir au salon. Son regard était vide.

— J'ai l'impression de les trahir en donnant leurs affaires.
— Où ils sont, ils s'en moquent. Ce n'est pas agréable à dire, mais c'est la réalité.
— Tu as raison.

Philippe se leva, alla chercher l'annuaire téléphonique, prit le combiné et s'assit à la table de la cuisine.

— Commençons tout de suite, puisqu'il le faut.

Marie-Ève avait éclaté en sanglots. Elle avait hurlé, malgré la présence de ses grands-parents Lambert et d'Alexandra. Philippe ne voulait plus partir et ce fut après une prise de bec sévère avec

Nicolas qu'il avait finalement cédé. Depuis, il n'avait pas ouvert la bouche et Nicolas n'osait pas faire les premiers pas.

— À quelle heure veux-tu dîner? demanda prudemment Nicolas.

— Ça ne te regarde pas.

— Philippe... J'ai fait ce qu'il fallait pour...

— S'il te plaît, tais-toi! Tu n'avais pas à me dire des bêtises devant ma fille, mes parents et Alexandra Turcotte!

— Je voulais seulement te faire comprendre que Marie-Ève s'en remettrait et que c'était bon pour toi de...

— Nicolas, s'il te plaît, laisse tomber.

Nicolas crispa ses mains sur le volant et se contenta de les mener au travail. Parfois, il en avait assez de toujours ramasser les pots cassés et les autres à la petite cuiller. Il était fatigué. Tout l'avant-midi, il imagina son ami, seul dans son bureau, pestant contre lui et se faisant violence pour ne pas courir vers sa fille.

Un collègue de travail lui fit remarquer qu'il avait triste mine. Nicolas se fabriqua un visage décontracté. Il y parvint si bien qu'il fit une vente facile dans l'heure qui suivit. Puis, il se réfugia dans son bureau et prit le téléphone.

— Claudine, c'est Nicolas. As-tu deux minutes pour moi?

— J'en ai même cinq! s'exclama-t-elle avec un beau rire qui fit frissonner Nicolas.

Il prit une longue inspiration alors que Claudine lui indiquait qu'il téléphonait dans le jour, au travail, pour la première fois.

— Je ne sais pas si c'est une bonne idée qu'on continue de se voir, commença-t-il gauchement. Pas pour l'instant. À l'hôpital, ce sera O.K., je ne veux pas que tu cesses de t'occuper de la petite à cause de moi. Pour le reste...

— Hein? J'ai fait quelque chose qui t'a déplu? fit Claudine, désarçonnée.

— Ce n'est pas ça, dit Nicolas qui avait du mal à se comprendre lui-même. Je crois que j'ai trop peur de souffrir. Je vois Philippe... Seigneur que c'est pénible, Claudine...

— Je ne sais pas quoi te dire... Ça t'a pris comme ça?

Elle qui croyait avoir rencontré un homme doux et tendre, qui désirait les mêmes choses qu'elle... Du reste, ils n'avaient pas encore eu le temps de se fréquenter de façon soutenue. Qu'il lui annonce cela au téléphone n'avait rien de bien élégant non plus.

Claudine avait du mal à croire qu'elle s'était trompée sur la nature de cet homme. Quelques larmes de déception roulèrent sur ses joues. Nicolas s'en rendit compte quand elle se moucha.

— Je ne comprends vraiment pas, fit-elle avec un filet de voix.

— J'ai besoin d'être seul, le temps que chaque chose retrouve sa place... En ce moment, j'ai l'impression de ne plus m'appartenir, je ne suis pas heureux et je ne te rendrais pas heureuse non plus.

— Je ne t'ai pas demandé grand-chose jusqu'à maintenant. Nous nous sommes vus une seule fois à l'extérieur de l'hôpital. Nous nous entendons pourtant si bien, Nicolas. Je ne comprends pas pourquoi il faudrait complètement cesser de se voir.

— C'est déjà très dur à expliquer, Claudine. Ne me complique pas trop la vie.

Nicolas était conscient que ses explications paraissaient absurdes, mais il ne savait trop comment s'y prendre. Plus il faisait un effort pour rassembler ses idées, plus il se sentait confus et stupide. Pourtant, il était persuadé de ne pouvoir agir autrement. Comme si, subitement, c'était une question de vie ou de mort.

— Toutes les femmes que j'ai aimées m'ont fait souffrir, se défendit-il maladroitement. Toutes, sans exception. Même quand les débuts avaient été prometteurs. Tu es sûrement une femme extraordinaire, mais je ne me sens pas la force de courir le risque. Il faut que je sois là pour Philippe. Et je sais que j'aurai moins mal ainsi. C'est peut-être de la lâcheté. Philippe est mon ami depuis ma naissance.

Je ne veux pas être obligé de l'abandonner pour soigner mes propres blessures.

— Nous recherchons exactement la même chose, Nicolas! Pourquoi faire avorter ce qui semblait si bien s'annoncer? Je pensais tellement que tu étais sérieux...

— Je le suis, Claudine! Mais je me sens au bord d'éclater, et je dois faire des choix.

— Dis-moi la vérité: cherches-tu simplement une façon de rompre nos relations ou tu es sincère?

— Je suis sincère, tu dois me connaître assez pour savoir cela. Si je voulais rompre, Claudine, je te le dirais.

— Écoute, je te rappelle d'ici un jour ou deux. Pour l'instant, mon travail m'attend et je dois aller retoucher mon maquillage.

Il avait fermé les yeux, et juste au moment où sa voix allait se briser, il lui dit au revoir et raccrocha. Nicolas se demandait comment il allait faire pour continuer de vivre avec toute la peine qu'il avait à l'intérieur de lui.

Il passa à la salle de bains et, en sortant, il aperçut Philippe, assis dans l'espace réservé aux clients du service d'entretien.

— Excuse-moi pour ce matin, Nicolas, murmura-t-il. Tu as bien fait de m'inciter à venir travailler. Ça fait du bien et, aux dernières nouvelles, Marie-Ève ne peut se porter mieux. Elle est dans la salle de jeux depuis le matin et n'a parlé de moi à ma mère qu'une seule fois. Comment vas-tu? Un vendeur a trouvé que tu avais mauvaise mine.

— Ça va. Je suis content de te voir comme ça. On dîne ensemble?

— Évidemment.

— J'irai te rejoindre à ton bureau vers midi.

— Très bien. Tu as pleuré?

— Mauvaise journée. J'ai des papiers à remplir. À tout à l'heure.

Nicolas alla s'asseoir à son bureau et regarda la photo de Marie-Ève. Il tâcherait de la convaincre de ne jamais briser le cœur des hommes, volontairement ou non. Il savait qu'elle aurait toutefois les armes nécessaires pour le faire si elle le décidait: le charme et la beauté.

Le destin faisant souvent mal les choses dans la vie de Nicolas, il se retrouva, dès le lendemain soir, dans la chambre de Marie-Ève en même temps que Claudine. Il espéra qu'elle partirait, mais elle ne semblait pas pressée de le faire.

— Ça me plaît pas que papa travaille, finit par déclarer Marie-Ève, qui boudait Nicolas et Philippe depuis leur arrivée.

Après un silence, elle ajouta:

— Tu es parti trop longtemps, je m'ennuie trop de toi! J'aime grand-papa et grand-maman Lambert, mais ce n'est pas la même chose.

— Nous avons besoin de sous, Marie-Ève. Je te l'ai déjà expliqué.

— Pourquoi Nicolas ne t'en donne pas un peu? Tu pourras travailler plus tard. D'autres jours. Pas tout de suite!

— J'aimerais beaucoup vous en donner, Marie-Ève, sauf que...

— C'est à papa que je parle, pas à toi! cria-t-elle.

— Marie-Ève Lambert! Sois polie! rugit Philippe.

La fillette se tut. Tête basse, elle s'excusa. Puis elle tendit les bras à Nicolas qui n'hésita pas à la serrer contre lui.

— Ce n'est pas grave, dit Nicolas. Je comprends ton irritation. Je vais m'acheter un café pendant que tu discutes avec ton père.

Nicolas se dépêcha de sortir. Claudine le rattrapa et ajusta le rythme de son pas au sien.

— Tu n'as pas besoin de t'enfuir, dit-elle. Je ne te ferai pas mal!

— Tu ne mords pas?

— Non.

Nicolas ralentit un peu.

Comment lui expliquer qu'il était mal à l'aise en

sa présence, que son esprit était confus? Pouvait-il lui indiquer qu'il ne comprenait pas lui-même pourquoi il avait toujours été malchanceux en amour?

— Tu sais que Marie-Ève ne rentrerait pas chez elle dans quelques jours si les Lambert, Philippe et toi n'aviez pas été là pour elle? dit Claudine. Elle a de la chance d'être aussi gâtée. Penses-tu qu'elle en est consciente?

— Je ne crois pas. Mais moi, je m'en fiche. Complètement.

Nicolas prit un café au distributeur automatique, laissa Claudine se procurer le sien en se disant qu'il manquait totalement de délicatesse.

— Excuse-moi, Claudine. Je suis un abruti.

— Tu n'as pas à t'excuser. J'ai bien compris ton point de vue. Je ne connais pas toute ta vie. Je ne te demande pas de me la raconter non plus. Et je ne veux surtout pas te juger. Si tu as souffert atrocement, je ne peux pas te demander de prendre le risque que ça recommence.

Timide, elle faisait doucement tourner le bâtonnet de plastique dans son café.

— Je ne recherche pas quelqu'un à tout prix, au contraire, dit-elle. Depuis longtemps je voulais plutôt fuir l'amour. Maintenant que tu as croisé ma route, je ne vois plus les choses du même œil. Mais je suis une femme indépendante, je n'ai pas besoin de quelqu'un pour survivre. Par contre, si jamais tu changes d'idée, fais-moi signe. Je n'aurai certainement pas la chance de croiser de sitôt l'homme idéal une seconde fois...

Son index frôla la joue de Nicolas.

— Je vais retourner à la chambre, fit-il après un soupir profond.

Il prépara un café pour Philippe.

— J'ai hâte d'aller vivre dans ma maison, déclara Marie-Ève. Ça fait plein de jours que j'y ai pas été! Elle est belle, ma maison. C'est la plus belle!
— Quand nous serons de retour, nous inviterons tout le monde qui s'est bien occupé de toi à venir partager un repas avec nous.
— Est-ce qu'on pourrait faire des crêpes? Avec plein de sirop d'érable?

L'infirmière et le médecin la regardèrent avec une mine gourmande, alors que Philippe approuvait pour faire plaisir à sa petite. Alexandra les quitta quelques minutes plus tard, bientôt suivie de Claudine.

— Vous vous êtes disputés? demanda Philippe à Nicolas.

— Non. Pas du tout.

Pour faire diversion, Nicolas se tourna aussitôt vers la fillette.

— Marie-Ève, montre-moi la salle de jeux, tu veux bien?
— Oui, mais prends-moi dans tes bras, j'ai trop mal à mes jambes!

«N'importe quoi pour se faire câliner et gâter!» se dit-il avec un sourire.

À leur retour, Philippe dormait sur le lit de sa fille.

— Est-ce qu'on laisse papa dormir? Nous deux, nous pourrions aller voir les tout petits bébés à la maternité?

Ils descendirent à l'étage de la néonatalogie après de brèves négociations. Dans les bras de Nicolas, Marie-Ève, fascinée, regarda à travers la vitre les prématurés placés en couveuse.

— Pourquoi sont-ils aussi petits? Élodie aurait été plus grosse?
— Oui, bien sûr. Ces bébés-là sont nés trop tôt.

Elle serra un peu plus fort son bras autour du cou de Nicolas. Pour maintenir l'équilibre de l'enfant, il avait posé sa main sur sa poitrine et il sentait son cœur battre à tout rompre. Peut-être n'avait-il pas bien fait de l'emmener ici et de raviver ses souvenirs?

— Si Élodie n'était pas morte dans le ventre de maman, est-ce qu'elle aurait été comme ça?

Elle montrait un bébé minuscule, branché à de nombreux moniteurs.

— Peut-être. Élodie n'avait pas fini de grandir dans le ventre de ta maman.

— Pourquoi ce n'est pas ce bébé-là et sa maman qui sont morts, Nicolas? Pourquoi il y a eu l'accident dans notre voiture à nous?

Nicolas haussa les épaules. Les traits de Marie-Ève étaient remplis de détresse. Il aurait voulu trouver vite des mots pour la consoler et la rassurer. Il se sentait tellement impuissant.

— On va retourner voir ton papa, dit Nicolas. Peut-être qu'il est réveillé. Sinon, tu t'approcheras de lui sans faire de bruit et tu lui donneras un baiser dans le cou. Ça va le chatouiller et le réveiller! Bonne idée?

Marie-Ève le tenait si fort par le cou qu'il en avait mal et se sentait étranglé.

— Nicolas, je veux voir maman! Je m'ennuie trop, dis-lui de venir me voir tout de suite!

Nicolas marcha rapidement vers l'ascenseur. Il ne voulait pas être seul avec elle si elle lui piquait une crise. Il savait qu'il ne saurait pas quoi faire et Philippe serait probablement fâché contre lui.

— Tu sais que maman est au ciel et qu'elle ne peut pas revenir te voir, même si elle en a envie...

— Je veux aller au ciel, Nicolas, je veux aller la voir!

— Non, toi, tu dois rester avec ton papa pour l'aider et pour l'aimer très fort. Nous te l'avons déjà dit...

— Non, je ne veux plus rester ici avec papa, grand-papa, grand-maman et toi, c'est ma mère que je veux. Je veux aller rejoindre maman au ciel. Emmène-moi dans le ciel, emmène-moi tout de suite!

Elle se débattait dans ses bras en le regardant avec des yeux pleins de supplication.

— Si je le pouvais, c'est la première chose que je ferais. Mais je ne peux pas. Personne ne le peut. Arrête de pleurer, Marie-Ève, calme-toi pour me faire plaisir.

Puisque rien ne semblait fonctionner, il décida de prendre les grands moyens, juste avant l'ouverture de la porte de l'ascenseur.

— Tu vas briser le cœur de ton père. Ça, tu le sais?

Elle se redressa soudain. Elle ne pleurait plus.

— C'est dur, Nicolas, balbutia-t-elle. Je m'ennuie tant.

— Je sais, ma belle.

Nicolas alla chercher des mouchoirs au poste des infirmières et mit la fillette debout sur une chaise afin de lui essuyer le visage. Elle affichait un air pitoyable.

— J'aime papa et je ne veux pas briser son cœur. Je ne suis pas méchante, Nicolas, hein?

— Bien sûr que non.

Elle hocha la tête, soulagée.

— Il faut rester avec papa et l'aimer très fort, lui redit Nicolas.

— Oui.

— Promis?

— Promis.

Ils convinrent de prendre le temps de se calmer avant d'aller surprendre Philippe.

Marie-Ève resta longtemps dans les bras de Nicolas. Les infirmières souriaient en passant près d'eux. Nicolas imaginait que la scène devait être touchante. L'enfant avait la tête appuyée sur l'épaule de l'adulte, caressait son dos tout doucement avec sa main et reniflait ses derniers sanglots.

— Notre dispute est terminée? Oubliée?

— Oui.

— Allons-y, maintenant.

Elle fit une grande déclaration d'amour à son père ravi.

Dix-huit décembre. Il ne restait plus que deux jours avant que Marie-Ève puisse quitter l'hôpital et, en dépit des douleurs qu'elle ressentait à ses jambes et de son état de faiblesse générale, elle était pétillante de joie.

Philippe faisait un «gros» casse-tête de quatre-vingts pièces avec elle – ou plutôt, il la regardait faire en la conseillant mollement, lorsque la porte s'ouvrit après qu'on eut frappé trois petits coups.

Philippe bondit sur ses jambes en apercevant le docteur Antoine Lemieux, un cadeau à la main. Marie-Ève n'eut pas le temps de crier qu'elle ne voulait pas voir un autre docteur. Son père la regarda dans les yeux.

— Je vais dans le corridor deux minutes avec ce monsieur, Marie-Ève. Continue, je reviens tout de suite.

Elle hocha vivement la tête, heureuse d'échapper aux mains de cet autre médecin.

— Je vous avais demandé de ne jamais chercher à voir ma fille, dit froidement Philippe. Qu'est-ce que vous voulez? Des problèmes?

— J'ai appris que Marie-Ève quittait l'hôpital dans deux jours. Je voulais seulement lui offrir un petit quelque chose. Vous pourriez peut-être le lui remettre vous-même?

Le psychiatre tendit la boîte, souriant et plein d'espoir. Philippe croisa les bras sur sa poitrine.

— Gardez votre cadeau!

Philippe avait haussé le ton au point que des visiteurs et des membres du personnel s'étaient arrêtés pour les regarder. Antoine Lemieux était complètement désarmé.

— S'il vous plaît, dit-il. Ça ne lui ferait certainement pas de mal, monsieur Lambert. Ça me ferait tellement plaisir qu'elle reçoive ma poupée...

— Restez loin de ma fille. Sinon, je vais me fâcher et faire un scandale qui ternira votre petite réputation, docteur Lemieux. Croyez-moi!

Philippe lui lança un regard rempli de dédain et tourna les talons pour regagner la chambre. Antoine se résigna à partir après avoir été exposé aux regards curieux ou pleins de compassion. Il aperçut Alexandra, qui ne savait visiblement pas si elle devait ou non aller vers lui.

Il prit la direction opposée, grimpa les marches quatre à quatre et s'engouffra dans son bureau. Il s'assit sur cette chaise où il passait un tiers de sa vie à essayer de régler les problèmes des autres et chercha un calmant dans un des tiroirs de son bureau. La folie le guettait si quelqu'un, quelque part, n'arrivait pas à l'aider. Antoine le savait.

On frappa à sa porte. Les docteurs Dion et Turcotte entrèrent sans attendre une réponse et s'assirent en face de lui.

— Monsieur Lambert ne pensait pas ce qu'il a dit, commença Alexandra. C'est bientôt Noël, c'est très dur pour lui. Il a aussi très peur de ce qui l'attend lorsque sa fille aura obtenu son congé.

— J'ai tué son bébé, sa femme et son petit garçon... Je le comprends bien, au fond.

— Est-ce qu'on va devoir te faire hospitaliser, Antoine? demanda Michel Dion. Ta conjointe m'a donné le feu vert pour que je m'occupe de toi de la façon que je jugerai la plus pertinente.

— Ce cadeau était une bêtise, dit Antoine. Je ne sais pas mesurer mes gestes.

— Laisse passer du temps, dit le docteur Dion. S'il y a quelqu'un qui connaît les étapes du deuil, c'est bien toi.

Antoine Lemieux soupira.

— Ma femme est enceinte, fit-il sur un ton monocorde. De deux mois. Je l'ai appris hier. Je ne sais pas si c'est exprès.

— Tu n'as pas l'air content. Tu ne voulais pas d'enfants? demanda Alexandra.

— En ce moment, je n'ai pas la tête à ça. Je veux une famille mais pas tout de suite.

— C'est une très bonne nouvelle, dit le docteur Dion. Ça va peut-être t'aider à te sortir de ta dépression.

— J'ai l'impression que je ne pourrai pas assez profiter de la grossesse. J'aurais préféré avoir mon enfant dans de meilleures circonstances. J'en veux à Anne. Je ne suis pas prêt et elle le sait.

— Les femmes deviennent enceintes beaucoup plus aisément lorsqu'elles sont nerveuses.

— Bien sûr, Michel. Elles oublient de prendre leur pilule contraceptive et, ensuite, disent que c'est un accident dû à la nervosité!

Antoine leva les yeux vers Alexandra, froissée. Il s'excusa d'avoir dit quelque chose d'aussi bête et l'assura qu'il ne le pensait pas.

— Tu es chanceux d'avoir quelqu'un qui t'aime, dit Alexandra. J'en voudrais un enfant, moi, mais je suis toute seule! Arrête de te plaindre et de t'apitoyer sur ton sort. Profite de ce que tu possèdes.

Elle les laissa là-dessus et se dirigea vers la chambre de Marie-Ève avec un bon prétexte: elle devait parler au père, et aussi un peu à la fillette, des soins et des médicaments prévus pour le retour à la maison.

— Le grand jour approche, Marie-Ève? lança-t-elle en entrant. Es-tu contente?

— Oui! J'ai hâte d'être dans ma maison, mais je vais m'ennuyer de toi et de Claudine. Nicolas m'a dit que Claudine ne viendra pas tellement souvent chez moi, parce que j'habite trop loin de l'hôpital et qu'elle a beaucoup de travail.

Alexandra, intriguée, regarda Philippe.

— Il faudrait que tu demandes à Claudine, dit-elle. C'est la seule qui peut te répondre.

— Et toi? Est-ce que tu vas venir me voir souvent, même si je reste à Saint-Sauveur? Tu vas voir, c'est une belle ville et ma maison est encore plus belle!

— Tu arrangeras ça avec ton père, fit-elle, mal à l'aise.

Marie-Ève se tourna d'un bloc vers Philippe.

— Si ton docteur préféré veut bien venir te voir, elle sera la bienvenue dans notre maison.

Puis Alexandra demanda discrètement à Philippe de passer à son bureau.

— Si c'est pour parler d'Antoine Lemieux, oubliez ça.

Alexandra esquissa un sourire troublé.

— Comme vous voulez.

Mila et Jean-Pierre, visiblement d'excellente humeur, attendirent le moment de la sieste de leur petite-fille. Puis, enthousiastes, ils sortirent d'un sac des photos et des documents.

— Regarde, dit monsieur Lambert. C'est exactement ce qu'il vous faut, à toi et à la petite! Nous venons de les visiter, Mila et moi. C'est superbe, c'est bien situé et nous sommes sûrs que Marie-Ève et toi allez adorer autant que nous!
— Mais de quoi parles-tu?
— Une maison jumelée! C'est ce qu'il nous faut, non?
— Pourquoi, vous n'êtes plus bien dans votre appartement?
— Nous voulons acheter cette maison pour être plus près de vous! Il n'y aurait qu'un mur qui nous séparerait. Tu n'as plus besoin de vivre à Saint-Sauveur, maintenant. Avec cette maison, finis les problèmes! Nous serons tout à côté pour Marie-Ève lorsque tu partiras le matin. Tu serais à quinze minutes de ton travail et de l'hôpital! C'est tout à fait dans tes prix et dans les nôtres! Ce serait merveilleux, non?

Philippe, stupéfait, ne se souvenait pas de la dernière fois où il avait vu son père aussi enflammé.

— Pourquoi avez-vous entrepris un projet semblable sans m'en parler d'abord? Je n'ai pas l'intention de déménager.

— Nous n'avions pas non plus l'intention de déménager. Nous avons visité simplement par curiosité et nous avons eu un coup de cœur. Tout est parfait: le quartier, les dimensions du terrain, l'aménagement intérieur de la maison... Pense aux avantages. Accepte au moins de venir visiter avant de refuser.

— Il faudrait, premièrement, que je vende ma maison. Ce ne serait pas facile en hiver, ne vous faites pas d'illusions.

— J'en ai parlé à l'agent immobilier qui nous a fait visiter. Elle est certaine de pouvoir la vendre d'ici le mois de juin.

Philippe examinait les photos.

— Je peux aller visiter un soir après le travail... Il faut que je prenne le temps de réfléchir. Et j'aimerais que Marie-Ève voie ça aussi, qu'elle puisse dire son mot.

— Bien sûr, dit Mila. Mais ce serait extraordinaire! En attendant, tu ne crois pas que, les premières semaines, vous devriez vivre chez nous? Ça faciliterait tout. Pas de lavage, pas de ménage, pas de repas à préparer, pas de Marie-Ève à habiller et à sortir le matin pour la garderie...

Philippe regarda ses parents avec une énorme tendresse. Ils étaient tellement bons envers Marie-Ève et lui!

— Pour quelques semaines, peut-être. Mais j'irai passer les week-ends à la maison. Le temps des fêtes arrive. Je ne veux pas vous envahir, et Marie-Ève a besoin d'être dans ses affaires, dans sa maison. Pour le jumelé, laissez-moi quelques semaines de réflexion. Mes idées ne sont pas toujours très claires et je ne voudrais rien précipiter.

Cependant, il devait l'avouer, de prime abord la proposition était tentante.

Nicolas avait pu utiliser une minifourgonnette du garage Toyota afin d'emmener le père, l'enfant et tous ses jouets, alors que Mila et Jean-Pierre Lambert ramèneraient leur propre voiture et celle de Philippe. À la sortie de l'hôpital, Marie-Ève se tenait très fort contre son père. Ils étaient tous les deux emmitouflés dans un gros manteau d'hiver. La chambre était maintenant vide, prête à être désinfectée pour recevoir un autre petit patient.

— J'ai peur, papa, je ne veux pas sortir. Je veux rester ici.
— Tu n'as pas le choix, Marie-Ève... Il faut rentrer à la maison. Nicolas va conduire, je vais t'atta-

cher à côté de moi et je vais te serrer très fort dans mes bras. D'accord?

Elle jeta un petit regard à Nicolas, l'air de dire: «Je t'en prie, sois très prudent.»

— Dans quelques minutes, tu seras chez toi, bien au chaud avec tes jouets et ta télévision préférée pour regarder tes films, dit Alexandra.

Marie-Ève leva la tête vers le médecin, qui déposa un baiser sur sa joue.

— Bonne route, ma belle!

Claudine embrassa aussi Marie-Ève, salua Philippe et Nicolas, jetant un regard à peine plus long au second. Marie-Ève sanglotait quand elle s'assit, à l'abri du froid glacial, dans la fourgonnette déjà bien chauffée.

— Arrête de pleurer, ma cocotte. Nous serons chez toi dans une demi-heure à peine, l'assura Nicolas. Essaie de dormir.
— Je ne pourrai pas. J'ai trop peur.

Alors que Philippe murmurait des paroles réconfortantes à sa fille, Nicolas songeait tristement à Claudine. Les chances de la revoir étaient dorénavant très minces. Ils ne s'étaient rien promis, pas même de se téléphoner. Il l'appréciait toujours autant, mais aussi longtemps qu'il n'aurait pas retrouvé sa joie de vivre, c'était hors de question de la revoir.

— Ça va, Nicolas? demanda Philippe. Les routes ne sont pas trop dangereuses?
— Mais non! Soyez tranquilles, il n'y a pas de problème.

Nicolas chassa ses regrets en parlant sans cesse à Marie-Ève, et il parvint à la faire rire aux éclats. En descendant de la camionnette, Philippe sourit tendrement à son meilleur ami. C'était sa façon de le remercier d'avoir tant fait rire sa fille.

Mila et Jean-Pierre les attendaient à la maison. De nombreux ballons étaient suspendus un peu partout et un message de bienvenue, dans le vestibule, accueillit le père et la fille.

— Viens vite, il y a un beau cadeau pour toi! Allez...
— Attends! Il faut bien que je me déshabille.

Comme elle tint coûte que coûte à retirer seule son manteau et ses bottes, ce fut long avant qu'elle ne soit complètement débarrassée de ses vêtements d'hiver.

On la conduisit à sa chambre où l'attendait un magnifique ordinateur qui la fit trépigner d'une joie aussi spontanée que sincère. On lui en montra le fonctionnement et on demeura un certain temps avec elle pour s'assurer que tout se passerait bien. Lorsqu'elle jura pouvoir se débrouiller seule, les adultes commencèrent à préparer le dîner.

L'enfant n'avait plus qu'une envie: faire le tour de la maison. Elle commença par la chambre de Jonathan, ouvrit tout doucement la porte. Il n'y avait plus rien. Les larmes aux yeux, elle referma, sans faire de bruit, soucieuse de ne pas être entendue, puis elle alla vers la chambre de ses parents. Là aussi elle eut un choc. Il restait le lit, les meubles, mais la décoration n'était plus la même et les photos avaient disparu. Elle ouvrit la porte du placard. Il n'y avait presque plus rien, là non plus. Tout au plus quelques chemises de son père. Où était le reste? Où étaient les robes de sa mère, ses blouses, ses jupes, sa collection de souliers?

Marie-Ève alla du côté gauche du lit, là où Myriam avait l'habitude de dormir. Elle s'étendit. Les draps ne sentaient que la lessive fraîche. Elle connaissait bien la chambre de ses parents, qu'elle avait souvent eu l'occasion de fouiller. Elle savait exactement où trouver chaque chose dont elle avait envie ou besoin.

Elle se redressa, ouvrit les tiroirs de la table de nuit afin de prendre les photos. Vides, eux aussi: tout s'était volatilisé!

Elle courut vers la cuisine, aussi vite que pouvaient

le supporter ses petites jambes blessées, s'agrippa aux cuisses de son père, debout près de l'évier.

Philippe la prit aussitôt dans ses bras.

— Qu'est-ce qu'il y a, ma puce?
— Maman... murmura-t-elle.

Elle enfouit son nez dans le cou de Philippe et pleura doucement.

— Veux-tu une belle photo de maman et de toi? demanda Mila. J'en ai une qui te fera sans doute très plaisir.

Marie-Ève fit signe que oui. Mila descendit au sous-sol et remonta aussitôt d'un pas alerte.

— Regarde, dit-elle sur un ton joyeux, j'ai fait laminer cette belle photo de maman et de toi pour que tu puisses la mettre sur le mur de ta chambre, la regarder souvent et te rappeler de très beaux souvenirs.

La petite sourit instantanément. Sa grand-mère lui remit l'agrandissement sur lequel l'enfant et sa mère, tête contre tête, souriaient à belles dents. Elles étaient heureuses, le jour du cinquième anniversaire de la grande Marie-Ève. Elles se ressemblaient et étaient complices. La photo rappelait à Marie-Ève sa mère dans ses meilleurs moments et ça la comblait.

— Elle est belle, ma mère, hein?

— Ta mère est superbe, Marie-Ève. C'est la plus belle mère du monde! s'exclama Philippe, bouleversé par ce souvenir si récent.

— Ton avis ne compte pas, papa, c'est ta femme! C'est normal que tu la trouves belle.

— Tu ne devineras pas quoi, Marie-Ève, fit Nicolas. Si ta mère n'avait pas épousé Philippe, c'est moi qui me serais marié avec elle. Je la trouvais belle, ta maman...

Marie-Ève éclata d'un rire spontané, les autres aussi. Les adultes savaient bien que jamais Myriam n'aurait accepté d'épouser Nicolas.

Tandis que Marie-Ève retournait dans sa chambre avec son père, Mila posa un instant sa tête sur l'épaule de Nicolas.

— C'est difficile... soupira-t-elle. Je ne sais jamais trop ce qu'il faut dire ou pas à Marie-Ève. Je ne sais plus quoi faire pour la consoler... Heureusement que tu es là, Nico. Tu es le seul capable de la faire rire. Il y a quelque chose de magique entre cette enfant-là et toi.

— J'ai, avec Marie-Ève, la complicité qui faisait défaut entre Myriam et moi.

— Pauvre Myriam... Si elle avait su tout ce qu'elle manquait en portant sur toi un jugement aussi sévère.

— Son attitude m'a souvent blessé, mais je ne lui en veux plus, maintenant. Je lui ai pardonné.

Peut-être qu'elle savait, quelque part en elle, qu'elle n'avait pas beaucoup de temps à passer auprès de Philippe et qu'elle était jalouse de chaque heure que je lui volais. Vous allez dire que c'est stupide, mais j'arrive quand même à le croire, parfois. C'est ma mère qui m'a fait penser à cette possibilité.

Philippe réapparut dans la cuisine.

— Voilà, j'ai fixé la photo de Marie-Ève sur le mur. Elle est contente. Est-ce que tu as le courage d'aller l'aider à l'ordinateur, Nicolas?
— Bien sûr!

En fin de soirée, Nicolas était content de rentrer chez lui pour se reposer un peu. S'il ne faisait pas trop froid le lendemain matin, les Lambert viendraient prendre le petit-déjeuner chez lui. Il anticipait ce plaisir.

Il était tard. Nicolas regardait la télévision dans la noirceur de son salon, lorsqu'on frappa à sa porte.

— Qu'est-ce que tu fais ici à cette heure? demanda Nicolas, abasourdi, en voyant Claudine couverte de neige dans le corridor de son immeuble.
— Tu ne m'invites pas à entrer quelques minutes?
— Excuse-moi. Je t'offre quelque chose à boire?

— Non, merci. Je ne veux pas te déranger.

Nicolas éteignit la télévision, fit de la lumière.

— Je me pose sans cesse une question, dit Claudine en s'assoyant.

— À mon sujet?

— Comment un gars aussi merveilleux avec une enfant peut-il être aussi maladroit avec les femmes?

— C'est assez direct, fit Nicolas, pris de court.

— Il y a quelque chose qui ne fonctionne pas chez toi.

— Ouf...

Claudine avait décidé de jouer la carte de la franchise brutale.

— Finalement, je pense que j'ai soif, dit-elle. Je prendrais bien un verre de jus ou un verre d'eau.

Nicolas, les traits meurtris, approcha de Claudine. Il semblait avoir ramassé le peu de détermination qu'il lui restait.

— Tu cherches à me faire du mal? demanda-t-il.

— Peut-être.

— Tu me donnes raison en quelque sorte d'avoir pris mes distances avec toi. Alors, je ne te servirai rien à boire et je vais te demander de partir d'ici tout de suite.

Claudine regretta aussitôt sa tactique. Au bord

de la panique, elle se trouva ridicule d'avoir pris une initiative aussi téméraire. Elle ne savait plus quoi faire, sinon s'enfuir à toutes jambes.

Elle se leva et, dans un geste désespéré qui la stupéfia elle-même, elle prit la figure de Nicolas dans ses mains et l'embrassa avec douceur et fermeté, avec tendresse et violence, avec passion et timidité. Elle sentait que Nicolas voulait, qu'il brûlait de la prendre dans ses bras. Il tremblait, tellement ce désir était fort, mais il s'éloigna d'elle. Son regard avait changé. Il était rempli de reconnaissance.

Il lui sourit, revint vers elle et ils s'enlacèrent passionnément.

— Nous avons tous les deux joué notre petit numéro, maintenant, Nicolas. Je sais que tu as peur, mais nous prendrons notre temps. Tout notre temps. Je veux que tu sois heureux, je vais faire tout ce qui sera en mon pouvoir pour que tu le sois toujours...
— C'est tout à fait réciproque, Claudine...

Philippe arrivait difficilement à sourire et à partager la joie de sa fille. Marie-Ève exultait devant le petit sapin artificiel que Nicolas leur avait gentiment prêté. Elle avait été mise au courant qu'il y aurait trois distributions de cadeaux, comme par les années précédentes. Elle avait sauté de joie. Elle aurait, premièrement, les cadeaux de son père et de Nicolas, puis ceux de ses grands-parents paternels, alors que ses grands-parents maternels seraient les derniers à offrir les leurs, comme par le passé.

Avec tous les cadeaux qu'elle avait reçus lors de son hospitalisation, Philippe savait que sa fille serait occupée pour longtemps, qu'elle n'aurait pas le temps de songer trop à l'absence de sa mère, de son frère et du bébé qui aurait normalement dû naître une quinzaine de jours plus tôt.

— Un autre verre, Philippe?

Il secoua la tête en souriant et en essayant de sortir de ses pensées. Il avait accepté la présence de Nicolas en cette veille de Noël pour ne pas sombrer, pour ne pas gâcher le plaisir de Marie-Ève et pour lui éviter à lui aussi une solitude que personne ne méritait.

— On va se faire une petite soirée agréable, dit Nicolas. Essaie de ne pas t'inquiéter.
— J'aimerais plutôt que Marie-Ève n'ait pas de difficulté à marcher et j'aimerais donner le biberon à mon bébé... dit amèrement Philippe.
— Je comprends. Mais au moins la petite est belle comme un cœur et elle marche. Elle est en vie, elle t'aime et elle est capable de te le dire.
— Je sais. Excuse-moi, je sais que ma révolte remonte souvent à la surface. C'est malgré moi. Le

docteur Dion dit que c'est normal et j'essaie de ne pas m'inquiéter avec ça.

— Je trouve que tu tiens ton bout. Je suis fier de toi. La périodes des fêtes est une époque toujours très difficile pour les gens seuls. Ç'aurait été dommage pour toi et pour Marie-Ève que tu flanches.

— Si je tiens le coup aussi bien, c'est juste grâce à elle, Nicolas.

Marie-Ève vint s'asseoir sur les genoux de son père, l'air serein, et regarda Nicolas avec tendresse.

— Moi, quand je serai grande, je vais vendre des voitures, comme toi! Parce que ça a l'air facile et qu'on est toujours de bonne humeur!

Philippe éclata de rire après avoir failli s'étouffer.

— C'est vrai que Nicolas ne travaille pas fort! s'exclama-t-il.

— Va donc aux prunes, toi!

— Aux prunes! s'étonna Marie-Ève. C'est plein de neige dehors!

Elle rit à son tour et Nicolas sut, à ce moment-là, que la soirée ne serait peut-être pas aussi infernale qu'il ne l'avait craint...

Le frère de Nicolas, Samuel, était un séducteur.

Contrairement à son aîné, lui était conscient de son charme et avait appris à s'en servir. Bien qu'elle le trouvât très gentil, Claudine songea que sa petite amie ne devait pas s'ennuyer avec lui.

— Tu pratiques un métier que j'admire, mais que je serais incapable de faire, dit-il en regardant Claudine droit dans les yeux. Quand j'ai été voir Marie-Ève, je l'ai trouvée belle et assez en forme, mais je ne pouvais pas regarder les autres petits près de sa chambre. Tous ces enfants maigres, malades et à qui il manque des cheveux... C'est si triste!

— Ça ne me réjouit pas non plus de voir des enfants malades, mais j'aime quand même mon métier. J'essaie toujours, par des gestes simples, de remonter le moral de ces petits. Ils sont très courageux, souvent plus que les adultes souffrant de maladies similaires.

— Il te faut quand même beaucoup de courage. Comme il t'en faut beaucoup pour sortir avec mon grand frère!

La mère de Nicolas, occupée jusque-là à la cuisine, arriva sur ces entrefaites et gronda gentiment Samuel. Claudine, les yeux brillants, posa sa main sur celle de Nicolas et la caressa doucement. En se retournant, Nicolas vit le regard satisfait et ému de sa mère.

— Quoi que prétende Samuel, dit-elle en se penchant pour donner un baiser sur la joue de

Nicolas, il ne faut jamais le prendre au sérieux, Claudine.

— J'ai cru m'en rendre compte, ricana Claudine.

— Je regrette beaucoup, beaucoup ce qui est arrivé à Philippe, dit madame Loyer. Mais au moins, ça aura permis que vous fassiez connaissance. Je suis sûre que Philippe pense la même chose. C'est un si bon garçon.

— C'est ce qu'il me dit, mais j'arrive assez difficilement à le croire, rétorqua Nicolas. Il paie bien cher le nouveau bonheur de son ami.

— Oui, mais ce n'est pas de ta faute... Je dis que c'est seulement un côté positif à ce qui est arrivé à sa petite fille. Elle aurait pu vivre les mêmes épreuves, avoir les mêmes blessures sans que tu aies la chance de rencontrer Claudine...

La mère de Nicolas était soulagée de voir que son fils avait enfin rencontré une bonne femme qui pourrait le rendre heureux et père de famille. Des années plus tôt, elle avait soupiré d'envie en voyant Philippe se marier. Chaque fois qu'elle voyait un de ses enfants naître, puis grandir, elle se demandait pourquoi aucun de ses deux fils ne lui faisait de petits-enfants.

Nicolas lui avait téléphoné, quelques jours avant le réveillon, pour l'aviser qu'il allait emmener «la femme de sa vie» avec lui. Madame Loyer avait murmuré pour elle-même «encore une...» qui avait blessé son cœur de mère. Elle connaissait trop bien son fils aîné pour lui faire confiance quand il disait que c'était la bonne, la femme de sa vie, la mère de ses futurs bambins.

Puis, ils étaient arrivés ensemble. Aussitôt après avoir ouvert la porte, les yeux de madame Loyer s'étaient attardés sur cette jeune femme très belle qui accompagnait son fils. Elle l'avait tout de suite aimée. Instinctivement, elle savait que Nicolas, pour la première fois, n'avait pas eu tort. Claudine devait certainement être la femme de sa vie.

— C'est étonnant que tu ne te sois pas désisté de notre souper familial pour être avec Philippe, remarqua Samuel. Avoue-moi que tu as dû y penser!

— J'étais avec lui, hier. Je n'ai jamais pensé ne pas venir aujourd'hui, je savais que j'aurais trop déçu ma mère!

— Je lui avais proposé d'inviter Philippe et Marie-Ève, dit madame Loyer.

— Il est avec sa famille, aujourd'hui, dit Nicolas.

Monsieur Loyer, toujours discret, faillit indiquer que la fille de Philippe aurait mis de la vie dans la maison, mais il se retint et préféra renouveler les consommations en attendant que le repas soit prêt.

— Tu m'offres quelque chose à boire? Il est trop tôt pour les bouteilles de vin que j'ai apportées, trop tard pour le jus d'orange, je sais que tu

n'as pas de boisson gazeuse et je n'aime pas l'eau...
Qu'est-ce que tu as de bon là-dedans?

Il ouvrit le frigo, regarda à l'intérieur et prit une bière.

— Il n'y a rien de meilleur qu'une bonne bière! Mais juste dans le temps de Noël.

Marie-Ève arriva dans la cuisine, les yeux froissés, une de ses poupées pendant au bout de son bras. Elle regarda Nicolas comme s'il descendait d'une planète inconnue.

Il se dépêcha de la prendre dans ses bras, l'embrassa dans le cou, mais elle le repoussa, pas tellement d'humeur à rire.

— Pourquoi tu parles si fort, Nicolas? Pourquoi tu prends une bière? C'est l'heure de prendre du café, non?
— Excuse-moi de t'avoir réveillée, mais j'avais trop hâte de te souhaiter un joyeux Noël! Le père Noël a pensé beaucoup à toi cette année, dit Nicolas. Ton père m'a dit que tu avais une montagne de cadeaux.
— Oui, je sais. Quand je joue avec mes jouets, je m'ennuie moins de maman et de Jonathan.

Elle laissa sa tête tomber contre son épaule, comme si cette confidence lui avait coûté toute son énergie. Nicolas vit d'un autre œil toutes les gâteries que recevait Marie-Ève, séduit par cette façon tout à fait logique de voir les choses. En cherchant à la consoler, Nicolas aperçut son meilleur ami, les yeux pleins d'eau, qui cherchait à se contrôler.

— Hé! Marie-Ève, s'écria Nicolas. Ce n'est pas le temps d'être triste! Le père Noël n'a pas travaillé pour rien, j'espère! En plus, tu ne me souhaites même pas un joyeux Noël!

Elle lui donna une grosse bise et rit: le bonheur revenait aussi vite qu'il partait chez cette enfant blessée dans son cœur et dans son corps. Philippe, par contre, ne semblait vraiment pas dans son assiette. Mais il fit un sourire à Nicolas. Ils se comprenaient très bien; ils savaient tous les deux, en quelque sorte, où l'autre se trouvait dans sa propre tête...

— Viens, ma cocotte, j'ai un cadeau pour toi que tu vas tout de suite utiliser. Allons dans ta chambre, nous ferons une surprise à ton père, qu'en penses-tu?

Elle revêtit une magnifique robe mauve, les souliers qui allaient avec et glissa discrètement vers la salle de bains, suivie de Nicolas. Ils arrangèrent les derniers détails dans sa tenue. Ils convinrent qu'il ne manquait qu'une belle coiffure pour qu'elle soit la plus extraordinaire de toutes les petites filles de la terre.

— Peut-être pourrions-nous convaincre ton père

d'inviter Alexandra et Claudine pour souper? Je sais que Claudine est libre et qu'elle serait ravie de voir ta maison. Peut-être qu'Alexandra sera libre aussi, qui sait?

— Bonne idée! Claudine pourrait me faire une jolie coiffure, non?

Philippe complimenta sa fille, mais mit du temps à se laisser convaincre du bien-fondé de l'idée de Nicolas.

— C'est deux jours après Noël, sans doute que le docteur Turcotte préfère être avec sa famille plutôt qu'avec des étrangers. Elle est bien gentille, mais je crois que...

— Pour savoir, il n'existe pas de meilleurs moyens que de s'informer!

Alexandra était chez elle et elle s'assura qu'elle ne gênerait pas si elle se rendait chez les Lambert. «Claudine m'a dit pour elle et toi...» Nicolas lui jura qu'elle était la bienvenue, que tout le monde serait ravi de partager le repas avec elle. Il n'eut pas besoin d'ajouter que Marie-Ève se mourait de lui montrer ses jouets, sa maison et sa belle robe: elle avait déjà accepté. Elle achèterait un bon dessert en passant pour faire sa part.

Claudine accepta bien sûr avec entrain. Aussitôt arrivée, l'infirmière coiffa la fillette de la façon qu'elles préféraient toutes les deux: un magnifique chignon retenu par plusieurs pinces.

— Où as-tu appris à faire tout cela? demanda Nicolas, fasciné comme il l'avait été en voyant travailler les doigts de fée de Myriam.

— Ma mère est coiffeuse. Elle m'a enseigné des petits trucs.

— Ma mère est aussi une coiffeuse, laissa tomber Marie-Ève. Comme la tienne.

Philippe regarda sa fille qui, le cou penché pour ajouter les dernières pinces, ne le voyait pas. Elle avait dit cela d'un ton neutre qu'il ne savait analyser. Quand elle relèverait la tête, serait-elle simplement contente de ses cheveux ou triste parce qu'elle venait de parler de sa mère?

La réponse vint bientôt: Marie-Ève se leva d'un bond et courut dans la salle de bains.

— Wow! Ton chignon est vraiment beau, Claudine!

Alexandra arriva peu de temps après et elle se sentit vite à l'aise. Les quatre adultes bavardèrent longuement, rigolant des blagues de Nicolas. Marie-Ève apprenait à calculer avec son ordinateur et venait régulièrement faire son petit tour. Elle embrassait ses proches, leur souriait, babillait quelques mots puis retournait à ses petites occupations.

Quelques minutes avant le souper, elle resta figée devant une image: Claudine se penchait puis déposait ses lèvres sur celles de Nicolas.

Les mains sur les hanches, boudeuse, elle s'approcha d'eux puis demanda:

— Est-ce que tu es devenue l'amoureuse de Nicolas?

— Oui. Nicolas et moi sommes amoureux, maintenant. Est-ce que tu es contente? Ça nous permettra de nous voir davantage, toi et moi.

Marie-Ève regarda Nicolas, puis de nouveau Claudine. Elle était indécise.

— Moi, je l'aime, Nicolas! Quand je serai plus grande, c'est moi qui vais devenir sa blonde.

Nicolas éclata de rire alors que Claudine semblait désolée. Nicolas alla la prendre dans ses bras et il l'assit sur elle.

— Tu sais que je t'adore, Marie-Ève? Ce n'est pas comme un amoureux parce que je suis beaucoup trop vieux pour toi. Peut-être que tu voudras fréquenter mon petit garçon, quand vous serez plus grands?

— Tu vas faire un petit garçon avec Claudine? Tout de suite?

— Pas tout de suite, seulement un peu plus tard. En attendant, nous allons rester de bons amis, toi et moi. Je suis comme ton deuxième père, mais je suis vraiment trop vieux pour être ton amoureux. Tu comprends, n'est-ce pas?

Elle haussa les épaules et sauta sur ses pieds. Elle alla embrasser son médecin, puis son père.

— Je vais retourner jouer!
— Et moi, je n'ai pas droit à un beau bisou?

Elle évita exprès les bras que Nicolas lui tendait et courut jusqu'à sa chambre en riant.

Nicolas fit semblant de pleurer et Marie-Ève lui cria à tue-tête, depuis sa chambre:

— Demande à Claudine de te consoler!

Nicolas se mit à rire en caressant le genou de son amie de cœur.

— Ouais... Si Marie-Ève avait été un peu plus vieille, ça m'aurait fait un bon parti. Mais ne t'inquiète pas, Philippe, tu ne m'auras jamais comme gendre. Même lorsqu'elle aura trente ans et moi cinquante-cinq, j'aurais l'impression d'abuser de mon propre enfant.
— Lorsque tu auras cinquante-cinq ans, tu seras encore tout à moi, Nicolas. Je ne laisserai personne te voler!

Alexandra tenta de cacher le fait qu'elle les enviait. À trente-trois ans, elle commençait enfin à penser qu'elle devrait, un jour, vivre un amour avec quelqu'un, un plaisir jusque-là inconnu pour elle.

La veille du jour de l'an, Philippe remit une petite valise à Nicolas.

— Qu'est-ce que c'est?

Philippe expliqua brièvement. Il avait acheté un caméscope quelques semaines avant la mort de Myriam et il conservait de précieuses images de sa famille dans cette toute petite boîte. L'émotion lui nouait la gorge.

— J'ai mis deux cassettes vidéo ordinaires pour que tu puisses me les copier. J'aimerais que tu en gardes une en sécurité, là où je ne pourrais jamais la trouver.

— Tu peux tout trouver chez moi, comme les articles de journaux, par exemple... fit Nicolas avec un petit air taquin.

— Fais un effort, Nicolas, s'il te plaît. Je ne peux pas les regarder tout de suite. Tu peux te servir du caméscope tant que je ne serai pas capable de m'en servir moi-même. Un jour, je veux le prendre, filmer Marie-Ève, m'arranger pour avoir beaucoup d'images d'elle. Je regrette de ne pas avoir filmé davantage pendant ces trois dernières semaines de leurs vies...

— C'est sans doute mieux. Chaque fois que tu regarderas cette cassette, tu redeviendras mélancolique, malheureux, ça te rappellera des souvenirs que tu dois essayer d'oublier.

— Dans quelques années, peut-être que ça fera un bon effet sur moi. Ils sont heureux sur cette cassette. Je ne voulais les filmer que lorsqu'ils étaient tous de bonne humeur. Actuellement, c'est certain que c'est trop douloureux. C'est quand même un merveilleux souvenir, non?

— Ce serait affreux de regarder ça en ce moment... murmura Nicolas, qui eut aussi, soudainement, le cœur gros. Même moi, il va falloir que j'attende. Je ne serais pas capable de regarder Jonathan.

— Je préfère quand même que ce soit toi qui aies la cassette et la caméra. Dans un moment de folie ou de désespoir, je ne sais pas ce que je pourrais en faire. Je sais qu'ils sont plus en sécurité avec toi.

Philippe se leva, alla vers une étagère du salon, ouvrit une porte et sortit quatre cassettes vierges.

— Quand tu le pourras, s'il te plaît, fais-en une copie pour mes beaux-parents, une pour mes parents, une pour toi et une de surplus.

— Je le ferai dès que je serai prêt. Je les mettrai dans des boîtiers identifiés à chaque nom. J'en ferai aussi une copie pour Marie-Ève. Un jour, elle sera sûrement contente de pouvoir la regarder.

— Merci, Nicolas. À Noël, j'ai failli sortir la cassette en disant à tout le monde: «Tenez! Regardez, c'était une surprise que nous voulions vous faire, mais nous n'avons pas eu le temps de terminer!» Je n'aurais pas été fier de moi après.

— Tout le monde serait devenu triste. Le jour de Noël, ce n'est pas une très bonne idée. De plus, personne ne sait comment Marie-Ève aurait réagi. Franchement, tu as été sage d'agir de la sorte.

— Je sais.

Philippe se mit à expliquer, sans reprendre son souffle, dans quel but Myriam et lui avaient décidé d'acheter le caméscope.

Ils voulaient faire un petit film d'environ une demi-heure, à chacune des personnes qui leur étaient proches. Il y avait ses beaux-parents, ses parents et Nicolas. Ils les auraient remises à Noël pour leur faire une magnifique surprise. Ensuite, la possession de la caméra n'aurait plus été secrète et ils s'en seraient servis pour filmer toutes les occasions spéciales et les fêtes de famille.

Nicolas soupira. Il n'en revenait pas comme la vie pouvait parfois être bizarre.

Mars.

Nicolas revenait de l'aéroport où il avait déposé Philippe, Marie-Ève et les Lambert qui partaient pour dix jours de vacances en Floride.

Il n'avait plus qu'un désir: visionner la fameuse

cassette qu'il gardait chez lui depuis un peu plus de deux mois. Quitte à pleurer, à se faire du mal, il aurait dix jours pour guérir et se consoler, avec l'aide de Claudine.

En moins de cinq minutes, dans l'obscurité de son salon, Nicolas était prêt à enfoncer les touches de la commande. Il appuya sur «record» afin d'être certain qu'il ne reculerait pas sans cesse la cassette. Ses mains tremblaient et il s'étirait le cou pour se sentir plus près de l'écran.

Marie-Ève et Jonathan dans la piscine, filmés de loin puis, de plus en plus près. Un gros plan sur le sourire de Jonathan qui lança un joyeux «Salut, papa!». Nicolas examina le visage de Marie-Ève, quand elle imita son petit frère. Aujourd'hui, même entourée de ses cadeaux, de tous ses nouveaux jouets, il lui manquait cette petite lueur brillante qui se trouvait toujours, naturellement, dans le regard des enfants.

«Papa dit que je suis beau parce que je lui ressemble!» criait Jonathan.

Et ce rire, ce rire si délicieux...

Nicolas se mit à pleurer et son doigt se posa sur la touche pour éteindre la télé. Mais il ralluma aussitôt. Il fallait qu'il continue. Myriam apparut.

«Bonjour, Nicolas. J'espère que les images des

enfants te plairont et j'espère que Philippe pourra tourner un bon petit film sur ta filleule, que j'ai bien hâte de voir, moi aussi. Je ne serai plus sur cette cassette, sauf peut-être avec Élodie. Nous allons concentrer notre petit film pour toi sur les enfants. Je t'aime bien malgré tous nos différends. Bye!»

Les sanglots secouaient le corps de Nicolas. Le reste du visionnement se fit dans les larmes. Nicolas serrait le coussin contre lui et, à la dernière image, il le lança de toutes ses forces contre le mur. Il se leva comme une flèche, sortit la cassette du magnétoscope et fit de la lumière.

Il ne pouvait pas rester comme cela. La tristesse gonflait en lui et l'empêchait de réfléchir correctement. Il ramassa les clés de sa voiture et conduisit jusqu'à l'appartement de sa petite amie.

— Bonsoir, dit-il en déposant un doux baiser sur ses lèvres. J'avais besoin de compagnie après ça...

Il lui tendit la cassette vidéo qu'il venait à peine de copier.

— Je suis contente que tu n'aies pas décidé de rester seul avec toute la peine que tu as dû vivre. Rentre. Alexandra est ici.

Nicolas la salua avec entrain en pénétrant dans le salon, où les deux femmes s'étaient installées pour jaser devant une tasse de thé.

— Veux-tu que nous le regardions? proposa Alexandra.

— Je crois que ça vaut la peine. Après avoir visionné cette cassette, on comprend encore mieux toute la détresse de Philippe.

Très vite, Nicolas, perdu dans sa concentration, entendit Alexandra se moucher et vit Claudine s'essuyer les yeux. Le rire de Jonathan avait quelque chose d'un film d'horreur dans la noirceur et dans l'ambiance générale.

— C'est tragique, souffla Claudine avant de prendre son amoureux dans ses bras. Les pauvres petits.

— Philippe avait raison de dire que Jonathan lui ressemblait. C'était son sosie. Je ne sais pas comment il a fait pour le tenir dans ses bras, à la morgue, sans devenir fou. Je n'aurais pas pu le supporter. J'aurais tout cassé sur mon passage. Voulez-vous savoir quelque chose? Ça m'enrage qu'ils soient morts! Oui, j'aurais préféré mourir à leur place. Je voudrais que Philippe ait sa famille, tant pis pour moi.

Claudine serra la main de Nicolas, et Alexandra le regarda avec compassion. Elles ne savaient pas quoi dire pour le consoler.

Philippe n'avait pas envie d'aller à l'eau. Il préférait regarder sa mère et son père accompagner sa fille à tour de rôle dans les vagues.

— Viens avec moi, papa! s'exclama Marie-Ève, qui revenait avec son grand-père.

Elle se jeta sur lui et mouilla tous ses vêtements.

— Je n'ai pas mon maillot de bain, Marie-Ève. Amuse-toi, tu n'as pas besoin de moi. Je te regarde et je constate que tu t'amuses bien avec grand-papa et grand-maman.

Elle s'assit sur la grande serviette étendue à côté de lui et commença à bouder.

— Ça ne réglera rien que tu me fasses cet air, dit Philippe. Je ne veux pas y aller de toute façon.

Son père n'avait pas terminé sa phrase qu'elle changea aussitôt de stratégie:

— Maman serait venue avec moi, elle!

Derrière ses verres fumés, il lui lança un regard glacial:

— Maman y serait allé, mais pas moi, Marie-Ève, c'est tout. Maman et moi sommes différents.
— Tu es fâché contre moi?
— Je ne suis pas fâché, je t'explique quelque chose!

Sceptique et inquiète d'avoir mis son père en colère, elle regarda sa grand-mère, qui lui fit un tendre sourire pour la rassurer.

— Je m'ennuie de Nicolas! lança subitement la fillette.

— Nous ne sommes pas partis depuis vingt-quatre heures!

— Pourquoi il n'est pas venu avec nous? Ç'aurait été amusant.

— Nicolas avait trop de travail, il ne pouvait pas se libérer et prendre des vacances.

— Tout le monde a toujours trop de travail pour tout. C'est ennuyant d'être un adulte. Même toi, tu as failli ne pas pouvoir prendre des congés!

Il lui expliqua tendrement que le mois de mars était un des quatre mois de l'année les plus occupés pour un comptable, à cause de l'impôt. Et qu'il était normal que son patron ait voulu avoir son contrôleur pendant toute la durée de cette période ardue.

— C'est la vie, ma belle amour. Il faut travailler.

Pendant le reste de la journée et le lendemain, Marie-Ève ne cessa de poser des questions sur les absences qui la dérangeaient beaucoup. Ses «pourquoi» à tous les problèmes ne semblaient pas avoir de limites.

Lorsqu'elle se retrouva seule à la plage avec son

grand-papa, le lendemain après-midi, Marie-Ève prit la décision de libérer son âme de la question trop lourde qui reposait en elle. Elle marchait le long de la mer, main dans la main avec une des personnes en qui elle avait le plus confiance.

— Grand-papa, dis-moi la vérité. Est-ce que Nicolas est mort?

— Nicolas?

— Je ne peux jamais lui parler, comme maman... Je pense qu'il est mort et que papa ne veut pas me le dire parce qu'il a beaucoup de peine et qu'il sait que j'en aurai trop aussi. S'il te plaît, dis-moi la vérité. Comme à une grande fille!

— Marie-Ève...

Jean-Pierre, remué, prit l'enfant au visage inquiet dans ses bras, s'arrêta et s'assit dans le sable, face à elle. Il la voyait angoissée. Dans son cœur de grand-papa, savoir qu'une aussi petite fille vivait de si grands tourments l'enrageait.

— Nicolas n'est pas mort. Il va très bien. Tantôt, nous allons demander à ton père de lui téléphoner, si tu veux. Nicolas sera ravi de t'entendre.

— Je pensais qu'il était mort et que papa ne me le disait pas. J'avais très peur. C'était possible.

— Ce n'est pas le cas. Nicolas est seulement très loin de nous. Ça ne signifie pas qu'il est mort.

— Maman, elle est loin?

— Elle n'est pas loin de la même façon.

— Je sais...

311

Marie-Ève hocha doucement la tête. Ils reprirent leur promenade et Jean-Pierre était désolé de voir sa petite-fille demeurer aussi songeuse.

∞

Après plusieurs semaines et une réflexion patiemment mûrie, Philippe décida de se rallier au projet de ses parents et mit sa maison en vente. Une fois son choix arrêté, tout se passa très rapidement. Un acheteur sérieux fit une offre intéressante que Philippe accepta d'emblée. À son tour, lui et ses parents négocièrent l'achat d'un des jumelés qui les avait tant enthousiasmés. Et avant même la fin du printemps, le père et la fille étaient prêts à déménager à Montréal.

— Vous allez être bien ici, dit Nicolas. Les voisins ne devraient pas trop vous déranger!

Nicolas ne voyait plus aucune raison de vivre à Saint-Sauveur maintenant que son meilleur ami avait vendu sa propriété. Lui aussi devait quitter les Laurentides dans la même semaine pour s'installer dans un appartement situé à quelques minutes de chez Philippe.

— Je ne demande que ça, être bien, soupira ce dernier. Par contre, s'il devait arriver quelque chose à mes parents, un jour...

— Sois un peu positif! Envisage les choses du

bon côté, maintenant. Tu as eu ta large part de malchance, je suis certain que le destin ne viendra pas te frapper une deuxième fois!

— J'ai peur, je ne peux rien y faire. J'espère que je ne regretterai pas ma décision. Moi qui m'étais toujours juré de rester à la campagne pour éviter la pollution à mes enfants... Je dois me répéter que Marie-Ève a davantage besoin de stabilité et de ses grands-parents que d'air pur et de gazon. De toute façon, elle ne pourra pas courir cet été, elle n'aurait pas pu aller jouer au ballon dans la rue avec ses amis.

Nicolas lui tapota le bras.

— Tu achèves de laver tes armoires? J'ai eu le temps de faire toute la cuisine depuis que tu as commencé!

— Nuance! J'essaie de tout ranger dans un ordre logique où je pourrai me retrouver. Je n'ai jamais fait la cuisine, mais il faudra bien que je m'habitue, maintenant. C'est moi le maître de la maison, il n'y aura plus jamais personne pour me dire où est placé quoi.

— Jamais?

— Jamais.

— Il ne faut jamais dire jamais. Tu as trente ans, Philippe, pas soixante-quinze.

— Je ne pourrai jamais aimer une autre femme, Nicolas. Oublie ça. Je vais m'habituer à ma tranquillité et à ma solitude. Quand Marie-Ève quittera la maison, je verrai ce que je peux faire.

Marie-Ève apprécia tout de suite sa nouvelle maison. La proximité de ses grands-parents et bientôt celle de Nicolas lui plaisaient beaucoup. De plus, elle habitait près de chez Alexandra. Celle-ci avait promis qu'elle irait de temps en temps la voir en faisant des promenades.

L'été passa très vite, tant on avait à faire de part et d'autre. Pendant les dernières journées du mois d'août, Philippe se sentit peu à peu devenir très mélancolique. Il savait qu'il aurait énormément de mal à vivre le premier anniversaire de la mort de sa femme et de son fils.

Marie-Ève, elle, inconsciente de ces détails, était heureuse: l'école allait bientôt commencer. Philippe avait obtenu que sa fille soit exemptée de la classe de maternelle et puisse passer automatiquement en première année.

Malgré sa tristesse, il s'efforça de participer de son mieux à la préparation du grand jour. Si bien que, de temps à autre, il en vint à oublier ce sombre anniversaire et à se réjouir avec sa fille de tout ce qui l'attendait.

Puis ce fut enfin le matin de la rentrée. Le croissant que la fillette mangeait, en compagnie de son père et de ses grands-parents, lui semblait bien entendu le meilleur qu'elle n'ait jamais eu la chance de goûter.

— J'ai tellement hâte d'être dans ma grande
école! répétait-elle. Je vais penser à toi très fort
quand je vais prendre ma collation, papa.

— N'oublie pas d'être prudente, hein? Tes jambes ne sont pas très solides. Tu ne peux pas encore courir avec les autres enfants. Il faut que tu
fasses attention. Tu ne l'oublieras pas? Tu me le
promets?

Elle regarda son père d'un air impatient.

— Je t'ai dit oui mille fois! Je suis toujours prudente, papa. Pourquoi tu ne comprends pas?

— Je comprends, Marie-Ève. J'ai seulement peur
pour ma petite fille! C'est normal, tu ne trouves
pas?

— Non, parce que je suis une grande fille, maintenant!

Quand vint le temps d'attendre l'autobus scolaire, vêtue d'une robe ravissante, chaussée de ses
plus beaux souliers et portant un sac à dos tout
neuf, Marie-Ève se rendit au coin de la rue, seule
avec son père. Trop peinés, ses grands-parents pré-
férèrent rentrer chez eux. Philippe n'avait qu'une
envie: celle d'enlever sa fille et de la garder toute sa
vie dans ses bras. Il ne savait pas comment il pourrait supporter de la voir disparaître dans l'autobus
scolaire. Depuis un an, Marie-Ève avait été à l'hôpital, chez lui ou chez ses parents, en qui il avait une
confiance absolue. Il avait même refusé que son
père emmène Marie-Ève sur son bateau, sans lui.

Depuis un an, sa fille était sa possession et seuls quelques proches avaient pu prendre soin d'elle. Ils avaient vécu en vase clos. Maintenant, Marie-Ève partirait quatre heures l'avant-midi, reviendrait dîner chez sa grand-mère, et repartirait trois heures l'après-midi. Elle passerait tout ce temps loin des gens et du milieu que connaissait Philippe.

— Si tu te fais mal, ma chérie, n'oublie pas de dire au professeur de m'appeler à la maison. Je suis en congé aujourd'hui.

— Je sais, papa. Regarde, regarde, l'autobus s'en vient!

Philippe le vit apparaître au bout de la rue. Ses yeux humides croisèrent ceux de sa fille.

— Sois prudente, Marie-Ève. Pense à moi très fort en mangeant ta collation, je vais penser à toi aussi...

— Oui. Je t'aime, bonne journée!

Marie-Ève donna un baiser à son père tandis que l'autobus s'arrêtait devant eux. Philippe frissonna plus qu'il ne l'aurait imaginé. Il eut même une violente nausée. Les feux clignotants de l'autobus, réclamant l'arrêt des autres voitures, rappelaient à Philippe cette ambulance qu'il avait croisée, le 6 septembre de l'année précédente.

Marie-Ève gravit la dernière marche, se retourna, envoya la main, puis se dépêcha d'aller s'asseoir.

Elle colla son nez sur la vitre et, tout sourire, envoya encore la main.

Philippe sourit aussi. Mais dès que l'autobus eut tourné le coin de la rue, il se mit à pleurer. Il marcha d'un pas pressé vers sa demeure.

— Ce sont des adultes responsables qui ont le bien-être des enfants à cœur, lui dit son père. Il faut que tu leur fasses confiance, car c'est toi qui en paieras le prix: celui de ta santé!

— Myriam était une adulte responsable qui aurait tout fait pour la sécurité de ses enfants. Pourtant, dans un bête moment d'inattention, elle s'est tuée, elle a tué son fils et le bébé qu'elle portait, en plus d'hypothéquer la santé mentale de sa fille! Alors, le chauffeur d'autobus, franchement, il y a sûrement peu de choses qui vont l'empêcher d'avoir un accident s'il en a envie...

— Je comprends ta peur, Philippe, mais tu dois la vaincre, envers et contre tout.

— Qu'est-ce que Marie-Ève fait, en ce moment, tu penses? Tu es sûr qu'elle est assez développée pour être en première année? Elle en sait autant que les enfants qui ont suivi le cours de la maternelle?

— Elle en sait plus que les autres enfants, Philippe. Tu n'as aucune raison d'en douter!

On frappa à la porte.

— Entre, maman. Veux-tu un bon café?
— Non, merci. Je voulais juste savoir comment

ça s'est passé à l'autobus. Ça ne devait pas être facile, hein?

— C'était facile pour elle, elle était très heureuse! Moi, j'ai réussi à ne pas pleurer jusqu'à ce que l'autobus disparaisse complètement de mon champ de vision. J'ai été un brave garçon!

Les trois se sourirent tristement.

— La joie de Marie-Ève devrait au moins nous consoler, dit madame Lambert. C'est mieux de l'avoir vue toute souriante et ravie que si elle avait fait une crise pour ne pas monter dans l'autobus. Ça va juste être bon pour elle de se faire des amis, d'apprendre plein de choses et de se divertir. Tout le monde va remarquer très vite une différence notable et positive, j'en suis certaine.

— Au fond, moi aussi, j'en suis persuadé, avoua Philippe.

En principe, ils devaient regarder un film, mais chacun savait que l'autre était distrait. Ils étaient perdus dans leurs pensées, chacun de leur côté.

La tête étendue sur les jambes de son amoureux, Claudine profitait de son bien-être. Nicolas, qui lui caressait les cheveux, faisait pareil.

Pourquoi les gens cherchaient-ils sans arrêt le

bonheur plus loin, toujours plus loin? C'était si facile d'être heureux! Si simple. Il suffisait de ne pas se compliquer la vie et de profiter de chaque beau moment qui passait. Nicolas l'avait appris très tard.

— Je t'aime, murmura Claudine en mettant sa main sur celle qui caressait ses cheveux.

Nicolas profita du plaisir qu'il avait eu à entendre la phrase. Il le savoura. Claudine était si sincère, si spontanée. Aucune femme avant elle n'avait agi de cette façon avec lui.

— Je ne croyais pas que je pourrais être si bien un jour... lâcha Nicolas dans un soupir. Ce n'était pas évident.
— D'autant moins avec ce qui est arrivé à Philippe, hein?
— Les premiers mois ont été très durs. Il fallait tout faire en pensant à lui. Bien sûr, c'est moi qui ai pris cette décision et je le referais si la situation se représentait. Par contre, c'était dur. Je n'étais pas habitué de vivre en fonction d'une autre personne.

Claudine se tourna sur le dos pour le regarder avec une inimaginable tendresse dans les yeux. Elle aurait pu se sentir jalouse de l'amitié qu'il avait pour Philippe et aussi de la générosité de son amoureux. Contrairement à Myriam, elle l'appréciait ainsi.

— Le pire, c'est que chaque personne humaine

vit son propre drame un jour ou l'autre. Personne n'est parfaitement heureux pendant toute sa vie.

— Qu'est-ce que tu as vécu, toi?

— Rien d'aussi tragique que Philippe, rien d'aussi triste que toi. Juste des petits drames quotidiens qui font que la vie est moins belle, plus grise, et qu'on en arrive à se demander à quoi ça sert de vivre.

— Toi? Ma petite boule d'optimisme et de bonne humeur s'est déjà demandé à quoi ça sert de vivre?

— Quand des enfants meurent comme des mouches à côté de toi, c'est certain que tu te le demandes. Dans la pire semaine de ma carrière, six enfants de moins de quatre ans sont morts. Je me suis demandé à quoi ça m'avait servi de les rendre gros, chauves et malades pour qu'ils meurent au milieu de mille souffrances. Cette semaine-là, j'aurais voulu arrêter de travailler en pédiatrie. Ça m'arrive encore de le souhaiter. Parfois, c'est invivable.

Nicolas se remémora sa bien-aimée alors qu'elle était l'infirmière de Marie-Ève. Elle était douce, attentive, une des meilleures infirmières qu'il ait eu l'occasion de voir à l'œuvre. Elle était toujours belle et de bonne humeur. Il ne se serait jamais douté, alors, qu'elle n'aimait pas toujours son travail, qu'elle trouvait dur de «maltraiter» les enfants, même si c'était pour leur bien.

— Bien sûr, il arrive que des enfants sortent guéris. Comme Marie-Ève. Souvent, en quittant notre service, ils s'en vont dans un autre. Je perds leur trace jusqu'au moment où j'apprends qu'ils sont

320

décédés ou qu'ils ont eu une rechute. Alors, ils reviennent et ça recommence. Jusqu'à la guérison ou jusqu'à la mort.

Claudine ne se plaignait pas. Elle vivait des choses difficiles dans son travail, mais sa vie personnelle était calme. Peut-être même l'avait-elle trop été. Maintenant que Nicolas était là, elle allait pouvoir devenir intéressante. Ils fonderaient une famille un jour, ils auraient de superbes bébés. Ils s'occuperaient des enfants, de leur couple, ils seraient bien et très heureux. Elle laisserait son futur mari voir Philippe autant qu'il le désirait. Pour garder l'amour et le respect de quelqu'un, Claudine avait compris très tôt qu'il fallait lui laisser une partie de sa liberté.

— J'espère que tes ex-copines sont toutes conscientes de la chance qu'elles ont manquée en te laissant partir.
— Je ne veux plus y penser. C'est terminé. Tout est derrière moi, maintenant, Claudine. Toi aussi?
— Moi aussi. Je ne vois plus que l'amour que j'éprouve pour toi et l'envie que j'ai de fonder notre famille. Je t'aime.
Ils échangèrent un doux baiser.

— Je t'aime aussi, Claudine. Si fort...

321

La veille du triste anniversaire, Philippe partagea un repas avec sa fille dans un petit restaurant de Saint-Sauveur où ils allaient souvent, en famille, avant le drame. Il rencontra le policier Michel Durocher, qui lui avait appris l'horrible nouvelle, trois cent soixante-quatre jours plus tôt. Il échangea quelques mots avec lui puis mangea en discutant avec sa fillette. Il se sentait observé par ses anciens concitoyens.

Le propriétaire du restaurant lui donna la permission de laisser sa Toyota dans le stationnement pour une heure ou deux, à la fin de leur repas. Il devina où devaient aller le père et la fille.

Marie-Ève aussi le savait très bien, malgré son jeune âge. Son père lui avait tout expliqué.

Philippe alla à la voiture, sortit le bouquet de roses qu'il avait acheté pour sa femme. Marie-Ève, elle, prit un petit sac de carton brun, rempli de bonbons que Nicolas lui avait achetés la veille et auquel elle n'avait pas touché.

— N'apporte pas tes bonbons, Marie-Ève. Tu viens juste de terminer ton dessert.

Elle les serra contre elle, lança un regard buté à son père.

— Ce n'est pas pour moi.

Philippe se sentait tellement triste qu'il n'eut

pas envie d'argumenter. De toute façon, elle était peut-être aussi nerveuse que lui et avait droit à ses caprices. Elle était du reste plus à cran que d'habitude. Au repas, elle avait critiqué tout ce qu'on avait déposé devant elle.

Ils marchèrent une dizaine de minutes.

— C'est ici, lui dit-il en lui serrant les épaules. Maman, Jonathan et Élodie sont ici pour toujours.
— Il y a déjà des fleurs. Pourquoi tu en as apporté d'autres?
— C'est pour leur faire plaisir, c'est pour... prouver qu'on pense à eux. Je ne sais pas qui a déposé ces belles fleurs. Peut-être grand-papa et grand-maman Gagnon. Marie-Ève, écoute-moi bien.

Philippe se mit à genoux, à la hauteur de sa fille, serra ses deux petits bras dans chacune de ses mains, qu'il sentait énormes.

— Maman t'a déjà appris à faire des prières et à remercier le ciel pour toutes les belles choses que tu possèdes. Maintenant, il faut que nous fassions une prière, toi et moi, d'accord? Il faut remercier Jésus de nous avoir gardés ensemble et de bien prendre soin de ta mère, de ton frère et de ta sœur. Tu veux bien?

Marie-Ève hocha la tête, se laissa tomber sur ses genoux et joignit ses mains, sous son menton, comme sa mère lui avait appris à faire. Philippe l'imita, mais sa prière fut différente de celle qu'il avait demandée à sa fille. Il conjura sa femme de lui insuffler le courage de passer à travers toutes les étapes difficiles qui se trouvaient encore devant lui.

Au bout de quelques minutes, Philippe se retourna et s'aperçut que sa petite fille le regardait étrangement.

— J'ai fait ma prière, papa. Toi aussi?
— Oui.

Philippe posa les fleurs près des autres, appuyées sur la stèle; il toucha à la pierre, aux endroits où étaient gravés les noms des siens.

— C'est écrit Myriam, Élodie et Jonathan, hein?

Philippe fit signe que oui, et Marie-Ève donna un baiser sur les trois noms inscrits.

Puis elle se redressa, prit son sac de bonbons qu'elle déposa juste à côté des fleurs.

— Ce sont les bonbons préférés de Jonathan, papa. Je vais les lui donner, O.K.? Comme ça, s'il a faim, il va au moins pouvoir manger ça. Peut-être qu'Élodie aime ça aussi, à présent. Peut-être que Jonathan va vouloir partager?

Ému, Philippe passa sa main dans les cheveux de sa fille, sans arriver à lui faire comprendre à quel point son geste était à la fois inutile et magnifique, à quel point il la trouvait généreuse.

— Marie-Ève, je t'aime tellement...
— Moi aussi, je t'aime. C'est une chance que le petit Jésus ait décidé de nous laisser ensemble, toi et moi, hein?

Philippe, les larmes aux yeux, la prit dans ses bras et la serra à l'étouffer.

Le lendemain, il se souviendrait d'une manière plus personnelle de la mort de sa femme et de son fils.

Cette nuit-là, Philippe dormit très mal. Chaque fois qu'il parvenait à se rendormir, il rêvait, rêvait et rêvait encore à une collision entre son automobile et une autre, celle que Marie-Ève, devenue grande, conduirait un jour. Il se réveillait toujours avant de savoir quelles en étaient les conséquences. Son coup de grâce, il l'eut quand il se mit à rêver à son dernier moment de bonheur pur vécu en famille: Jonathan et Marie-Ève apportant le petit-déjeuner au lit à leurs parents. Philippe s'était réveillé, trempé comme s'il venait de nager dans une piscine. Même une douche, chaude et longue, n'était pas parvenue à le calmer et à lui donner une sensation de bien-être.

Il envoya Marie-Ève à l'école. Une demi-heure plus tard, ses beaux-parents passèrent chez lui. Madame Gagnon pleurait. Philippe avoua se sentir comme un automate, tout juste en mesure d'accomplir les tâches quotidiennes habituelles.

— Je retourne à Saint-Sauveur, aujourd'hui, dit-il. J'ai besoin de faire un retour aux sources.

— Tu n'as pas quitté tes sources depuis très longtemps! dit monsieur Gagnon.

— Non, mais j'ai quand même besoin de me retrouver à Saint-Sauveur, de me rappeler de bons souvenirs. Aujourd'hui, je m'accorde le droit d'être triste, peut-être même de prendre un verre. Nicolas veut bien que j'aille chez lui et Marie-Ève sait que je ne serai sans doute pas là ce soir.

— Tes parents vont s'occuper d'elle?

— Oui et ici en plus. C'est vraiment un avantage de vivre aussi proche, c'est plus facile pour Marie-Ève... et pour moi.

— Si nous pouvons t'aider, ça nous ferait vraiment plaisir. Georges et moi avons réglé beaucoup de choses durant la dernière année. Nous sommes tristes aujourd'hui et la mort de notre fille reste inacceptable. Nous continuons de nous répéter chaque jour que nous aurions dû mourir avant elle, mais nous sommes tout de même plus sereins.

— J'en suis très content, Clémence. Vous viendrez, un de ces matins, attendre l'autobus avec Marie-Ève? Vous verrez, je suis sûr que ça va vous toucher, c'est vraiment spécial d'envoyer la main à ce petit bout de fille qui colle son nez dans la fenêtre de ce gros autobus... J'ai le cœur prêt à éclater chaque fois, mais elle est tellement heureuse de partir pour l'école que j'arrive facilement à me consoler.

— Nous viendrons certainement, sans doute la semaine prochaine. Ça nous fera du bien de voir la petite pleine de vie.

— C'est parfait. Arrivez tôt pour déjeuner avec nous, je dois partir une quinzaine de minutes après elle pour aller travailler.

— C'est très bien. Merci beaucoup, Philippe. Je suis très touchée de cette belle invitation.

— J'ai hâte que vous puissiez regarder ce petit spectacle. N'oubliez pas une chose: vous êtes les bienvenus, ici, en tout temps.

Philippe n'avait parlé à personne de l'endroit où il avait l'intention de se recueillir en ce 6 septembre 1993. Il avait eu peur qu'on le prenne pour un fou et qu'on lui déconseille de mettre son plan à exécution. Pourtant, il en avait besoin.

Il marcha longtemps, respira beaucoup cet air frais et pur qui le ravivait. Ses pas le menèrent naturellement sur la route 17. Philippe regarda sa montre à quelques mètres du lieu même de l'accident. Trois cent soixante-cinq jours plus tôt, à cette heure précise, c'était arrivé ici. Philippe frissonna.

Une voiture était garée sur le bord de la route, du côté où l'impact avait eu lieu. Tout près, un homme marchait lentement, tête basse, bras croisés sur la poitrine, cou enfoncé dans son manteau comme s'il était gelé, alors que la température, bien que fraîche, était très confortable.

Philippe le reconnut subitement: Antoine Lemieux. Absorbé dans ses pensées, le psychiatre ne vit Philippe que lorsqu'il fut à côté de lui. Il sursauta.

— Euh... Bonjour, monsieur Lambert. Comment allez-vous?

— Comme je vais aller, tous les 6 septembre de ma vie, j'imagine... Et vous, comment allez-vous?

— Mal. Je n'arrive pas à oublier, je ne peux pas me pardonner. J'y pense jour et nuit. Tout s'écroule autour de moi. En plus d'avoir brisé votre famille, je suis en train de détruire la mienne.

Philippe eut pitié de cet homme qui n'était coupable de rien, sauf peut-être de s'être trouvé au mauvais endroit au mauvais moment.

— Que voulez-vous dire?

— Ma femme est enceinte et à la veille d'accoucher. Comme elle ne pouvait plus me supporter, je dors sur le divan, chez ma mère, depuis environ trois mois. Je ne l'ai pas revue, car ni elle ni sa grossesse ne m'intéressent. Il n'y a de la place que pour ma culpabilité et mes souvenirs de l'accident.

Le psychiatre marqua une pause, chercha dans le regard de Philippe s'il y avait de l'animosité. Il fut soulagé de n'en pas trouver. Plus que jamais, il avait un besoin irrépressible de se confier.

— Je suis en arrêt de travail depuis quelques semaines. Au lieu de réconforter mes patients, c'est moi qui cherchais le réconfort dans leurs paroles, dans leurs histoires. Une pareille approche ne soulage pas grand monde! C'est drôle à dire, mais ici, il y a plus de vies qui se sont brisées que ne veulent bien le révéler les statistiques officielles.

Philippe eut un regard compatissant. Le mépris qu'il avait précédemment pour le médecin n'existait plus, ce jour-là, pour une raison qu'il ne s'expliquait pas.

— Je sais que ce n'est pas le moment de vous parler de la douleur des autres alors que vous devez être perdu dans la vôtre, poursuivit Antoine. Sauf que vous devez savoir une chose: je ne me m'apitoie pas sur ma propre douleur, mais sur la vôtre, sur celle de votre petite Marie-Ève et sur celle des gens qui ont eu mal de perdre votre femme et votre fils. C'est ça qui me détruit, ce n'est pas personnel! Vous comprenez? Dans cet accident, je n'ai rien perdu, moi. Même pas la voiture, elle était vieille et nous étions sur le point de la changer. C'est toute la douleur que j'ai provoquée qui m'écrase! Peut-être que j'irai mieux quand je vous saurai remarié, heureux, quand je saurai que Marie-Ève aura retrouvé son équilibre psychologique et physique. Même là, il vous restera toujours des cicatrices, sans compter celles des parents de votre femme, celles de vos propres parents...

Philippe fit quelques pas, disparut bientôt dans la courbe prononcée de la route. Lorsqu'il revint, après avoir examiné les lieux de l'accident, il trouva le médecin prostré, en train de pleurer, le visage dans ses mains, certain que Philippe l'avait abandonné.

— Cette route est vraiment dangereuse, conclut Philippe. Il pourrait y avoir beaucoup plus d'accidents ici. Les habitants de cette maison ont eu de la chance de ne jamais se faire tuer en sortant de leur cour. Je ne vous en veux pas. Je sais que vous ne pouviez absolument rien faire pour éviter la catastrophe.

Éperdu et sceptique, Antoine leva un visage miné vers son interlocuteur.

— Si nous allions prendre un café au village? proposa Philippe. Ma vie a été détruite, c'est vrai et je ne peux pas le nier. Et il est temps que vous preniez la vôtre en main avant de gâcher tout ce qui en reste. Je donnerais n'importe quoi pour attendre la naissance de mon bébé cette année, comme c'était le cas l'an passé. Ce serait cruel que cet accident prive, en plus, un autre bébé de son père.
— Vous voulez vraiment prendre un café avec moi? Sérieusement?

— Bien sûr. Ça fait un an maintenant. Auparavant, vous êtes venu me voir dans des moments où j'avais encore besoin de trouver un autre coupable que ma femme... Venez. C'est votre voiture? Prenons-la, je suis venu à pied.

Mal à l'aise, Antoine s'installa derrière le volant. Il songea que c'était très insolite de conduire avec le mari de sa victime assis à ses côtés, à l'endroit même où tout avait basculé un an plus tôt, jour pour jour.

Ils discutèrent de la vitesse à laquelle roulait Antoine au moment de l'accident. Ils en conclurent qu'il n'allait pas très vite, à peine plus que ne le recommandait un panneau avant le début de la courbe. Ils savaient aussi que ni Myriam ni le psychiatre n'avaient pu voir la voiture de l'autre. C'était un malheureux concours de circonstances qui avait provoqué la terrible tragédie routière.

Après le café, dans le stationnement, Antoine confia qu'il se sentait mieux. Avec le pardon officiel de Philippe, il pourrait soigner ses plaies.

Il irait voir sa femme; il souhaita pouvoir se réconcilier avec elle pour le bien-être de tous et surtout pour le bébé.

Philippe monta dans sa Toyota et quitta Saint-Sauveur sans passer de nouveau par le cimetière. Il alla chez Nicolas et ne prit qu'une petite bière dans sa soirée.

— Regarde ce que j'ai eu! Un forfait de trois jours, pour la longue fin de semaine de la fête du Travail, dans un chalet de l'Estrie! C'est un forfait pour quatre. Le chalet est magnifique, avec trois chambres, cuisine, salon et salle de bains tout équipée. Nous sommes sur le bord de l'eau, il y a tout ce qu'il faut pour la pêche. C'est merveilleux, non?

— Si Claudine aime la pêche, bien sûr que c'est merveilleux pour vous deux.

Nicolas regarda son ami comptable comme s'il descendait de la planète Mars. Le pire était que Philippe semblait tout à fait sérieux.

— C'est une invitation pour quatre, m'as-tu bien entendu? Claudine va venir et toi aussi.

— J'imagine assez mal ma fille passer trois jours à la pêche. Elle est comme sa mère: elle a mal au cœur juste à regarder un ver de terre. Et pas moyen de la garder silencieuse dans l'embarcation.

— Je sais tout ça, Philippe. C'est pourquoi j'ai téléphoné à tes parents qui, tout à fait ravis que tu prennes congé de ta fille et de tes obligations, sont déjà en train de planifier un horaire de sorties superchargé. Avec tout ce qu'ils vont lui promettre, ta gamine va te pousser dans le dos pour que tu partes, crois-moi!

— Le départ est dans deux jours. Je ne peux pas partir si vite. Marie-Ève vient à peine de commencer l'école. Ce week-end, elle voudra me raconter ses affaires, discuter avec moi. Elle va m'en vouloir si je pars comme ça.

— Absolument pas. Tu viens, de toute façon, c'est déjà tout décidé. Qui pourrions-nous inviter comme quatrième personne?

Nicolas avait songé à Alexandra Turcotte. Marie-Ève parlait régulièrement d'elle. Nicolas la voyait souvent chez Claudine; deux vieilles copines; mais tout le monde était trop timide pour prendre l'initiative. Claudine avait expliqué à Nicolas que la conscience professionnelle du médecin lui interdisait de se lier d'amitié avec ses patients... ou leurs proches. C'était entre autres pourquoi ils se vouvoyaient tous encore, à l'exception du médecin et de l'infirmière, hors de l'hôpital.

Selon Nicolas, ce voyage serait l'occasion idéale de remettre les choses en place: Marie-Ève n'était plus sa patiente depuis quelques mois, lui-même sortait avec une de ses seules amies, Philippe était de plus en plus libre. Pourquoi quatre adultes, approximativement du même âge, ne prendraient-ils pas un peu de bon temps ensemble pour se changer les idées et se sortir de leur train-train quotidien? Pourquoi faudrait-il en vouvoyer une, tutoyer les autres?

Quant à Philippe, il savait que ce serait excellent pour lui de se libérer, pour trois jours, de Marie-Ève, des soucis et des peines causées par le premier anniversaire de l'accident.

— Pas d'idée pour la quatrième personne. Ce sera très bien à trois. Si elle avait été là, Myriam ne nous aurait pas accompagnés, de toute façon.

— Avoue que ça te fera du bien, Philippe. Tu as vécu une dure semaine avec l'anniversaire et la rentrée scolaire. Pour la première fois depuis un an, tu mérites bien de prendre un peu de repos.

— Il faut que j'en parle à mes parents et à ma puce.

— Laisse d'abord tes parents lui parler de leur calendrier d'activités. Maintenant que tu as accepté, je vais appeler Claudine et lui demander si elle sait qui peut nous accompagner.

Quinze minutes plus tard, Nicolas revenait en comptabilité avec un sourire lumineux sur le visage. Il croyait que l'idée passerait mieux si elle semblait venir de Claudine plutôt que de lui.

— Alexandra! C'est une excellente idée qu'a eue ma petite chérie. Nous allons chez elle, ce soir, pour tenter de la convaincre. Claudine a vérifié, elle ne travaille pas et elle n'est pas de garde cette fin de semaine.

Philippe mit un bon moment à se laisser convaincre que l'idée était bonne. Il finit par abdiquer devant l'insistance de son ami. Il trouvait que l'amour allait bien à Nicolas. Pendant l'été, il avait tranquillement changé. Il avait baissé la garde, laissé ses craintes et les souvenirs de ses mauvaises expériences derrière lui, il s'était mieux investi dans sa relation. Philippe les avait observés de près, désirant préserver Nicolas d'une peine trop vive. Claudine avait fait de même. Ils étaient sincères, honnêtes et s'aimaient vraiment.

— Ouf! soupira Nicolas. La moitié du travail est accomplie, il ne me reste plus qu'à faire la même chose avec Alexandra. Quel défi de convaincre ces obsédés par leurs responsabilités de prendre trois petits jours de congé!

Philippe sourit devant l'air épuisé de Nicolas, mais ajouta sérieusement:

— Alexandra n'a d'autres responsabilités que son travail. Moi, j'ai une petite fille qui est toute ma vie.
— Est-ce que j'aurais pu oublier ça une seule seconde, mon cher copain?

En levant les yeux au ciel, Nicolas lui fit un petit signe de la main et quitta son bureau.

Marie-Ève regarda son père, attristée. Elle avoua qu'elle préférait rester avec lui même si elle ne voulait surtout pas peiner ses grands-parents.

— Écoute bien l'horaire que grand-maman et moi avons élaboré pour nous trois, ma cocotte. Samedi: visite au zoo de Granby toute la journée.

Dimanche: déjeuner au restaurant, achat d'une surprise, temps consacré à profiter de la surprise et visionnement d'un film au ciné-parc. Lundi: visite à la bibliothèque, dîner au restaurant, encore du temps à jouer avec la surprise et souper pique-nique dans le salon, devant un bon film que tu auras choisi et loué au club-vidéo!

Les yeux brillants de joie et de surprise, Marie-Ève regarda son père pour voir sa réaction. Il était souriant et content pour sa fille. Alors, elle réagit exactement comme Nicolas l'avait prédit:

— Vas-y, papa! Même si tu n'y vas pas, je vais passer mes vacances avec grand-papa et grand-maman. Wow! Aller au zoo et au ciné-parc! On va regarder un Disney?

— Bien sûr. Il y a en a deux au ciné-parc. Tu choisiras celui que tu préfères.

Elle sauta dans les bras de son grand-père, tout excitée et impatiente de profiter de ces petites vacances bien occupées.

— Bye, papa! Bon voyage!

Philippe n'aurait jamais cru qu'un jour, sa fille serait si contente de le voir partir. Il était à peine sept heures: Nicolas avait insisté pour être matinal afin de goûter au maximum leur voyage. Dans une heure, Marie-Ève partirait pour son excursion au zoo de Granby. Il n'existait plus que ça pour la petite fille, qui en avait oublié sa semaine à l'école et même la visite au ciné-parc. Il y eut les derniè-res embrassades et puis les adultes s'engouffrèrent dans la minifourgonnette empruntée par Nicolas chez Toyota.

— J'ai un ordre à donner: personne ne pense et ne parle travail durant ces trois jours. Ce sont des vacances exclusivement réservées à la détente et aux choses agréables, déclara Nicolas.

Philippe soupira. Facile à dire pour Nicolas. Lui, il avait la tête pleine de soucis, de tristesses, d'inquié-tudes. Au bout de douze heures, il s'ennuierait déjà mortellement de Marie-Ève. Il faudrait que Nicolas comprenne que son ami ne serait plus jamais le même homme qu'auparavant. Philippe commençait à accepter qu'il devait recommencer à vivre un peu plus normalement, mais il n'était plus le Philippe d'avant-le-6-septembre-1992. Cet homme-là était mort et était enterré dans un lot au cimetière de Saint-Sauveur-des-Monts. Philippe se doutait que sa joie de vivre et sa bonne humeur d'antan ne revien-draient plus jamais totalement l'habiter. D'une cer-taine manière, c'était un nouveau deuil à vivre.

— Ça va aller? demanda Alexandra en lui tou-chant un genou pour le sortir de ses pensées. Vous n'aviez pas du tout envie d'aller à la campagne?

— Déjà un an... Les premières semaines, je croyais que j'allais mourir tellement ils me manquaient. Aujourd'hui, je reprends mes activités comme si tout était normal...

— Marie-Ève a tant besoin de vous. Il faut que vous vous gardiez en forme, que vous retrouviez le moral.

Philippe était assis derrière Nicolas et il regarda un instant Claudine. Elle observait son amoureux en riant aux éclats d'une de ses blagues. Quand était-ce, la dernière fois que lui-même avait ri aux éclats? Un an plus tôt, Philippe le faisait tous les jours. Il tourna la tête vers Alexandra, lui fit un sourire vague.

— Je n'aurais jamais cru qu'on pouvait se sentir aussi vieux à trente ans.

— Vous vous sentez vieux parce que vous êtes trop sérieux. Il faut rire, Philippe, il faut que vous recommenciez à vivre normalement. À arrêter de penser aux événements qui se sont produits.

— Je sais tout ça.

Philippe s'évada de nouveau dans ses pensées. Pourquoi avait-il accepté cette sortie à quatre? Il n'aurait pas un bon moral et ennuierait tout le monde. Par contre, peut-être qu'un petit éloignement de Marie-Ève pouvait lui être bénéfique. Il ne savait plus comment éduquer sa fille. Sans doute pas très bien. Quand elle était devant lui, son amour pour elle l'aveuglait totalement. Il voulait qu'elle reste une bonne petite fille même si elle était gâtée.

— Est-ce que je vous ai déjà raconté ce qui s'est passé la dernière fois que j'ai été pêcher avec monsieur Lambert? s'exclama Nicolas. Écoutez-moi ça, les filles...

Philippe trouva la force de rire avec autant de sincérité et de spontanéité que les autres. À la fin de l'histoire de Nicolas, l'ambiance avait changé dans le camion. Nicolas jeta un petit coup d'œil à son ami dans le rétroviseur. Il ne put s'empêcher d'esquisser un sourire: il avait réussi à changer le moral de Philippe. Le voyage serait agréable, il en avait le pressentiment.

Marie-Ève regardait les éléphants avec une fascination qui intriguait ses grands-parents. Elle y était depuis plus d'une demi-heure et elle refusait de bouger.

— On va passer la journée ici, Marie-Ève? demanda son grand-papa, un peu impatienté.
— J'achève. Juste quelques minutes encore. O.K.?

Demandé aussi gentiment, Jean-Pierre ne pouvait pas refuser. Lui et sa femme se sourirent, décidèrent de prendre leur mal en patience.

Marie-Ève, elle, cherchait à comprendre. Quand elle avait fait une surprise à ses parents, en leur emmenant leur petit-déjeuner, sa mère s'était comparée à un éléphant. Elle ne savait pas pourquoi. Sa maman était si belle! Elle avait certes un gros ventre, mais elle ne ressemblait pas du tout à cet animal gris.

Marie-Ève songea à son père. Il n'avait pas trouvé la blague drôle. Maintenant, elle le comprenait. Son pauvre papa, elle savait bien qu'il était très malheureux. Ça lui faisait de la peine. Avec elle, il souriait, il était de bonne humeur, mais il ne l'était pas avec les adultes. Elle le devinait. Il devait être trop triste que sa femme et son fils soient morts. Marie-Ève avait autant de peine que lui, mais elle aurait voulu pouvoir soulager et consoler son papa chéri. Parfois, elle pensait à une solution qui réglerait tous leurs problèmes: il fallait qu'ils trouvent une nouvelle maman! Comme ça, ils seraient tous les deux beaucoup moins tristes.

— Pourquoi Alexandra est partie en voyage avec papa, Nicolas et Claudine?
— C'est leur amie. Ils vont s'amuser, ils vont rire ensemble.
— Claudine et Nicolas sortent ensemble. Pourquoi papa et Alexandra sont ensemble s'ils ne sont pas des amoureux?

Jean-Pierre et Mila se regardèrent de côté, jouèrent mentalement à pile ou face pour savoir qui allait lui expliquer cela.

— Il n'est pas nécessaire d'être amoureux de quelqu'un pour faire des activités avec lui. C'est ce qu'on appelle l'amitié, tu vois ce que je veux dire?

— Oui, grand-maman.

Elle hocha la tête et s'arracha à la contemplation des éléphants.

Marie-Ève se demandait pourquoi Alexandra ne serait pas cette femme-là... Après tout, elle n'avait pas de mari, ni d'enfant. Pourrait-elle être sa deuxième maman? Somme toute, elle était gentille et elle était capable de bien la coiffer. Marie-Ève la trouvait aimable et intelligente. En plus, elle admirait le travail qu'elle faisait. C'était très bien de soigner les enfants malades, comme elle lorsqu'elle l'avait été.

Marie-Ève ne savait pas si elle devrait en parler à son père. Non, sans doute pas. Peut-être qu'il serait fâché. Depuis que sa maman les avait quittés, il avait parfois des réactions bizarres.

— Grand-maman... Ça me fait de la peine lorsque je vois les éléphants. Des fois, maman disait qu'elle ressemblait à eux, à cause de son gros ventre... C'est faux, hein? Ma maman, c'est la plus belle du monde.

Mila avait les larmes aux yeux, comme sa petite-fille. Toutes deux furent sauvées par Jean-Pierre qui lança avec entrain:

— On va dîner? Ensuite, on va faire les manèges!

Marie-Ève éclata de rire.

Philippe enseigna patiemment à Alexandra comment enfiler son ver de terre sur l'hameçon. Elle n'était pas très enthousiaste, mais elle fut bien vite capable de le faire. Nicolas montrait la même chose à Claudine.

— Quelqu'un sera capable de manger ça ensuite? demanda Alexandra sans arrêter de regarder les deux poissons, sortis de l'eau par Philippe et Nicolas, qui gisaient dans le fond d'un seau.

— C'est notre souper, Alexandra. Nous ne sommes pas tous riches au point de pouvoir nous payer une journée complète au zoo de Granby, alors, il faut manger ce que la nature nous offre!

Tout le monde sourit, même Philippe.

La journée passa rapidement. Le chalet était tout près d'un parc où toutes sortes d'activités étaient offertes, et Nicolas avait veillé à combler chaque minute de la journée. Les conversations tournaient toujours autour de sujets simples, loin du travail, du deuil et de Marie-Ève. Nicolas l'avait voulu ainsi jusqu'à la fin du séjour, mais, après le souper, le visage de son ami était défait plus que jamais. Il ne pouvait pas comprendre pourquoi.

Il n'était que vingt heures, ils étaient en pleine forêt, Philippe adorait la nature, la température était agréable, la bière était fraîche, Marie-Ève était en sécurité et devait dormir après sa longue journée au zoo. Pourquoi faire une telle tête?

— Claudine, fit Alexandra, as-tu envie de venir jouer une partie de tennis avec moi, au parc? J'ai cru voir des raquettes dans le placard de l'entrée.
— Bonne idée.

Nicolas leur en fut très reconnaissant. Elles avaient vu, comme lui, que Philippe avait besoin de parler.

Elles ressortirent très vite de la maison et saluèrent les hommes avec un bel enthousiasme.

— Je me félicite, souffla Philippe. Je gâche les vacances des filles avec ma tête d'enterrement, sans parler des tiennes. Je n'aurais pas dû venir, Nicolas.
— Tu ne gâches pas du tout mes vacances. Explique-moi ce qui se passe dans ta tête. Tu t'ennuies de Marie-Ève?
— Oui, mais ce n'est pas seulement cela. En fait, c'est une grande partie de ma tristesse. J'ai peur de la perdre, elle aussi. J'ai peur de perdre ceux que j'aime. J'ai peur que mon monde s'effondre de nouveau. Que le ciel me tombe encore sur la tête. Dans

343

ces conditions, je ne m'attacherai plus jamais à personne et ça me fait peur de passer le reste de ma vie seul! Comprends-tu tout ça, Nicolas?

Nicolas fronça les sourcils, se gratta la tête.

— Il y a un an, dit-il, il ne m'arrivait jamais rien de beau. J'étais toujours malchanceux en amour, je n'en avais jamais vécu un qui avait duré plus de trois mois. Aujourd'hui, j'ai une fille merveilleuse dans ma vie. Je n'aurais jamais cru cela possible il y a un an. Écoute-moi bien, copain: on ne sait jamais ce qui va se passer le lendemain. Ce serait une bonne idée de faire un pacte, toi et moi.

— Quel pacte?

— D'arrêter de nous inquiéter pour des futilités. Nous l'avons toujours trop fait, toi et moi. S'il doit arriver une catastrophe, elle arrivera de toute façon. Nous traverserons les épreuves une à une, quand elles se présenteront, pas autrement.

— J'imagine que c'est une bonne idée.

— Bien.

Philippe avoua qu'une chose l'inquiétait plus que tout au monde: il avait de plus en plus de difficulté à se représenter les visages de sa femme et de son fils. Les premiers mois, c'était facile. Il semblait les voir partout, tout le temps. Depuis quelques semaines, leurs images s'estompaient. Il fallait faire un effort pour les voir.

— Quand je pense à Jonathan... C'est toujours

son petit visage de la morgue qui me revient à l'esprit en premier. Sans arrêt.

— C'est normal. Ça t'a marqué.

Nicolas lui dit ensuite qu'il devait cesser de se sentir coupable de rire et de se faire des amis.

— Je vois bien que tu es mal à l'aise d'être avec Alexandra. Ça se sent.

— Je commence à voir où tu veux en venir, Nicolas. Elle est seule, je suis seul...

— J'aimerais que vous vous rapprochiez mais pas pour l'amour. Je ne suis pas idiot. J'aimerais simplement que tu cesses de te sentir comme si Myriam était au-dessus de ton épaule. Elle ne sera plus jamais là pour te faire des crises de jalousie. Je crois qu'Alexandra peut te faire une bonne amie. Elle est disponible et, en plus, Marie-Ève l'aime beaucoup.

— J'ai des réflexes d'homme marié, c'est plus fort que moi.

— Je sais.

Philippe imagina Marie-Ève dans son lit. Elle devait être tombée de fatigue, n'avait même pas dû penser à lui. Pourquoi n'arrivait-il pas à faire la même chose qu'elle?

— Il n'y a pas de doute: je suis plus fort aujourd'hui. Je peux penser aux événements sans m'écrouler. Je suis capable de m'imaginer vieillir, même si je ne sais pas comment ce sera sans ma famille et avec ce lourd passé à traîner derrière moi.

— Il y aura des hauts et des bas. Il n'y a que le temps qui va effacer les souvenirs et la douleur. En attendant, recommence à vivre pleinement, Philippe. Il le faut. Arrête de te sentir coupable. Myriam serait contente que tu sois heureux. Marie-Ève sera mieux avec un père bien dans sa peau. Parfois, Philippe, tu me fais penser à une âme en peine. Il y a des moments où c'est trop évident que tu vis seulement à cause de Marie-Ève. À ton âge, il n'y a pourtant rien de perdu pour toi. Je suis sûr que tu peux fonder une nouvelle famille.

Philippe se mit obstinément à secouer la tête.

— Je sais que tu ne veux pas y penser, mais c'est quand même vrai. Myriam ne sera plus jamais là et ça m'étonnerait que tu passes le reste de ta vie seul. Marie-Ève va te quitter un jour, elle va partir du nid familial pour aller voler de ses propres ailes. N'oublie pas ça.

— Heureusement que ce n'est pas pour demain.

Nicolas se pencha pour regarder son ami dans les yeux.

— Est-ce que tu vas suivre mon conseil, Philippe? Vis! Que tu te laisses mourir de chagrin ou que tu te distraies, ça ne changera rien à la situation: Myriam et Jonathan seront morts quand même. Retrouve le sourire, cesse de te culpabiliser dès que tu t'éloignes un peu de Marie-Ève. Tu es un père merveilleux pour cette enfant, elle ne manque de rien, et quand tu t'éloignes, ce n'est pas en la laissant à son propre sort.

Nicolas se lança dans un long monologue, expliqua à son ami que Marie-Ève aurait besoin de vivre une vie familiale normale, qu'à son âge, ce serait la plus belle chose à lui offrir. À la fin, Philippe regardait son ami avec des yeux pleins de chagrin et une nuance de défi.

— Il faudrait que je rencontre une femme, que je recommence ma vie à zéro? Je ne pourrai jamais oublier, Nicolas. Il me reste une petite fille de cette union, des beaux-parents qui seront toujours là pour me critiquer...

— Personne n'a jamais osé te demander d'oublier, ce doit être clair. Tu ne peux pas recommencer ta vie mais tu peux la poursuivre, Philippe. Bien évidemment, la femme avec qui tu vas sortir devra être au courant de ce que tu as vécu. Ça va faire partie de toi jusqu'à ta mort.

— La femme... Tu parles d'Alexandra?

— D'elle ou d'une autre, ce n'est pas important pour moi. Ça l'est uniquement pour toi et pour ta petite fille.

Philippe passa un long moment à ranger le jeu de cartes avec lequel ils venaient de jouer, tous les quatre. Nicolas le regarda faire patiemment. Quand il leva la tête, Philippe souriait.

— Je ne m'engagerai certainement pas avec une femme dans les prochaines semaines mais maintenant, je vais pouvoir l'envisager. C'est déjà un grand pas en avant.

— Tant mieux! Je suis vraiment content, Philippe. Je veux tellement que tu puisses être heureux...

Philippe observa la joie de son copain quelques instants, puis il sortit un papier de son portefeuille. Il le déplia et regarda de nouveau Nicolas.

— J'ai lu cette pensée dans un livre et je l'ai trouvée magnifique. Je l'ai notée pour te la lire. Tu vas voir, ça nous représente tous les deux à merveille.

Philippe lut à voix haute: «L'un protège l'autre. Il en a toujours été ainsi. Les liens qui les unissent sont indestructibles. Les amitiés de jeunesse sont les plus solides. Elles prennent racines dans une terre fertile et poussent vigoureusement, comme des chênes.»

— Est-ce que quelque chose pourrait mieux nous définir que ces phrases?

Sans s'en rendre compte, les deux amis se retrouvèrent rapidement dans les bras l'un de l'autre. Ils se séparèrent vite cependant, éclatèrent de rire pour camoufler la gêne et l'émotion.

— Si les filles nous voyaient... Des vrais braillards!

Ce soir-là, Philippe se coucha le cœur plus léger.

— Penses-tu vraiment que nous serons capables, toi et moi? demanda Jean-Pierre à sa petite-fille. J'ai peur de me casser un bras, ou peut-être une jambe!

Marie-Ève rigola en regardant son grand-père, peu sûr de lui, debout sur ses patins à roues alignées.

— Je n'ai pas fait de patin à roulettes depuis l'époque où je voulais gagner le cœur de ta grand-maman! Tu te rends compte à quel point ça fait longtemps?
— Allez, grand-papa, on y va. Je vais te tenir, O.K.?

Jean-Pierre fit un clin d'œil à sa femme et quitta l'allée de sa nouvelle maison. Malgré la faiblesse de ses jambes, qui se fatiguaient vite, Marie-Ève était heureuse de ses patins à roues alignées. Elle voulait s'exercer et montrer son nouveau talent à son père aussitôt qu'il reviendrait. Nicolas et Alexandra la trouveraient sans doute très bonne, eux aussi.

Rapidement, Marie-Ève apprit les règles de ce sport un peu casse-cou. Une demi-heure après avoir enfilé ses patins pour la première fois, elle pouvait en effet se vanter d'être meilleure que son grand-papa, pourtant en pleine forme pour ses cinquante-deux ans. Près de sa maison et de sa grand-maman qui les regardait, elle riait aux éclats, manifestait ouvertement son bonheur et sa grande fierté.

— Nous allons jusqu'au parc et nous revenons tout de suite, d'accord? lui dit Jean-Pierre, déjà tout essoufflé.

— Faites très attention à vous deux. Je ne veux pas d'une patte cassée à votre retour! Promis?

— Mais je suis prudente! Dis plutôt ça à grand-papa!

Les deux dames se mirent à rire alors que Jean-Pierre fit mine d'être offusqué.

Une fois au parc, Jean-Pierre s'arrêta pour reprendre son souffle et se pencha pour parler à sa petite-fille.

— Marie-Ève, nous allons nous jurer quelque chose. Le patin à roues alignées, c'est pour toi et moi seulement. D'accord? Nous ne laisserons jamais personne nous accompagner, ce sera notre sortie juste à nous deux exclusivement. Promis?

— Promis! rétorqua vivement Marie-Ève, très contente de cette complicité.

À leur retour au bout de leur rue, une vingtaine de minutes plus tard, Clémence et Georges Gagnon les observaient depuis l'allée de la maison voisine, celle de Philippe.

Clémence sentit son cœur se serrer en voyant la complicité du grand-père avec sa petite-fille, leur petite-fille. Jean-Pierre Lambert s'appuyait davantage sur elle qu'elle sur lui. La grand-maman maternelle en était jalouse. L'image ravissante qui touchait tant Mila Lambert répugnait Clémence Gagnon.

Jean-Pierre aperçut les beaux-parents de son fils longtemps avant Marie-Ève. Il trouva dommage que sa femme soit retournée dans la maison. Ils n'auraient pas eu à s'expliquer l'absence de Philippe devant Marie-Ève et l'achat de ces patins à roues alignées. Si c'était vrai que ça représentait un risque pour les petites jambes de la fillette, les Gagnon n'avaient pas passé l'été à l'entendre soupirer d'envie chaque fois qu'elle voyait un enfant en faire.

— Salut, grand-maman Gagnon! Salut, grand-papa Gagnon! Où est grand-maman Lambert?
— Je vais aller la chercher, dit Jean-Pierre. Embrasse tes grands-parents et bavarde avec eux.

Patins aux pieds, Jean-Pierre grimpa tant bien que mal l'escalier qui menait à la porte de sa résidence. Il entra et avisa sa femme de ce qu'il considérait comme une mauvaise surprise.

Ils sortirent ensemble. Marie-Ève était déjà en train d'expliquer où et avec qui se trouvait son père. Elle raconta ensuite en détail sa sortie au zoo puis l'achat de ces patins dont elle rêvait.

— Grand-papa et moi allons manger une bonne crème glacée, dit Clémence et nous avons pensé que tu aimerais nous accompagner. Est-ce que tu veux venir? Ensuite, tu pourras continuer à jouer avec monsieur Lambert.

Marie-Ève, terrifiée, regarda son grand-père Lambert.

— Non, j'ai du plaisir avec grand-papa, je veux rester ici. Une autre fois, O.K.? Bye!

Elle remit son casque, ajusta une de ses genouillères et s'élança dans la rue. Jean-Pierre la suivit après un instant d'hésitation. Il avait vu les larmes, vite refoulées, dans les yeux de madame Gagnon.

— Les patins sont tout nouveaux, c'est normal que Marie-Ève veuille en profiter. Ne lui en tenez pas rigueur, c'est vraiment un jour spécial pour elle. Vous avez été malchanceux.
— Et Philippe? lança Georges sans cesser de regarder la petite et l'adulte s'éloigner.
— Il est parti pour trois jours, il avait vraiment besoin de repos. C'est la première fois qu'il quitte Marie-Ève depuis l'accident.

— Je vois. Bon, eh bien, nous reviendrons la voir une autre fois. Mademoiselle Lambert étant trop occupée pour nous consacrer son temps, nous appellerons pour prendre rendez-vous.

— Madame Gagnon, Marie-Ève est une enfant. Elle vous aime, mais elle ne savait pas qu'elle vous ferait autant de peine. Les patins à roues alignées, pour elle, c'est une victoire sur toutes les séances de physiothérapie qu'elle a subies. C'est un grand jour, vous devriez être fiers d'elle. Vous voyez comme elle est bonne?

Clémence Gagnon opina du chef, comme son mari, mais déjà les plans s'échafaudaient dans sa tête. Elle n'avait pas dit son dernier mot.

Alexandra avait été abasourdie de voir la transformation de Philippe. Elle ne savait pas ce qui avait bien pu se passer pendant les quatre-vingt-dix minutes de tennis. Il était bien plus détendu, plus souriant, faisait même des blagues. Elle se demanda s'il n'avait pas simplement téléphoné à Marie-Ève, malgré ses promesses.

— Pourquoi Philippe est aussi gai? demanda-t-elle à Nicolas, au milieu de l'après-midi du dimanche. Depuis hier, quelle transformation!

— Je ne révélerai certainement pas mes secrets.

Comme un gamin, Nicolas tira la langue au médecin. Il alla rejoindre son ami qui, plus loin, préparait l'emplacement pour le feu de camp qu'ils feraient le soir même.

Alexandra les regarda avec attendrissement. Assise par terre, appuyée contre un arbre, elle se sentait retomber en enfance. Depuis son entrée au collège, des années et des années plus tôt, elle ne s'était plus accordé de petites vacances aussi agréables en compagnie d'amis.

Comme Philippe, elle n'avait pas cru, tout d'abord, que l'idée était bonne. Comment supporter de voir un couple s'embrasser, être heureux, quand soi-même on rêvait d'amour? Elle avait vite été rassurée, toutefois: Nicolas et Claudine ne se touchaient pas, ne faisaient même pas d'allusions à leur liaison. Ils respectaient scrupuleusement le deuil de l'un et la solitude de l'autre. De vrais amis, songea Alexandra.

Et puis, il y avait Philippe. De purement professionnels, ses sentiments pour lui avaient lentement changé. Un an après leur première rencontre, elle réalisait que son cœur battait plus vite chaque fois qu'elle avait affaire à lui. Tout l'été, quand elle allait voir Marie-Ève au détour d'une promenade à pied, elle avait également remarqué les battements désordonnés de son cœur. Elle croyait au hasard jusqu'au moment où Nicolas avait raconté son premier coup de foudre, alors qu'il avait vingt ans.

«La timidité, le cœur trop gros pour la poitrine, l'impression de manquer d'oxygène, de ne pas en avoir assez pour finir sa phrase...»

Était-elle amoureuse de Philippe? Alexandra espéra que non. En plus de compliquer sa vie très ordonnée, ce serait un amour impossible et voué à l'échec avant même d'en parler. Pas l'idéal comme premier amour pour une jeune femme angoissée.

— À quoi penses-tu?
— Oh, à rien. J'étais dans la lune.
— Tu avais l'air de quelqu'un d'amoureux qui pense au bien-aimé...
— Moi? Tu me connais mieux que cela, Claudine.
— J'espérais...
— En vain. Je pensais à Marie-Ève. Elle a été très courageuse et très déterminée au cours de cette dernière année.
— Sois honnête avec ta copine. Tu ne pensais pas davantage au père de cette jolie petite fille?
— Qu'est-ce que tu vas chercher là, Claudine?
— Une simple supposition.

Troublée, Alexandra regarda de nouveau Philippe. Il riait avec Nicolas. Mon Dieu, pourquoi était-elle tombée amoureuse de lui? Et pourquoi cela paraissait-il?

Si Georges semblait garder un peu d'espoir,

Clémence, elle, n'en avait plus. Elle était certaine qu'ils n'arriveraient jamais à se rapprocher de la petite Marie-Ève. Les autres grands-parents prenaient trop de place et Myriam n'était plus là pour contrôler la situation.

— Il aurait fallu s'occuper davantage des enfants lorsque Myriam vivait.

Georges regarda sa femme avec un brin de méchanceté dans les prunelles.

— Crois-tu que je ne m'en suis pas rendu compte moi-même?

Clémence alla chercher un seau d'eau et des chiffons, commença à laver la fenêtre du salon. Il fallait bouger avant de devenir folle à penser, toujours penser...

— Calme-toi, Clémence. Ça fait plus d'un an que Myriam est morte. Il est temps que nous décrochions de ça, tous les deux. S'il n'y a rien à faire pour Marie-Ève, tant pis. Nous allons vivre une belle vieillesse ensemble et oublier que nous avons eu deux filles. Moi, c'est ainsi que je vais vivre et ce, à partir de tout de suite.

Il la caressa dans le dos et elle appuya sa tête sur son épaule. Son mari était le dernier à qui elle était attachée. Il n'y avait plus personne d'autre, hormis Marie-Ève.

— Il faudrait peut-être y mettre les moyens, Georges. Nous pourrions lui payer quelque chose que Philippe est incapable de lui payer. Ou bien l'emmener en voyage et accepter tous ses caprices. Après ça, elle ne pourrait plus être froide avec nous.

— Il est trop tard, Clémence. Les dés ont roulé avant l'accident. Marie-Ève s'est attachée à ses autres grands-parents et tant pis pour nous. Arrête de pleurer, c'est inutile que tu verses des larmes pour tout ça. Nous allons planifier une belle vieillesse. Que dirais-tu d'aller visiter notre fille en Europe? Nous avons un petit-enfant, là-bas. Qui sait si nous ne pourrions pas tomber amoureux de lui? Josée serait contente d'enterrer la hache de guerre avec nous, j'en suis absolument persuadé.

Clémence secoua la tête et retourna à sa fenêtre. Elle voulait gagner le cœur de Marie-Ève. De personne d'autre.

Philippe et Alexandra avaient emporté des chaises et s'étaient assis sur le bord du lac. Le soleil couchant donnait un spectacle superbe, qu'ils regardaient tous les deux avec émerveillement.

— Je crois que j'avais dix-sept ans la dernière fois que j'ai regardé le soleil se coucher. Toi?

— Ça fait un an. Myriam adorait. Nous allions souvent au mont Saint-Sauveur pour les couchers de soleil. C'était magnifique. Les enfants aimaient cela parce que ça leur permettait d'aller au lit tard, ces soirs-là.

Ils se regardèrent. Alexandra avait des yeux pleins de compassion; mais Philippe ne lui semblait pas amer.

— J'ai fini par comprendre que la vie devait continuer. Ce n'est pas arrivé tout seul, mais je suis bien content d'y être parvenu.

— C'est merveilleux. Marie-Ève verra la différence.

— J'imagine. Je suis content que tu veuilles bien être mon amie, Alexandra. Je m'entends bien avec toi, je t'aime beaucoup. Marie-Ève éprouve la même chose à ton égard.

Pendant quelques secondes, Alexandra fixa le soleil, presque entièrement disparu. Ils étaient bien. Nicolas et Claudine étaient partis pour quelques heures, il faisait beau. Ils ne seraient sans doute plus souvent seuls ensemble, et Alexandra avait décidé de se jeter à l'eau, même si elle risquait de se noyer. De toute façon, au pire, il dirait non et s'éloignerait un peu plus d'elle. Elle avait un peu à perdre mais tellement à gagner!

— Est-ce que tu crois que tu seras de nouveau capable d'aimer sincèrement comme tu as aimé Myriam?

— Non.

La réponse était claire et ferme: aucune ombre d'hésitation n'avait été perçue dans sa voix.

— Tu n'aimeras plus jamais une femme? Tu as renoncé à l'amour à l'âge de trente ans?

— Pas vraiment. J'ai décidé de laisser la porte ouverte. Toutefois, je sais que rien ne sera jamais aussi beau que ce que j'ai vécu.

— C'est normal. Une partie de ton cœur sera toujours réservée à ta première famille. Tu n'aimeras plus comme tu as aimé Myriam, mais ce sera beau quand même. Juste différent.

— C'est ce qu'on me dit, mais j'ai du mal à croire que ce sera aussi beau. Enfin... Et toi?

— Je t'ai déjà expliqué combien mes études et mon travail ont grugé toute ma vie. À l'université, j'ai eu des sorties avec des garçons mais rien de sérieux. Je ne pensais qu'à rentrer chez moi pour étudier. J'ai quatre ou cinq ans de plus que toi et, pourtant, je n'ai pas vécu la moitié de tes expériences.

— Chacun vit sa vie différemment. C'est la voie que tu as choisie et j'ai choisi la mienne.

— Je pense que c'est la tienne qui est la meilleure. Je regrette de ne pas l'avoir choisie, moi aussi.

— Tu ne devrais pas. Tu fais des choses merveilleuses et vois ce que je vis depuis douze mois.

— C'est de la malchance, mais tout ça aurait très bien pu ne jamais t'arriver.

Philippe se demanda où elle voulait en venir exactement. Il n'était pas doué pour les sous-entendus. Alexandra se gratta la tête, fixa ses pieds et finit par le regarder, terriblement gênée.

— Au fil des mois, je crois que j'ai appris à t'aimer plus qu'en simple ami...

Étonné, Philippe la considéra un instant puis il baissa les yeux à son tour. C'était flatteur mais, en même temps, terrifiant.

— Je ne crois pas que ce soit possible de dire la même chose de mon côté, Alexandra. Je ne suis pas prêt à ça... Un jour, peut-être... Je t'aime beaucoup, Marie-Ève t'adore. Pour l'instant, c'est certain que je ne peux pas. J'espère que tu me comprends?

— Bien sûr. Je savais que ça ne t'intéresserait pas, mais j'ai pensé que c'était quand même l'occasion idéale pour te le dire. C'est la première fois que nous sommes entièrement seuls. En plus, je ne me serais pas sentie honnête en te le cachant.

— C'est bien que les choses soient claires. En autant qu'elles ne te font pas trop mal...

— Non, non. J'ai longtemps vécu sans amour, je peux encore continuer comme ça. Plus tard, tu peux m'aimer, comme je peux rencontrer quelqu'un... Je suis contente d'être ton amie. C'est déjà quelque chose de très précieux pour moi.

— Pour moi aussi, avoua Philippe. Ça va me faire du bien d'avoir des amis, de pouvoir me divertir un peu plus. Je vais essayer de convaincre Marie-Ève de s'inviter des amis à la maison. Je ne veux pas qu'elle en vienne à compter uniquement sur moi pour s'amuser.

Alexandra lui sourit tendrement et regarda sa montre.

— Presque deux jours d'absence et tu as encore résisté à l'envie de lui téléphoner?

— Eh! oui! Je sais qu'elle est en sécurité et mes parents m'appelleraient s'il y avait quoi que ce soit. En plus, j'ai peur de lui faire plus de mal que de bien en lui parlant. Je serai là demain en fin d'après-midi. Ç'aura passé très vite pour moi et sans doute pour elle aussi.

— Nous devrions prendre ce genre de congé deux ou trois fois par année, loin de tous nos soucis. Ça fait un bien terrible!

— C'est vrai. Un bon jour, cependant, j'emmène Marie-Ève pêcher. Je suis sûr que ça lui plairait comme petites vacances!

Ils éclatèrent de rire, puis un silence s'installa. Philippe se trouvait bien. Un an plus tôt, à la même date, il jurait qu'il ne pourrait plus jamais retrouver la paix.

Philippe écarquilla les yeux, bouche bée. Il sauta de la voiture avant même qu'elle ne soit arrêtée et courut rejoindre son père et sa fille dans la rue.

Marie-Ève cria de joie et sauta dans ses bras, patins aux pieds.

— Qu'est-ce que tu faisais là, mon petit canard?

Elle rit, expliqua longuement, sur le bord de la rue, l'histoire de ses patins neufs. Elle tenait très fort son père par le cou, mais s'adressait en même temps aux autres adultes qu'elle était heureuse de voir.

— Je suis pas mal bonne, maintenant, mais avez-vous vu? C'est moi qui tenais grand-papa pour ne pas qu'il tombe! Grand-maman dit qu'il va se casser le cou avant qu'il y ait de la neige dehors.

— Marie-Ève, j'ai toujours rêvé de faire du patin à roues alignées, mais je ne trouvais pas le temps d'en faire ni le courage de m'en acheter une paire, lui dit Alexandra. Est-ce que je pourrais vous accompagner de temps en temps, grand-papa et toi?

Marie-Ève regarda son grand-père: elle se souvenait de leur promesse.

— Grand-papa, est-ce qu'on pourrait laisser Alexandra nous accompagner de temps en temps?

— Oh, je pense bien qu'on pourrait faire une exception pour elle! Tu es d'accord, toi aussi?

— Oui!

Ils rentrèrent. Philippe trouva touchante la joie qu'éprouvait l'enfant de revoir Alexandra, Claudine et Nicolas. Elle admit avoir beaucoup pensé à eux pendant leur absence. Avant de se coucher, elle alla dans sa chambre, ramena un petit sac de papier brun. Elle expliqua qu'à sa visite au zoo, elle avait demandé à sa grand-maman de l'aider à choisir des souvenirs.

— J'en ai un pour papa et un pour Nicolas. Je n'ai pas pensé à vous deux, mais je vous aime quand même... s'excusa-t-elle auprès des deux femmes, l'air piteux.

— C'est normal, lui dit Alexandra avec un clin d'œil. Allez, montre-nous leur surprise!

— J'aime mon papa plus que toute la terre, c'est pour ça que je lui ai acheté un souvenir. Nicolas, lui, je vais le marier quand je vais être grande. Il va devenir mon amoureux.

Tout le monde rit, y compris elle. Cependant, ce n'était pas pour les mêmes raisons. Marie-Ève était certaine qu'elle allait épouser Nicolas quand elle serait plus vieille. Philippe lui caressait les cheveux doucement, elle se sentait le centre d'attraction de tous ces adultes qu'elle adorait: c'était le bonheur complet pour elle.

Excitée, elle sortit un porte-clefs de son petit sac et le tendit à Nicolas.

— Wow! Il est bien beau! Merci beaucoup, Marie-Ève. Je vais tout de suite le mettre avec mes clefs.

— L'autre jour, tu as lancé tes clefs par terre et tu as dit à papa que tu étais fatigué du garage. C'est pour ça que je voulais t'acheter un porte-clefs. Tu n'auras plus besoin d'avoir le porte-clefs du garage, maintenant, tu vas en avoir un beau du zoo!

— Avec ça, c'est certain que je vais davantage aimer mon travail! Tu es une petite bonne femme extraordinaire. Est-ce que je peux te prendre dans mes bras pour te remercier comme il faut?

— Oui.

Il la souleva, l'embrassa dans le cou, la fit rire aux éclats en la chatouillant. Il voulut la remettre dans les bras de son père, mais elle se retint en s'accrochant à son tee-shirt.

— Je vais rester dans tes bras quelques minutes, Nicolas.

Tout ému, il alla chercher son gros trousseau de clefs, jeta son vieux «Toyota» à la poubelle et installa le nouveau en cuir, identifié «Zoo de Granby, Québec, Canada». Marie-Ève était contente. Elle regarda sa grand-maman, très silencieuse depuis l'arrivée de son père. Elles échangèrent un clin d'œil. Elle lui avait expliqué pourquoi elle voulait acheter ce souvenir plutôt qu'un autre à Nicolas. Grand-maman Lambert lui avait dit que c'était une très bonne idée et elles étaient heureuses de voir la réaction de Nicolas.

— Et ton papa? demanda Nicolas.

— Ça, c'est pour toi, papa!

Elle ouvrit son sac et en sortit un coupe-papier plutôt... original. Philippe le prit entre ses doigts en ne pouvant s'empêcher de sourire. Le haut du coupe-papier représentait l'ivoire d'un éléphant. Quand il regarda sa fille, tout sourire, elle semblait bouder.

— Il y en avait un beau avec une girafe, je sais que c'est lui que tu aurais préféré, mais grand-maman ne voulait pas que je te l'achète!

Une nouvelle fois, l'éclat de rire fut général. Mila avait trouvé que le coupe-papier avec le cou et la tête d'une girafe était horrible. Elle avait essayé de convaincre sa petite-fille que celui avec l'ivoire était plus beau. En fait, elle le trouvait tout aussi laid, mais il était plus discret, au moins. Tous se doutaient de la raison qui avait motivé le refus de Mila. Pas question de contester les goûts d'une enfant de six ans, cependant. De toute façon, Philippe l'adorait.

— Ce n'est pas grave, ma cocotte, celui-ci est magnifique! Merci beaucoup. Je vais le garder à la maison, qu'en dis-tu? Je n'avais jamais de coupe-papier pour ouvrir mon courrier, alors qu'à partir de maintenant, j'en aurai un merveilleux qui me rappellera ma petite fille. Bonne idée?

— Oui. Je suis contente que tu sois heureux. Nicolas, maintenant je vais retourner dans les bras de papa pour ne pas qu'il soit jaloux, d'accord?

Les deux amis se regardèrent, complices, en s'échangeant la fillette de six ans.

Appuyée sur Philippe, Marie-Ève n'avait pas envie d'aller se coucher. Elle voulait rester debout, malgré l'école du lendemain matin, et Philippe ne pouvait s'empêcher de toujours lui accorder un délai supplémentaire de cinq minutes.

— Je suis chanceuse, murmura-t-elle entre deux bâillements. Tous les gens que j'aime sont près de moi: papa, grand-papa, grand-maman, Nicolas, Claudine et Alexandra.

Philippe la serra un peu plus fort en songeant que c'était bon signe qu'elle ne parle pas de l'absence de sa mère et de Jonathan. Marie-Ève commençait à se tourner vers l'avenir. Mila remarquait plutôt, de son côté, qu'elle ne mentionnait pas ses grands-parents maternels.

Marie-Ève se coucha vers neuf heures après avoir été embrassée, bordée et cajolée par tout son monde.

— Juré que tu seras là demain matin?
— Juré, Marie-Ève. Demain matin, nous déjeunons ensemble. Si tu veux, tu prendras même un café.
— Yeurk! s'écria-t-elle en tirant la langue. C'est mauvais, le café.

Il la coucha après dix mille petits bisous partout dans la figure.

Philippe regagna la cuisine où ses compagnons de la fin de semaine s'apprêtaient à partir.

— Heureux de ton magnifique coupe-papier, Philippe? lui demanda Mila en riant.

— Absolument. C'est gentil de sa part d'avoir voulu nous faire plaisir. As-tu peur de te faire voler ton amoureux, Claudine?

— Ça me fait plutôt plaisir qu'elle aime autant Nicolas. Ça me prouve à quel point c'est un bon gars.

Une fois les trois copains partis, Philippe discuta longuement de l'achat des patins avec ses parents. Ils l'assurèrent que la gamine avait été extrêmement sage, qu'ils avaient eu un plaisir fou à la garder et qu'ils voulaient recommencer l'expérience au moins deux autres fois au cours de l'année. Philippe s'exclama qu'il ne pouvait rien jurer, que tout dépendrait des autres et de l'année scolaire de Marie-Ève.

— Dimanche après-midi, les parents de Myriam sont venus. Encore une fois, ça n'a pas été facile et je crois qu'ils ont eu beaucoup de peine. Ce devait être pire parce que tu n'étais pas là. Voir la complicité entre Jean-Pierre et la petite a dû être très difficile pour eux. Je ne peux pas les blâmer, je réagirais sans doute comme eux si j'étais dans leur situation...

— Qu'est-ce qui s'est passé exactement? soupira Philippe.

C'est Mila qui lui raconta la réaction (normale) de Marie-Ève, la façon dont elle-même avait tenté d'arranger les choses, la peine qu'elle avait ressentie chez les Gagnon.

— Pauvre eux, ils ne vivent rien de facile depuis l'accident. Je vais leur téléphoner dès que j'aurai une minute, demain ou après-demain. Je vais peut-être leur faire comprendre la réaction de Marie-Ève et je vais les inviter à dîner, samedi. Je ne pense pas qu'il soit trop tard pour les rapprocher de la petite. Marie-Ève n'est pas difficile à apprivoiser. Si un médecin et une infirmière sont parvenus à le faire, pourquoi pas eux?

— Je le souhaite pour eux, avoua Jean-Pierre. Je ne voudrais tellement pas vivre ce qu'ils vivent! La solitude, le manque d'amour, au troisième âge, c'est terrible. En plus, ils sont plus vieux que Mila et moi, moins en forme et je suis certain qu'ils ont moins de vrais amis que nous deux.

— Tu as raison, papa. J'ai un boulot fou, demain, mais j'essaierai quand même de leur téléphoner. Si je vivais la même peine qu'eux, j'apprécierais qu'on essaie de me consoler et qu'on me comprenne.

Mila et Jean-Pierre approuvèrent.

368

Cette nuit-là, Philippe fut réveillé doucement par sa fille.

— Qu'est-ce qu'il y a, ma puce?
— J'ai fait un beau rêve, papa. Maman est revenue et elle m'a dit qu'elle n'était pas morte.
— Tu t'es réveillée et ça t'a fait de la peine?
— C'est drôle, non. C'est vrai que maman n'est pas morte. Dans mon cœur, elle est là. Elle est vivante.

Elle s'allongea à côté de son père.

— Dans mon cœur aussi elle est vivante, chuchota Philippe, ému.
— Jonathan et Élodie aussi?
— Aussi.

Ils se rendormirent paisiblement dans les bras l'un de l'autre.

Mardi soir.

Clémence Gagnon était assise dans son fauteuil, au rez-de-chaussée. Elle était folle de nervosité mais, pourtant, elle ne se rongeait pas les ongles.

Tout était prêt.

Quelques mois plus tôt, elle et son mari avaient refait leur testament, prenant en considération les disparitions de Myriam et de Jonathan. Ils avaient été justes: fille et petite-fille à l'autre bout du monde recevraient un montant d'argent. Marie-Ève recevrait quand même la plus grosse part du gâteau. Elle pourrait poursuivre ses études sans s'inquiéter. Elle pourrait s'acheter une voiture neuve et même une maison au début de sa carrière. Clémence était certaine que ça l'aiderait beaucoup d'avoir ce petit coussin en dessous d'elle pour assumer les dépenses imprévues.

Quant à Philippe, il recevrait aussi un bon montant immédiatement à la mort de ses beaux-parents. Il en ferait ce qu'il voudrait, mais sa belle-mère souhaitait vivement que ça serve à bien élever Marie-Ève.

Clémence bâilla. Les médicaments devaient commencer à faire effet. Georges dormait déjà au second étage, dans leur lit commun.

Clémence songea à Myriam.

Elle avait tant aimé sa fille. Elle avait voulu qu'elle épouse un homme plus riche que Philippe pour éviter à sa fille et à ses petits-enfants de vivre la vie de misère qu'elle avait connue, étant jeune.

Clémence devait maintenant reconnaître que son obsession de l'argent l'avait menée à deux choses: l'irrespect de ses enfants pour elle et la «mort» de ses deux filles. En déménageant, très jeune, dans une autre partie du globe, Josée avait voulu mourir aux yeux de ses parents. Son autre fille était aussi décédée et ce, par sa faute. Par sa faute à elle!

Elle avait dénigré Philippe Lambert pendant toutes leurs années de mariage. Clémence était consciente qu'elle l'avait fait une fois de trop. Dimanche le 6 septembre, elle avait fait du mal à sa fille. Elle l'avait fait pleurer, l'avait inquiétée. Jamais personne ne saurait qu'elle avait inventé des liaisons extraconjugales à son gendre, qu'elle l'avait accusé d'être un coureur de jupons déguisé en bon père de famille.

Si, comme toute bonne mère l'aurait fait, Clémence avait plutôt consolé sa fille en compatissant avec elle, en lui disant que ses maux de grossesse allaient passer, Myriam serait toujours vivante.

De toute façon, Philippe n'était pas un mauvais garçon et Clémence arrivait maintenant à le reconnaître. Il avait un seul défaut: ne pas être né d'une famille riche, ne pas avoir un métier plus lucratif.

L'argent, toujours l'argent... Clémence se trouvait idiote. Même si elle avait de l'argent, rien n'empêcherait le destin de se jouer sans elle.

Toute sa vie, elle avait été méchante. Terriblement méchante.

Elle allait mourir.

Comme son mari était la dernière personne pour qui elle avait un attachement profond, lui aussi allait la suivre dans l'autre monde. Elle n'était pas trop sûre qu'ils rejoindraient Myriam et Jonathan, mais elle le souhaitait du plus profond de son cœur.

Tout était prêt. Elle avait tout planifié. Georges avait des médicaments très forts à prendre pour divers problèmes: le cœur, l'estomac, etc. Elle avait mis des comprimés dans sa nourriture du souper. Puis un ou deux nouveaux dans le verre de scotch qu'il prenait après chaque repas depuis trente ans. Elle voulait l'endormir pour empêcher qu'il souffre quand les flammes viendraient les libérer de tous leurs péchés. Elle avait fait la même chose sauf qu'elle avait avalé les comprimés beaucoup plus tard. Il fallait qu'elle soit alerte plus longtemps que son mari pour tout arranger.

Clémence alla prendre un bon bain chaud. Le dernier moment agréable de sa vie.

Sortie de la baignoire et de plus en plus endormie, elle s'efforça de se souvenir des détails du plan échafaudé depuis quelques semaines déjà. Elle avait décidé de le mettre à exécution en réalisant une bonne fois pour toutes qu'ils ne pourraient jamais se rapprocher de Marie-Ève.

Dans le vestibule, il y avait un débarras qui servait à entreposer les bûches pour leur foyer et les choses à jeter au bac de recyclage (surtout des journaux). Elle y mettrait le feu. Les flammes allaient les purifier et peut-être que Myriam accepterait que Georges et elle les rejoignent au paradis. Peut-être.

Tout était prêt. Elle n'avait rien oublié.

Dans sa chambre, elle vérifia la respiration de Georges. Il semblait mal en point. Il respirait lentement et par saccades. Pendant deux ou trois secondes, il ne respirait plus, puis recommençait. Elle toucha son front: il était froid. Lui avait-elle mis assez de médicaments pour le tuer? Ce serait peut-être mieux; elle savait ainsi qu'il ne souffrirait pas. L'effet combiné des médicaments et de la fumée les tuerait avant l'arrivée des pompiers. Et mieux, avant celle des flammes.

Clémence alluma une chandelle, la posa sur sa table de nuit et se coucha. Elle se lova contre son mari, le serra très fort. Elle l'aimait encore beaucoup après tout ce temps passé ensemble. Quand elle avait décidé de mourir, elle avait pensé qu'il serait mieux avec elle. Comme elle ne savait pas s'il serait d'accord, elle avait décidé de prendre les grands moyens.

Pendant les minutes suivantes, Clémence pria, demanda pardon à sa fille. Elle avait toujours cru en Dieu, mais elle savait qu'Il était contre le suicide. Et pire, contre l'assassinat.

«Pardonne-nous nos péchés comme nous pardonnons à ceux qui nous ont offensés», murmura Clémence en se mettant à pleurer.

«Pardonne-nous le mal que nous t'avons fait, Georges et moi, pardonne-le-nous, Myriam, je t'en prie! Laisse-nous nous approcher de Jonathan et de toi au ciel, je t'en prie. Pardonne-nous, ma fille, je t'en prie! Je t'en supplie, je te demande pardon du plus profond de mon cœur.»

Presque endormie, certaine de ne pas souffrir et certaine de réparer ses torts en commettant cet acte, Clémence se leva du lit avec précaution, une trentaine de minutes plus tard.

Elle prit sa chandelle, marcha comme une somnambule jusqu'en haut de l'escalier. Elle s'arrêta. Elle n'avait rien oublié. Il lui suffisait de déposer la bougie et d'aller dormir normalement. La seule différence était qu'ils ne se réveilleraient jamais, Georges et elle.

Clémence descendit péniblement l'escalier. Elle était faible, presque comateuse, avait du mal à garder son équilibre. Elle ouvrit la porte du débarras et déposa la bougie allumée.

Le feu prit rapidement dans les journaux et les bûches. Aussitôt que l'armoire serait consumée, le feu gagnerait les rideaux de la fenêtre, juste en haut. C'était très inflammable, elle le savait. Alors, le feu s'étendrait rapidement dans toute la maison.

Un peu effrayée devant les flammes si chaudes, Clémence courut à sa chambre, se coucha encore dans les bras de son mari et elle s'endormit.

Martin finissait de travailler vers minuit, mais faisait souvent des heures supplémentaires. Sa femme s'en plaignait parce qu'il se réveillait malgré tout à la même heure et était irritable toute la journée. Ce n'était pas de sa faute si le moindre bruit le dérangeait et que ses enfants faisaient un boucan terrible avant de partir pour la journée à la garderie ou à l'école!

En approchant de sa résidence, il remarqua une drôle d'odeur. Il se concentra. Une odeur de brûlé. Un instant, Martin paniqua. Le moteur de sa voiture? C'était souvent arrivé que des moteurs de voitures prennent feu pendant qu'ils tournaient...

Puis quelque chose attira son regard sur la gauche. La grosse demeure des Gagnon! Le feu, il y avait le feu chez Georges et Clémence Gagnon! Des vitres avaient éclaté au rez-de-chaussée, la cuisine semblait avoir été déjà ravagée par les flammes.

Martin accéléra, fonça chez lui et composa le 9-1-1. Peut-être n'était-il pas trop tard pour les sauver. Il le souhaita.

∞

Marie-Ève était debout depuis quinze minutes. Toute la nuit, elle avait très mal dormi. Vers cinq heures trente, elle s'était réveillée en sueur à la suite d'un cauchemar dont elle ne se souvenait plus du contenu. Doucement, elle avait regagné le salon, avait mis une cassette dans le vidéo et s'était installée pour regarder son film favori.

À cinq heures quarante-cinq, elle décida d'aller préparer la table pour le petit-déjeuner. Son père serait surpris et content. Elle plaça les assiettes, versa du jus d'orange dans deux verres, sortit le pot de café et une tasse, qu'elle installa à côté de la cafetière. Elle sortit le pain et le sac de croissants au beurre. Son père mangeait toujours trois rôties et elle un croissant: c'était comme cela depuis des mois. Exceptionnellement, ils mangeaient des crêpes ou des céréales.

À cinq heures cinquante-cinq, Marie-Ève alla ouvrir la porte de la chambre de son père. Il ouvrait habituellement les yeux avec la sonnerie du réveil vers six heures. Encore une surprise pour lui!

— Coucou! C'est le matin, papa.

Il ouvrit les yeux, sourit à sa petite fille et regarda l'heure.

— Déjà réveillée, ma cocotte? Habituellement, il faut que je me reprenne trois fois pour que tu te lèves!
— Viens, lève-toi, O.K.?

De bonne humeur, il passa à la salle de bains et fut très surpris devant la table dressée.

— Je n'ai pas fait tes rôties parce que je savais qu'elles seraient froides quand il serait temps de les manger.

Philippe était touché par la douce attention de sa fille. Depuis qu'ils vivaient dans leur nouvelle maison et que ses parents venaient moins souvent, il n'avait plus jamais revu la table mise le matin. Quand Myriam était là, elle préparait souvent les petits-déjeuners pendant la douche de son mari. Certains détails lui manquaient beaucoup.

— Merci, Marie-Ève. C'est vraiment très gentil de ta part d'avoir préparé tout cela.
— Je voulais faire plaisir à mon petit papa d'amour!

Il la prit dans ses bras et ils se serrèrent très fort l'un contre l'autre. Pour la première fois, Philippe réalisa à quel point sa fille avait grandi. Elle n'était plus un bébé mais une magnifique jeune fille de six ans. Il faudrait bien qu'il apprenne à cesser de la surprotéger.

Vers sept heures trente-cinq, ils sortirent dehors tous les deux, main dans la main. Jean-Pierre et Mila dormaient encore. Sinon, ils seraient allés à la porte saluer leur petite-fille, Marie-Ève le savait.

— Bonne journée, mon ange. Tu vas me téléphoner s'il y a quelque chose?
— Tu me dis ça à tous les jours, papa. C'est pourtant plus dangereux avec mes patins qu'à l'école!
— Eh! Ma fille qui commence à me répondre! Ça va trop vite...

Elle se mit à rire. L'autobus s'immobilisa au coin de la rue, à l'arrêt avant le sien.

— Tu sais que je t'aime trop fort. C'est pour ça que j'ai peur qu'il t'arrive quelque chose.
— Je t'aime très fort, moi aussi. Alors, tu vas me téléphoner si tu te fais mal?

Une seconde bouche bée, il éclata de rire à son tour et se pencha pour déposer un baiser sur sa bouche.

— À ce soir. J'arriverai le plus vite possible après mon travail. On soupera chez nous en tête-à-tête.
— C'est bien. Bye, papa. Bonne journée.

Elle grimpa dans l'autobus et lui envoya encore une fois la main, son petit nez collé dans la fenêtre. C'était tellement touchant!

Chez lui, Philippe acheva de se préparer en écoutant les nouvelles. Il était en train de faire le nœud de sa cravate quand on frappa à la porte. Certain qu'il s'agissait d'un de ses parents, il ouvrit en souriant, entre deux gorgées de café.

— Euh... Bonjour...
— Monsieur Lambert? (Philippe hocha la tête.) Agent Louis Boucher, du service de police de la Communauté urbaine de Montréal. Vous connaissez monsieur et madame Georges Gagnon?
— Mais bien sûr. Ce sont mes beaux-parents. Qu'y a-t-il?
— J'ai le regret de vous annoncer qu'il s'est passé quelque chose de grave cette nuit. Leur résidence a été la proie d'un incendie majeur. À l'arrivée des pompiers, il était déjà trop tard pour monsieur et madame Gagnon... Je suis sincèrement désolé, monsieur.

Le policier laissa Philippe absorber le choc pendant presque une minute. Puis il se pencha, ramassa une boîte qu'il avait déposée à ses pieds.

— Mes collègues enquêteurs ont trouvé ce colis et cette enveloppe qui vous étaient destinés, dans la voiture des victimes. Ils ont pris la décision de vous la confier, mais si quelque chose renferme des éléments qui peuvent nous aider dans notre enquête, nous sommes obligés de vous demander de nous en aviser aussitôt que possible.

— C'est... c'est incroyable, bégaya Philippe en laissant entrer l'agent qui déposa la boîte. Êtes-vous vraiment sûr qu'il s'agit d'eux?

— Oui. Les pompiers les ont sortis de la maison, ont tenté de les réanimer, mais en vain. Ils étaient morts asphyxiés par la fumée. Voulez-vous téléphoner à quelqu'un, monsieur Lambert? Je ne peux pas vous laisser seul après une nouvelle pareille.

— J'ai besoin d'être seul. Mes parents demeurent juste à côté. Je vais ravoir des nouvelles?

— L'enquêteur vous téléphonera après l'autopsie. J'ai un petit questionnaire à vous faire remplir. Ce sera utile pour pouvoir vous rejoindre.

Philippe inscrivit rapidement son nom, son numéro de téléphone et son adresse. Il ferma la porte derrière le policier et alla s'asseoir au salon avec la boîte et la grande enveloppe jaune. Il n'arrivait pas à croire ce qu'on venait de lui dire. C'était impossible!

Il déchira l'épaisse enveloppe jaune et fut dégoûté de trouver des copies des formulaires d'assurances et, pire, une copie du testament de ses beaux-parents. Dans une petite enveloppe blanche, se trouvait une lettre. Trop abasourdi pour la lire sur-le-champ, Philippe ouvrit la grande boîte.

Il y trouva des objets ayant appartenu à Myriam

et quelques-uns à ses beaux-parents. Il comprit à ce moment-là que l'incendie devait être planifié... Sous les objets, vite éparpillés et vérifiés, se trouvaient toutes les photos que devaient posséder les Gagnon. Il y avait, en noir et blanc, celles de Myriam et de sa sœur Josée, toutes jeunes. Il y avait aussi les photos plus récentes, même les laminés qu'ils avaient accrochés dans leur maison, dont cette photo de Jonathan avec Mickey Mouse.

Tremblant, Philippe saisit la lettre et commença à la lire. Elle contenait huit pages, écrites de la main nerveuse de sa belle-mère. À mesure qu'il avançait dans sa lecture, Philippe était de plus en plus estomaqué.

Rongée par la culpabilité, dépressive, Clémence Gagnon s'était suicidée et avait assassiné son mari. Les aveux dansaient dans l'esprit de Philippe.

Il se mit à pleurer en lisant les derniers mots, les mots d'adieu. S'il leur avait téléphoné la veille, malgré son travail et sa fatigue, il aurait peut-être pu éviter ce drame...

Le destin, visiblement, était contre lui.

Le destin... Voilà. D'un seul coup, Philippe, dans sa peine, sa stupeur et son effroi, comprit, jusque dans la dernière cellule de son corps, qu'il ne pouvait rien faire de plus qu'accepter.